杜甫詩選

杜甫 著

梁鑒江 選注

招祥麒 導讀

責任編輯　張軒誦
書籍設計　任媛媛

書　　名　杜甫詩選
著　　者　杜　甫
選　　注　梁鑒江
導　　讀　招祥麒
出　　版　三聯書店（香港）有限公司
香港北角英皇道 499 號北角工業大廈 20 樓
Joint Publishing (H.K.) Co., Ltd.
20/F., North Point Industrial Building,
499 King's Road, North Point, Hong Kong
香港發行　香港聯合書刊物流有限公司
香港新界荃灣德士古道 220-248 號 16 樓
印　　刷　美雅印刷製本有限公司
香港九龍觀塘榮業街 6 號 4 樓 A 室
版　　次　1998 年 6 月香港第一版第一次印刷
2020 年 5 月香港第二版第一次印刷
2022 年 8 月香港第二版第二次印刷
規　　格　特 32 開（105 mm × 165 mm）336 面
國際書號　ISBN 978-962-04-4638-2

Published & Printed in Hong Kong

再版説明

“三聯文庫”自一九九八年出版，遴選中外文學代表作，包羅古今文類。文庫前後收錄小說、詩詞、散文、戲劇、翻譯作品等八十二種，為讀者提供豐盛的文學滋養，有利於讀者輕鬆閱讀、欣賞經典。

文庫初版時值本店成立五十週年，如今本店已逾從心之年，故將重版本文庫以作紀念。為滿足大眾讀者需求，是次再版仍維持優惠的定價，設計則凸顯書本手感與閱讀內文的舒適度，更特邀資深中文科老師、作家撰寫導讀，引導讀者品賞名作。

為保全作品原貌，編輯不對原書內文作明顯改動，只修訂部分文字、標點、注釋資料等錯處，以示尊重。雖經細緻校正，惟編輯水平所限，錯漏難免，懇請讀者指正。

三聯書店（香港）有限公司

出版部

二〇二〇年一月

目錄

導讀

招祥麒

凡接受中國式教育的人，應該不會未讀過杜甫的詩。杜甫被尊為“詩聖”，他的詩被稱為“史詩”。究竟杜甫寫詩，何以為“聖”？他的詩，何以為“史”？解答這兩個問題，我們才可以懂得欣賞瑰寶，又從欣賞中獲得大益。

杜甫一生，經歷大唐帝國玄宗、肅宗、代宗三個王朝，他出生於玄宗剛即位的先天元年（712），卒於代宗大曆五年（770）。這五十八年正是唐帝國走向最繁盛，而又步向衰落的時候。度過這一段滄桑的歲月，杜甫以他生命的全副精神進行創作，流傳下來的一千四百五十八首詩歌，組成一幅又一幅生動而寫實的畫卷。明人胡震亨說：“以時事入詩，自杜少陵始。”（《唐音癸籤》）杜甫將“安史之亂”前後的親身經歷，通過詩的各種體裁，如借用樂府舊題或自立新題敷寫出來，又在紀行、詠懷中描述見聞，甚至於山水詠物中也流露着對時事的關切；他的詩集，儼然成為一部記錄社會變動帶給各階層變化與痛苦的寫實著作，既可印證正史的記叙，也可補正史的不足。由此，我們稱杜甫是“詩史”，杜詩是“史詩”，也就不難理解。

談到“詩聖”，《說文解字》：“聖，通也。”杜甫承傳《詩》、《騷》的傳統，轉益多師，吸收歷代大家的精華，並刻意求新，富於創造而至於集大成。他在詩歌創作藝術的高度，雄視百代，後世詩人極少不受其影響。白居易讚揚杜詩貫穿今古，盡工盡善，元稹更指杜詩“上薄風騷，下該沈宋，言奪蘇李，氣吞曹劉，掩顏謝之孤高，雜徐庾之流麗，盡得古今之體勢，而兼人人之所獨專，詩人以來，未有如子美者”（《唐故工部員外郎杜君墓係銘并序》），可謂推崇備至。由杜詩之“聖”而尊杜甫為“詩聖”，亦於焉可知了。

本詩選收錄杜詩一百一十首，不到全集十分之一，但以普及本而言，基本上已能掇其精要。至於如何閱讀而能有所得益，建議從下列三方面着意留心：

一、從杜詩中體悟詩人公忠體國、仁民愛物的崇高精神

元稹是最欣賞杜甫的，除了說“詩人以來，未有如子美者”之外，還將他與李白作比較：“是時山東人李白亦以奇文取稱，時人謂之‘李杜’。余觀其壯浪縱恣，擺去拘束，摹寫物象，及樂府歌詩，誠亦差肩於子美矣。至若鋪陳終始，排比聲韻，大或千言，次猶數百，詞氣豪邁而風調清深，屬對律切而脫棄凡近，則李尚不能歷其藩翰，況堂奧乎！”（《唐故工部員外郎杜君墓係銘并序》）李白與杜甫孰為優劣，我們不在此討論。元氏盛稱杜甫的鋪陳排比屬對律切的藝術成就，元好問在《論詩三十首》其十卻大加撻伐：“排比鋪張特一途，藩籬如此亦區區。少陵自有連城璧，爭奈微之識碔砆。”元好問批評元稹只識“碔砆”而忽略杜甫的“連城璧”，那杜甫最可貴的是甚麼？

蘇軾在《王定國詩集叙》中說：“古今詩人眾矣，而杜子美為首。豈非以其流落飢寒，終身不用而一飯未嘗忘君也歟？”杜甫一生落魄潦

倒，歷盡坎坷，但他始終保持着儒家最推崇的仁者襟懷，造次必於是，顛沛必於是。他公忠體國，關注社會現實，關懷民族命運，關心蒼生疾苦。杜詩中，處處表現詩人本於性情，以天下為己任的家國情懷，所以能引發不同時代讀者的共鳴，特別在中華民族遭到外患衝擊之時，杜詩竟成為無數仁人義士和愛國詩人的精神支柱。

天地之間，人物並生，各得其性。杜甫的仁愛之心，由親愛家人、親友，推而廣之而及於天下蒼生，甚至於宇宙間的一切無情之物。“感時花濺淚，恨別鳥驚心”（《春望》）；“天風隨斷柳，客淚墮清笳”（《遣懷》）；“露從今夜白，月是故鄉明”（《月夜憶舍弟》）；“鴻雁幾時到，江湖秋水多”（《天末懷李白》）；“隨風潛入夜，潤物細無聲”（《春夜喜雨》）；“江山如有待，花柳更無私”（《後遊》）；“ 白魚困密網，黃鳥喧嘉音。物微限通塞，惻隱仁者心。”（《過津口》）那些風雲月露草木蟲魚，在杜甫的筆下，都成了有情之物，而可愛可親可愁可怨！

二、從杜詩的非凡造詣體會中國文字的最高藝術

詩是最精煉的語言，杜詩尤其如此。杜甫曾說“新詩改罷自長吟”（《解悶十二首》其七），說明他對所作詩是反覆修改的，“自長吟”固然是一種自我享受，也何嘗不是自我感受的過程，感受不滿意，自然也再修改。杜甫又說“為人性僻耽佳句，語不驚人死不休”（《江上值水如海勢聊短述》），這是一種高度責任感的表現。詩人以如此的態度創作，作為讀者，也應以如此的態度體會和欣賞。杜甫把中國文字獨體單音的特色和功能發揮得淋漓盡致，我們透過他煉字、琢句、用典、對仗、押韻等方面的造詣，既可欣賞文字的最高藝術，更可體悟文字及其組成後的文化與道德意義。欣賞杜詩，不應僅僅着眼於字、詞、句，而應從整篇感受當中的情志事義。然而，要整體感受杜詩之美，又不能不從字、詞、句的修辭手法始。稍加舉例如下：

比喻：“憂端齊終南，澒洞不可掇。”（《自京赴奉先縣詠懷五百字》）寫“憂端”（愁緒）的程度，比喻為終南山一樣高，像茫茫無際的大水

那樣不可收拾。一經比喻，抽象的情感即形象鮮明而富感染力。

對偶："五更鼓角聲悲壯，三峽星河影動搖。"（《閣夜》）兩句結構相同，意義對稱，讀來富有節奏感和音樂美。

擬人："感時花濺淚，恨別鳥驚心。"（《春望》）"花"、"鳥"無情，而賦以人的"濺淚"、"驚心"情態，生動而感人。

誇張："窗含西嶺千秋雪，門泊東吳萬里船。"（《絕句》）"千秋雪"、"萬里船"無疑是誇張，卻能表現美麗壯闊的景色。

對比："朱門酒肉臭，路有凍死骨。"（《自京赴鳳先縣詠懷五百字》）通過豪門和百姓的生活情狀對比，凸顯一般老百姓的苦難，。

借代："干戈猶未定，弟妹各何之？"（《遣興》）以"干戈"借代戰爭，以戰事用的武器反映時局，形象更具體。

摹聲："車轔轔，馬蕭蕭"（《兵車行》），以"轔轔"摹戰車前行時發出的轟鳴之聲，以"蕭蕭"摹寫戰馬嘶鳴，效果逼真。

錯綜："花近高樓傷客心，萬方多難此登

臨。”（《登樓》）原意是“花近高樓此登臨”，“萬方多難傷客心”，將兩句的末三字互換，引起讀者注意。

倒裝：“錦江春色來天地，玉壘浮雲變古今。”（《登樓》）“來天地”，是“天地來”的倒裝，“變古今”是“古今變”的倒裝。“來”、“變”二字一經置前，便產生強調的作用。

頂真：“主稱會面難，一舉累十觴。十觴亦不醉，感子故意長。”（《贈衛八處士》）第二句結尾“十觴”二字，成為第三句的開頭，產生緊湊銜接的美感。

雙聲疊韻：“清秋幕府井梧寒，獨宿江城蠟炬殘。”（《宿府》）“清秋”雙聲，“獨宿”疊韻；“路經灩澦雙蓬鬢，天入滄浪一釣舟。”（《將赴荊南寄別李劍州》）“灩澦”雙聲，“滄浪”疊韻。杜詩中多有此等修辭，或出於有意，或出於自然，都大大增強詩句的音樂美感和感情色彩。

用典：“丹青不知老將至，富貴於我如浮雲”（《丹青引贈曹將軍霸》）從《論語・述而》“其為人也，發憤忘食，樂以忘憂，不知老之將至”、“不義而富且貴，於我如浮雲”兩句化出，此屬“語典”。“可憐後主還祠廟，日暮聊為梁父吟”（《登樓》）用劉禪和諸葛亮的典故，此屬“事典”。一經用典，詩情得以委婉，亦給予讀者更多想像空間。

煉字：“屈強泥沙有時立”（《又觀打魚》），“立”字平淡無奇，卻語出驚人，杜甫以此字形容魚，像是天馬行空，但由於用上“屈強”二字作鋪墊，就將大魚挺立泥沙時的神態活現。又如“萬里悲秋常作客，百年多病獨登臺。”（《登高》）“作客”，羈旅之悲也；“常作客”，久經羈旅則更悲；“萬里常作客”，離鄉之遠之久，其悲更甚，此時面對肅殺之“秋”景，則悲上加悲矣。“登臺”眺望，思親而生悲也；“獨”自登臺，其悲自增；“多病”而獨登臺，更見悽苦；“百年”如此，衰暮益悲。十四字，竟包含八層意思，精煉如此，實在令人驚嘆。

杜詩中的優美修辭，俯拾即是，值得深入學習，上面稍舉十餘例說明而已。以下再引用明儒胡應麟的一段論述：“杜七言句壯而閎大者‘二儀清濁還高下，三伏炎蒸定有無’；壯而高拔者，‘藍水遠從千澗落，玉山高並兩峯寒’；壯而豪宕者，‘五更鼓角聲悲壯，三峽星河影動搖’；壯而沉婉者，‘三年笛裏關山月，萬國兵前草木風’；壯而飛動者，‘含風翠壁孤雲細，背日丹楓萬木稠’；壯而整嚴者，‘江間波浪兼天湧，塞上風雲接地陰’；壯而典碩者，‘紫氣關臨天地闊，黃金臺貯俊賢多’；壯而麗者，‘香飄合殿春風轉，花覆千官淑景移’；壯而奇峭者，‘窗含西嶺千秋雪，門泊東吳萬里船’；壯而精深者，‘織女機絲虛夜月，石鯨鱗甲動秋風’；壯而瘦勁者，‘萬里悲秋常作客，百年多病獨登臺’；壯而古淡者，‘百年地僻柴門迥，五月江深草閣寒’；壯而感愴者，‘錦江春色來天地，玉壘浮雲變古今’；壯而悲哀者，‘雪嶺獨看西日落，劍門猶阻北人來’；結語之壯者，‘關塞極天惟鳥道，江湖滿地一漁翁’；疊語之壯者，‘高江急峽雷霆鬥，古木蒼藤日月昏’；拗字之壯者，‘側身天地更懷古，回首風塵甘息機’；雙字之壯者，‘江天漠漠鳥雙去，風雨時時龍一吟’。凡以上諸句，古今作者無出範圍也”（《詩藪．內編》卷五）。同是一種“壯”的境界，在杜甫手上，竟如此多采多樣。我們沉浸濃郁，含英咀華，才能體悟詩人辛苦經營的用心。

三、杜詩宜沉潛反覆，一讀再讀

由於杜甫以渴求完美、精益求精的態度創作，所以作品的內涵是如此豐富，藝術是如此精深；假若閱讀時囫圇吞棗，走馬看花，絕對欣賞不到其妙處，亦體會不到其用心。讀杜甫的詩，要獲取最大的得著，也需要全情投入。淺讀與深讀，快讀與慢讀宜互相配合，由淺入深，由快返慢，才能進入詩境詩意表象和內蘊的深處。清人黃生說："讀唐詩，一讀了然，再過亦無異解。惟讀杜詩，屢進屢得。"（《杜詩概說》）因此，杜詩之美，是最耐人一讀再讀三讀，始讀時是一種感受，再讀、三讀時是另一種感受，特別在人生經歷愈豐，或遭遇橫逆的時候，讀者自會相契於"犁然有當於人心"（李綱《校定杜工部集序》）和"凡吾意所欲言者，子美先為代言之"（文天祥《集杜詩．自序》）的妙境。

而更重要的，是讀者在品賞杜詩、一讀再讀的過程中，當可在不知不覺間，變化氣質，提高品格。

前言

文章千古事，得失寸心知。作者皆殊列，名聲豈浪垂？……

——《偶題》

一

偉大的詩人杜甫在一千二百多年前逝去了，但是他用勤勉的勞動、卓絕的才華和驚人的毅力建造起來的詩歌藝術的豐碑，至今仍光焰萬丈。他的詩篇和他的名字一起，被人們廣為傳誦，千古不廢。

杜甫的詩歌，從廣闊的角度反映了社會的離亂，揭露了統治者的驕奢淫逸和橫徵暴斂，記錄了人民的不幸和痛苦，抒寫了詩人的憂傷與憤激，真實而全面地展現了唐代安史之亂前後幾十年間的歷史面貌，人們稱之曰“詩史”。他繼承並發揚了《詩經》、《楚辭》和漢魏樂府的優良傳統，把詩歌創作藝術推上了一個新的高峯。他的詩歌哺育了唐以後的歷代詩人，成為他們創作的楷模，人們尊他為“詩聖”。

二

杜甫生活在唐帝國由盛而衰的急劇變化的時代。他的一生，大體可以分為四個時期。

成長至南北漫遊時期：先天元年（712）至天寶四載（745）。時值“開元盛世”，政治穩定，經濟繁榮。杜甫少小多病，但讀書勤奮，十四五歲便顯露出非凡的文學才能。從二十歲起，他先是南遊吳越，後又北遊齊趙，中間雖有過落第的失意，總算過了八九年裘馬清狂的生活。這時期他寫詩很少，是他創作的準備階段。

長安覓官時期：天寶五載（746）至天寶十四載（755）。這時社會危機日益顯露，玄宗昏瞶，朝臣弄權，外戚驕奢，綱紀崩壞，邊將驕縱……安史之亂這場國家民族的大災難正在醞釀之中。為了謀求政治地位，以實現“致君堯舜上，再使風俗淳”（《奉贈韋左丞丈二十二韻》）的政治理想，詩人於天寶五載（746）來到了長安，一住就是十年。他又一次應試落第，繼而獻賦求官失敗，政治上一籌莫展。“賣藥都市，寄食朋友”（《進三大禮賦表》），貧困之極，“朝扣富兒門，暮隨肥馬塵"（《奉贈韋左丞丈二十二韻》）。天寶十四載（755），他到長安快十年了，玄宗才任他為河西尉，他辭而不就。後改任右衞率府胄曹參軍。

離亂為官時期：至德元年（756）至乾元二年（759）。這是安史之亂時期。安史亂起，兩京失陷，玄宗奔蜀，肅宗即位，叛軍焚掠，田園荒廢，民生極苦。杜甫逃難於白水、奉先、鄜州之間，身陷胡虜，目睹叛軍的暴行，也飽嘗離亂之苦。從長安賊中逃出時，他九死一生；到達鳳翔時，他高興得熱淚縱橫。他任過左拾遺之職，因上疏救房琯被貶為華州司功參軍。在石壕村，在新安道，他目睹官府抓丁的慘劇，聽過新婚少婦送別丈夫出征時的哭訴。

蜀湘飄泊時期：上元元年（760）至大曆五年（770）。這時安史之亂剛剛平息，又有吐蕃、回紇之禍。長安再度陷落，帝國又告危急。這期間，他除了有幾個月在幕府供職之外，大部分時間都是無官在身。他在成都浣花溪畔營建草堂寓居。"誰能載酒開金盞，喚取佳人舞繡筵"（《江畔獨步尋花七絕句》）；"老妻畫紙為棋局，稚子敲針作釣鈎”（《江村》）。他過了一陣子悠閑自在的生活。以後，他輾轉於綿州、梓州、閬州、渝州、忠州、夔州等地，經常捱飢受寒，日子過得很悲苦。他身在兩川，心懸故國，卻又始終不得返京。大曆三年（768）春，他乘舟自夔州出峽，以後則漂泊於岳州、衡州、潭州等地，度着浮家泛宅的淒涼歲月。最後，這位中國歷史上的偉大詩人，在貧病交加之中，死在一條破舊的木船上。

三

杜甫是一個政治上失意的書生，卻是一個有偉大成就的詩人。“不眠憂戰伐，無力正乾坤”（《宿江邊閣》），生在動亂時代的詩人，本想拯社稷於傾危，救民生於水火，因位卑官小而無能為力。“自謂頗挺出，立登要路津。致君堯舜上，再使風俗淳。”殊不知“居然成濩落”（《自京赴奉先縣詠懷五百字》）。這就做成了他終生的痛苦。“非無江海志，蕭灑送日月。生逢堯舜君，不忍便永訣。”（同前）他又不能像隱士那樣浪迹於江湖，寄情於山水。這就使他無法擺脫自己的痛苦。他惟有把滿腔的憂鬱與激憤發泄於詩。“凡交情之冷淡，身世之飄零，皆可於一草一木發之。”（《滄浪詩話》）他一生的主要精力都用於寫詩，在蜀湘漂泊的晚年，更是以做詩為業。他說過“吾祖詩冠古“（《贈蜀僧閭邱師兄》）、“詩是吾家事”（《宗武生日》）、“詩名惟我共”（《寄高適》）一類的話，足見他對自己的詩十分自信。“將詩莫浪傳”（《泛江送魏十八倉曹還京，因寄岑中允參、范郎中季明》），“將詩不必萬人傳”（《公安送韋二少府匡贊》），可知他創作態度非常認真。他寫作勤勉，“自七歲所綴詩筆，向四十載矣，約千餘篇”。（《進鵰賦表》）他一生總共作詩三千餘首，現存的也有一千四百多首。

杜甫的詩，繼承前人的一切形式又有所發展，各種詩體他都能純熟運用。他的五言古詩善於描寫社會的動亂、民生的疾苦和個人的飄泊。他的七言古詩長於抒寫情懷，申述政見。他的五律和七律感情深厚，格調精深，在唐代很少人比得上他。他的絕句數量不多，但質量上乘，堪與唐代的絕句名家媲美。

杜詩內容廣泛，包羅萬有，大至鋪陳時事，摹寫山川，小至花木竹石、鳥獸蟲魚；惟獨不涉筆於儇薄。翻開一部杜集，我們可以看到權貴的驕奢、叛軍的暴虐和百姓的悲苦，可以看到荒涼的邊塞、整肅的軍容和哭送征夫的悽慘場面，也可以看到雄偉的山嶽、奔騰的江河、蕭瑟的秋景、淒清的月夜、紅艷的春花、卓絕的舞姿和栩栩如生的繪畫……而詩人的愛與恨，憂傷與激憤，則融鑄於一事一物的描繪之中。總之，杜詩就是一部用詩寫成的歷史。

杜甫的詩，華實相兼，辭意共濟，"悲歡窮泰，發斂抑揚，疾徐縱橫，無施不可"（王安石語）。元稹是第一個高度評價杜詩的人，他說："杜子美上薄風騷，下該沈宋，言奪蘇李，氣吞曹劉，掩顏謝之孤高，雜徐庾之流麗，盡得古今體勢，兼人人之所獨專，則詩人以來，未有如子美者。"這絕非溢美之辭。杜甫"不薄今人愛古人，清詞麗句必為鄰"（《戲為六絕句》其五），他虛心地向古人和同時代人學習，把古今的一切文學成果汲取過來，加以融鑄和提煉，形成自己獨有的沉鬱頓挫的風格。“語不驚人死不休”（《江上值水如海勢聊短述》），他在創作上嚴於律己，銳意創新。“晚節漸於詩律細”（《遣悶戲呈路十九曹長》），創作上的這種嚴格的精神，至老彌篤。這是杜甫在詩歌創作上取得突出成就的原因。杜詩的藝術特點，主要有以下幾個方面：

第一，通過描寫有典型意義的社會現象和人物，表現主題思想。文學作品描寫的材料是否有典型意義，直接影響到它的思想深度和社會意義。杜甫善於選取有典型意義的社會現象和人物來描寫，這是杜詩之所以有力量的重要原因。如《石壕吏》寫老婦一家的遭遇，《新婚別》寫新婚少婦的怨訴，《無家別》寫征夫的不幸……詩人通過這些有典型意義的人物的描寫，反映了安史之亂給人民帶來的巨大痛苦。又如為了揭露楊氏家族的淫逸驕奢，詩人選取了楊氏兄妹宴遊曲江的場面來寫，材料典型，揭露深刻。再如《江南逢李龜年》寫一位音樂家的身世，反映了唐代由盛而衰的變化。這首詩雖然只有四句，但由於所寫的人物十分典型，所以內容深刻，主題突出，有巨大的社會意義。

第二，善於描繪藝術形象。杜甫有自己的政治理想，有對社會人生的執着的追求，但是他又很少在詩中直接說教，他通過完美的藝術形象去抒寫情懷，反映人生，評價現實。“造化權輿、陰陽昏曉、飛潛動植、表裏精粗，但經微點，靡不真色畢呈”（盧世㴶語），在詩人筆下，一切客觀事物無不顯得生動鮮明而富於感染力：秋色寫得愁慘蕭瑟，風濤寫得驚心動魄，人物寫得神態畢現……

杜甫描寫藝術形象的手法多種多樣，他根據不同的對象和主題的需要，運用不同的描寫手法。寫壯闊之景，則巨筆如椽，氣勢雄渾蒼莽。如：“落日照大旗，馬鳴風蕭蕭”（《後出塞》）；“星垂平野闊，月湧大江流”（《旅夜抒懷》）。寫“飛潛動植”，則用筆極工，纖毫可見。如：“冉冉柳枝碧，娟娟花蕊紅”（《奉答岑參補闕見贈》）；“草露亦多濕，蛛絲仍未收”（《獨立》）。為了更好地融情於景，有時則採用擬人手法。如：“感時花濺淚，恨別鳥驚心”（《春望》）；“江山如有待，花柳更無私”（《後遊》）。他的詠物詩，更多用此法，把所詠之物寫成有思想有感情的人，有時索性寫成詩人自己，因而形神兼備，立意高遠。細節描寫，是杜詩常見的描寫人物的方法。《北征》寫妻子、小女一段，通過細節描寫，把小女的天真爛漫寫得呼之欲出：

……平生所驕兒，顏色白勝雪。見耶背面啼，垢膩腳不襪。牀前兩小女，補綴才過膝。海圖拆波濤，舊繡移曲折。天吳及紫鳳，顛倒在短褐。老夫情懷惡，嘔泄臥數日。那無囊中帛，救汝寒凜慄。粉黛亦解苞，衾裯稍羅列。瘦妻面復光，癡女頭自櫛。學母無不為，曉妝隨手抹。移時施朱鉛，狼藉畫眉闊。生還對童稚，似欲忘飢渴。問事競挽鬚，誰能即瞋喝？翻思在賊愁，甘受雜亂聒……

對話描寫，在杜甫的敘事詩中大量採用。詩人根據人物不同的身份、地位和遭遇，把人物的對話寫得各適其適。征夫的怨訴，老婦的悲鳴，新婚少婦的訣別，雖然都與戰爭有關，但各不相同，各有個性。如《新婚別》：

兔絲附蓬麻，引蔓故不長。嫁女與征夫，不如棄路旁。結髮為妻子，席不煖君牀。暮婚晨告別，無乃太匆忙！君行雖不遠，守邊赴河陽。妾身未分明，何以拜姑嫜！父母養我時，日夜令我藏。生女有所歸，雞狗亦得將。君今往死地，沉痛迫中腸。誓欲隨君去，形勢反蒼黃。勿為新婚念，努力事戎行。婦人在軍中，兵氣恐不揚。自嗟貧家女，久致羅襦裳。羅襦不復施，對君洗紅妝。仰視百鳥飛，大小必雙翔。人事多錯迕，與君永相望。

這是一個新婚少婦與征夫訣別的話，當中有暮婚晨別的埋怨，有“妾身未分明”的憂慮，有“努力事戎行”的勸勉，也有“與君永相望”的表白，跟人物的身份、處境和內心世界多麼一致！

第三，精於煉字，用字準確、奇警；語意豐厚，語言表現力強。“杜甫之詩，獨冠今古。”（葉燮《原詩・內篇》）杜詩之“冠”首先表現在語言的功力上。杜甫有“耽佳句”之“癖”，又有“語不驚人死不休”之“癡”，在語言方面有執着的追求。

杜甫的語言功力，首先表現在精於煉字方

面。杜甫很自負，但絕不自恃，總是艱苦地錘煉語言，努力使自己的作品“毫髮無遺憾”。他又不是光在字面上下功夫，他煉字煉句是以深厚的社會生活為基礎的，因而成就遠在賈島一類的苦吟詩人之上。杜甫《曲江對酒》有“桃花細逐楊花落”句，有人見過他的墨迹，其初云：“桃花欲共楊花語。”後用淡墨改三字，足見他錘煉之苦心。歐陽修《六一詩話》載，陳從易初得杜集，見《送蔡希魯都尉》詩“身輕一鳥□”句脫一字，便與朋友試着補上。一云“疾”，一云“落”，一云“起”，一云“下”，一時難於裁決。後得善本，知“鳥”下脫“過”字，始慨然嘆服。“過”字好在與“輕”字前後配搭，準確而生動地寫出蔡希魯馳騁疆場的矯捷英姿；“疾”字雖勉強可通，但遠不如“過”字形象；“落”字、“起”字、“下”字則殊不可通。杜詩精於煉字的例子，俯拾皆是。如：“四更山吐月，殘夜水明樓。”（《月》）“吐”字生動地寫出月亮從山後破雲而出之狀，“明”字正好表現出水月相映、夜明如晝之景。“孤月當樓滿，寒江動夜扉。”（《月圓》）一“滿”、一“動”，月色波光，上下交輝，何等神妙！"星垂平野闊，月湧大江流。"（《旅夜書懷》）"垂"字，益顯夜中"平野"空闊；"湧"字，更見江波動蕩，江水茫茫。"大聲吹地轉，高浪蹴天浮。"（《江漲》）"吹"字、"蹴"字，寫水勢兇猛，實是神來之筆！

杜詩的語言功力，還表現在語言的表現力方面。杜詩往往一兩句當中，包含豐富的意思，有極大的容量。如："朱門酒肉臭，路有凍死骨"（《自京赴鳳先縣詠懷五百字》）兩句，概括出整個封建社會的貧富對立。"三顧頻煩天下計，兩朝開濟老臣心"（《蜀相》），概括了諸葛亮畢生的功業。"身無卻少壯，迹有但羈棲"（《春日梓州登樓二首》其一），道盡了老去飄零的苦況。"三年笛裏關山月，萬國兵前草木風"（《洗兵馬》），寫出了漫長時間和廣闊空間內戰亂的情景。"風急天高猿嘯哀，渚清沙白鳥飛迴"，二語七景，高度濃縮；至如"萬里悲秋常作客，百年多病獨登臺"（《登高》）兩句蘊蓄之豐，更是為歷來注家所激賞。

第四，格律精嚴，章法講究。元稹《唐檢校工部員外郎杜君墓係銘并序》云："至若鋪陳終始，排比聲韻，大或千言，次猶數百……風調精深，屬對律切而脫棄凡近，則李（白）尚不能歷其藩翰，況堂奧乎！”這裏指的雖然是排律，但也可以說這是所有杜詩的特點。

杜詩嚴於格律。我們單就聲韻方面來看看。他說：“遣辭必中律。“（《橋陵詩三十韻因呈縣內諸官》）這決非夫子自道。聲韻之精嚴，唐代別的詩人都比不上他。他的近體詩抑揚頓挫，音調鏗鏘，具有特殊的音樂美；他的古體詩也琅琅上口，易於成誦。他在用韻方面有自己的獨到之處——根據作品內容和抒情的需要來處理韻腳的響沉清濁。如《登高》押“十灰”韻，以抒寫他的哀怨愁苦；《聞官軍收河南河北》押響亮昂揚的“七陽”韻，正好表達詩人壓抑不住的狂喜。他的篇幅較長的古體，則隨着感情的起伏變化而易韻，做到以韻傳情。《觀公孫大娘弟子舞劍器行》，寫公孫大娘昔日舞姿用“七陽”韻，寫她的悲涼身世則轉用促而弱的“四質”韻。

杜詩儀容修整，風度端凝。他的近體固然十分講究章法，古體也長而有序。如《自京赴奉先縣詠懷五百字》、《北征》等長篇巨製，內容繁複而條理清晰，結構宏大而章法嚴謹，見出詩人慘澹經營的苦心。

四

本書從杜集中選取一百一十篇。這些詩分屬於各個時期，大都是流傳廣泛、為歷代所重視和喜愛的名篇。每篇都有題解、句譯、注釋和簡要的分析。一些不常見的難字，除注上普通話的讀音外，還標出廣州話的直音。為了使讀者更好地掌握杜詩各體的特點，學習各體的長處，本書按體編排，並把格律最嚴、章法最講究、藝術性最高、最受讀者喜愛的近體詩放在前面。本書注釋方面，參考了古今多種注本和選注本，這裏就不一一列舉了。

這一百一十首詩，佔全部杜集還不到十分之一，恐怕未必能反映杜詩的面貌；比較大量地翻譯杜詩，還僅僅是嘗試，自然會有欠妥之處；在注釋和分析方面，限於水準，謬誤也在所難免。懇請讀者和專家指正。

梁鑒江　壬戌中秋於珠江之濱

房兵曹胡馬

詠物忌黏皮着骨，描形寫狀，見物而不見人。一首上乘的詠物詩，要不黏不脱，不獨工於物象摹繪，而且能注進詩人的主觀感情，情寓物中，物因情見。本篇不僅成功地刻畫了胡馬的神貌，而且藉以抒寫作者的襟抱，筆力奇重，寄託深遠，專以造意見勝。

房兵曹：名籍不詳。兵曹，官職名，兵曹參軍事的省稱。胡馬：胡地之馬。泛指西北少數民族地區所產的馬。

胡馬大宛名，鋒稜瘦骨成[1]。
竹批雙耳峻，風入四蹄輕[2]。
所向無空闊，真堪託死生[3]。
驍騰有如此，萬里可橫行[4]。

【注釋】

1　**“胡馬”二句**：胡馬，以大宛國所產的最為著名。牠瘦骨聳起，如鋒刃稜角，真是神清氣勁。

大宛（yuān 鴛）：漢西域國名，在大月氏（zhī 支）東北，即今烏茲別克、塔吉克及吉爾吉斯三國交界處的費爾干納盆地。大宛盛產良馬，以汗血馬（即所謂天馬）最為著名。

《史記》：“初，天子得烏孫馬，號曰天馬。及得大宛汗血馬，益壯，更名烏孫馬曰西極馬，宛馬曰天馬。”**鋒稜：**鋒刃、稜角。用以形容胡馬之骨架瘦削突出。張豐云：“馬以神氣清勁為佳，不在多肉，故云‘鋒稜瘦骨成’。”首句以產地標馬種之佳，次句以骨相寫其神駿。

2 **“竹批”二句：**那馬雙耳尖削豎起，奔馳時四蹄騰躍；輕捷生風。

“竹批”句：賈思勰《齊民要術》：“（馬）耳欲得小而促，狀如斬竹筒。”批，削。**“風入”句：**《拾遺記》載：“曹洪所乘馬曰白鵠。此馬走時惟覺耳中風聲，足似不踐地，時人謂乘風而行也。”

以上四句寫馬的狀貌風神。三句寫雙耳，接次句續寫馬的氣格不凡。二、三兩句從靜的角度寫，四句則從動的角度寫，以表現其矯捷的英姿。

3 **“所向”二句：**在牠面前，根本不存在什麼空闊之她。牠能使主人脱離險境，足以託付生命。

仇兆鰲云：“‘無空闊’，能越澗注坡。‘死生’，可臨危脱險。下句蒙上句，是走馬對法。”按，“無空闊”，意謂對駿馬而言，是無所謂空闊的。仇注未切。兩句境界宏闊，筆勢奇橫。人耶馬耶？已融鑄為一體矣！

4 **“驍騰”二句：**牠如此驍健迅猛，有了牠便能橫行萬里，立業建功。

驍騰：驍勇快捷。**橫行：**行而無所顧忌。楊西河云：“末句謂兵曹得此馬，可立功萬里外，推開説方不重上。”這是對友人的期許，也是詩人自負之語。

以上四句寫馬的氣概和才具。

詩人以馬自況，寫出自己不凡的才能、品質和遠大的抱負，表現為國立功的強烈願望。通篇語勢豪縱，情調高昂，雖是二十多歲時之作，然已頗有老建的氣格。

畫　鷹

這是一首詠畫鷹的詩。

詩中"殊"字，寫鷹畫得好；"呼"字、"摘"字，寫畫鷹之活；"起"字、"攫"字，寫畫鷹之勢；"思"字、"側"字，寫畫鷹之神；"擊"字、"灑"字，寫設想中的真鷹之猛。好就好在把畫鷹當作真鷹來寫，把畫中之鷹寫活了。不僅如此，詩人順着畫鷹——真鷹——詩人自己三個等級步步上升，最終達到詠物抒懷的目的，把一首詠畫詩寫得意旨深曲，靈氣飛動。

素練風霜起，蒼鷹畫作殊[1]。
攫身思狡兔，側目似愁胡[2]。
絛鏇光堪摘，軒楹勢可呼[3]。
何當擊凡鳥，毛血灑平蕪[4]。

【注釋】

1　**"素練"二句**：白色的畫絹上風霜驟起，看！那蒼鷹竦身若動，奮翅欲擊，畫得多好啊！
素練：白色的絹。唐人稱絹為練，以絹作畫。**霜風起**：這是詩人的感覺，極言畫鷹的精神——挾風欲起，帶有肅殺之氣。**畫作**：畫做……的態勢。**殊**：不同一般。這兩句從大處着筆，以風霜烘托，把鷹寫得威猛凌厲，總起全篇，字字皆挾風霜之氣。

2 **"攫身"二句**：牠彷彿要竦身騰起，搏擊狡兔；那側視的雙目，恰似愁胡的眼珠。

攫身：竦身。攫，古"竦"字。**愁胡**：發愁的胡人。孫楚《鷹賦》："深目蛾眉，狀如愁胡。"凡畫鷹，最見功夫處在點睛，看八大山人之畫可知。這兩句一寫鷹之勢，一寫鷹之神；以真擬畫，把畫寫真，是真是畫，實難分辨。

3 **"絛鏇"二句**：那繫鷹的絲繩和繫繩的轉軸，光澤照人，彷彿可以解下來那樣逼真。掛在殿堂上的畫鷹，呼之欲下，栩栩如生。

絛（tāo 滔）：絲繩。用以繫鷹。**鏇**（xuán 旋）：繫絲繩的轉軸。**軒楹**：殿堂之屬。軒，殿堂簷前凸起，曲椽無中樑之處。楹（yíng 盈），房屋的柱子。兩句寫鷹之真切。煉字造句頗為精到，然過於刻畫，筆力稍弱，美中不足。

4 **"何當"二句**：該讓牠搏擊凡鳥，使牠們的毛血灑落在平原荒草之上。

何當：張相《詩詞曲語辭滙釋》："何當，猶云合當也；何合聲近，故以何當為合當。杜甫《畫鷹》詩：'絛鏇光堪摘，軒楹勢可呼。何當擊凡鳥，毛血灑平蕪。'此何當字緊承上二句之堪字可字，一氣相生，言合當擊凡鳥也。"**平蕪**：平曠的原野。兩句寫對鷹的期望，表現詩人的自負不凡與奮發有為的氣概。

春日憶李白

天寶三載（744）夏天，兩顆唐代詩壇的巨星——李白與杜甫在洛陽相會，隨後一起遊歷梁（今河南開封）、宋（今河南商丘），經過短暫的分離，次年秋兩人又在兗州重聚。後來李白往江東去了，杜甫到了長安，他們便不再有見面的機會。此後，杜甫寫過多首憶念李白的詩。本詩高度評價李白的詩篇，表現詩人對朋友的深摯情誼和衷心的仰幕。頸聯“春天樹”、“日暮雲”之句，在後世被提煉為成語，表示朋友的互相懷念，一直沿用至今。

白也詩無敵，飄然思不羣[1]。
清新庾開府，俊逸鮑參軍[2]。
渭北春天樹，江東日暮雲[3]。
何時一樽酒，重與細論文[4]？

【注釋】

1　**“白也”二句**：李白啊，他的詩無與匹敵，他詩思飄逸，超卓不凡。

也：語氣助詞，起提頓作用，相當於“啊”或“呀”。**飄然**：指詩思飄逸。**思**：讀去聲，用如名詞，指詩的思想情趣。

不羣：不同於一般，不平凡。兩句讚美李白的詩才卓絕。發端用對句而不覺其對，行雲流水，意態自然。“白也”一語甚妙，如良朋晤對，親切有味。老杜善用虛字；江西派詩人心摹手追，瞠乎其後矣！

2 **“清新”二句**：他的詩像庾信一樣清新，像鮑照一般俊逸。**庾開府**：庾信，字子山，南北朝詩人。曾任北周開府儀同三司（司馬、司徒、司空），世稱庾開府。他早期的作品綺麗清新，後期的風格轉為蒼涼蕭瑟，為杜甫所推崇。**鮑參軍**：鮑照，字明遠，南朝詩人。宋時任荊州前軍參軍，世稱鮑參軍。他擅長樂府歌行，對李白頗有影響。**清新、俊逸**：均指文藝作品的風格。兩句以庾、鮑作比，讚美李詩的風格。杜甫曾說“庾信文章老更成”，又說“流傳江鮑體，相顧免無兒”，對庾、鮑諸人甚為推崇。有人認為兩句以庾、鮑相譏，此乃文人輕薄之見。

以上四句為一段，論李白的詩，隱含相憶之情。語言風格亦復俊逸。

3 **“渭北”二句**：在樹木已一派春意的渭北，我苦苦地想望遠離的朋友；他也許正對着落日流雲，也在思念我吧！

渭北：渭水之北。杜甫時在長安咸陽一帶，故云。**江東**：長江下游江南地區。指今江蘇南部和浙江北部。當時李白正浪迹東吳。兩句寫對李白想望。詩中對舉兩地兩景，一者表明兩人分隔千里異地，再者寫出作者對朋友的思念。這種思念之情寫得婉曲深摯，不着痕迹。“春天樹”，是眼前的實景；“日暮雲”，是作者的想像，亦暗示李白飄泊無定的身世，三字含有無限情意。寓情於景，清新優美，斯為佳句。

4 **“何時”二句**：什麼時候我們才重聚把酒，一起細細地評論詩文？

論（lún 倫）文：評論詩文。古時廣義的“文”包括詩歌在內。

以上四句為一段，寫對李白的懷思仰慕。

浦起龍云：“方其聚首稱詩，如逢庾、鮑，何其快也。一旦春雲迢遞，‘細論’無期，有黯然神傷者矣。四十字一氣貫注，神駿無匹。”

月 夜

天寶十五載（756）六月，詩人把妻兒安置在鄜州的羌村。聽到肅宗即位靈武的消息後，杜甫自鄜州隻身投奔，途中被安史亂軍擄至長安。詩人身陷囹圄，心懸妻孥。八月的一個晚上，月華皎潔，夜涼如水，懷人之情又在他心裏洶湧起來。他痛苦地思念着鄜州的妻子。

整首詩不正面寫自己對月懷人之情，而從對面着筆，寫妻子對月懷念自己，使自己懷人的愁思顯得具體而深切。四聯層層推進，可謂匠心獨具。王嗣奭說得好："公本思家，而偏想家人之思我，已進一層。至念及兒女之不能思，又進一層。……'雲鬟'、'玉臂'，語麗而情更悲。至於'雙照'，可以自慰矣，而仍帶'淚痕'說，與泊船悲喜，驚定拭淚同。皆至情也。"

今夜鄜州月，閨中只獨看[1]。

遙憐小兒女，未解憶長安[2]。

香霧雲鬟濕，清輝玉臂寒[3]。

何時倚虛幌，雙照淚痕乾[4]？

【注釋】

1 **"今夜"二句：**今晚鄜州朗月高懸，她獨自在對月懷念着我。**鄜（fū 夫）州：**《唐書》："鄜州，交洛郡，屬關內道。"按，即陝西省鄜縣（現改名富縣）。**看：**讀平聲。"獨"字帶起下面兩句。施鴻保《讀杜詩説》："今按此言，雖有小兒女在旁同看，然皆未解憶長安，則猶只一人獨看也，正起下二句意。"

2 **"遙憐"二句：**我多麼憐惜遠方年幼的孩子，他們還不懂得懷念身陷長安的爸爸，更不理解媽媽的心事呢！**憐：**憐愛，憐惜。兩句是對"獨"字的具體描寫，懷人之情推進一層，語極平淡，意極親切。"遙憐"二字，親子之情藹然如見。"未解"二字，既點出兒女的幼小嬌癡，更襯出妻子的苦楚，是想像之詞，蘊含着詩人深摯的愛。

3 **"香霧"二句：**夜霧迷漫，沾濕了她如雲般芳美的鬢髮；月華如水，她潔白的雙臂定覺寒意吧！**香霧：**前人云："霧本無香，香從鬢中膏沐生耳。如薛能詩：'和花香雪九重城'，則以香雪借形柳花也。"**雲鬟：**像雲一樣美麗的鬟髮。**清輝：**指月亮的光輝。阮籍《詠懷》："明月耀清輝。"**玉臂：**像美玉般瑩白的手臂。兩句寫妻子望月的情景，從側面寫她情意之深切。"鬟濕"、"臂寒"，見看月之久。詩人對月懷人之情又推進一層。傅庚生先生《杜詩析疑》云："可能這一聯就正是為後世的風流文士所竄改的。如作'薄霧（或白露）侵鬟濕，清輝入臂寒'，上句設想鄜州的階前，下句自述長安的月下，引起結聯的'雙照'，也許較近於杜詩的風格。"又云："一向他的詩風沉鬱愴涼，不慣用倩麗的字句，為什麼偏偏在這時候，反而寫出‘香鬟玉臂’？”傅先生為什麼偏偏不許寫“香鬟玉臂”呢？閨中之情，此為真摯，吾於老杜無譏焉。

4 **“何時”二句：**什麼時候，才能一起倚在薄薄的帷幔之下，讓皎潔的月色透進來，照着兩人，共同歡敘啊！

何時：一作“何當”。**虛幌：**幌，帷幔。幌薄而透光，故稱虛幌，猶阮籍《詠懷》“薄帷鑒明月”之“薄帷”。兩句寫詩人與妻子月下歡敘的願望，與首聯“獨”字照應。“淚痕乾”三字含蓄蘊藉，讀者可以想像獨看明月時悲淚橫流的情景。

得舍弟消息二首

本題二首作於天寶十五載（756）。

天寶十四載（755）十一月，安祿山以奉密旨入朝誅楊國忠為名，從范陽殺向長安。十二月，東京洛陽失陷。次年正月，安祿山稱帝於洛陽，潼關被圍，長安告急。六月，潼關失守，玄宗倉皇入蜀，長安很快便為叛軍所佔。《通鑒・唐紀》載："賊每破一城，城中衣服、財賄、婦人皆為所掠。男子壯者使之負擔，羸、病、老、幼皆以刀槊戲殺之。" 人民經歷着一場空前的浩劫。

杜甫的一個弟弟原居洛陽，洛陽陷賊後則舉家逃難。當時詩人可能還在長安，處境也十分艱危。

一

近有平陰信，遙憐舍弟存[1]。

側身千里道，寄食一家村[2]。

烽舉新酣戰，啼垂舊血痕[3]。

不知臨老日，招得幾時魂[4]。

【注釋】

1 **“近有”二句：**近日得到平陰來的消息，知道遠方的弟弟還倖存下來，真使我悲喜交集。

平陰：今山東省平陰縣。**舍弟：**對自己弟弟的謙稱。由“存”而想到“遙”，由“遙”而想到危，由危而產生“憐”。是詩人得到喜訊而不喜的原因。王西樵説：“憐存語更悲。”仇兆鰲理解得更深刻：“首章初得消息，憐弟而復自傷也。”“遙”字，引出頷聯上句；“存”字，帶起頷聯下句；而“憐”字，則是通篇的詩眼。

2 **“側身”二句：**聽説你在千里迢迢之處繞道避亂，眼下正棲身在荒僻的鄉村之中。

側身：從旁繞道而不走正面的大道。亦有艱難局蹐之意。**一家村：**指平陰荒僻之鄉。兩句分承上聯的“遙”字和“存”字：“千里”是“遙”的注腳；“寄食一家村”是對“存”的具體説明。兩句在客觀的敘寫中包含着詩人的憐弟與自傷。

3 **“烽舉”二句：**新的戰事又在激烈地進行着，人們還在為往日的喪亂而痛哭流淚。

烽：古人邊境備寇，作高臺，上置薪草，寇至，則燃火報警，謂之烽或烽火。引申為邊患或戰事。**酣戰：**長時間緊張地戰鬥。“啼垂”句，極其精煉，它所包含的意思是：一波未平，一波又起，兵禍相仍，苦難不息，舊痕新淚，何以為懷。此為極痛絕之語。

4 **“不知”二句：**我年已老大，處境艱危，剩下的日子也不多了，不知還能不能為你們招魂啊！

招魂：古時喪禮，人死時升屋招回其靈魂；後世亦有為遭受大難的生人招魂，以作壓驚，如杜甫《彭衙行》："剪紙招我魂。" 本詩中 "招魂" 當用後一義。作者希望能在兵災之後重見親人。**幾時**：一作 "幾人"。

二

汝懦歸無計，吾衰往未期[1]。
浪傳烏鵲喜，深負鶺鴒詩[2]。
生理何顏面？憂端且歲時[3]。
兩京三十口，雖在命如絲[4]。

【注釋】

1 **"汝懦" 二句**：你沒有本事，歸來無計；我年老力衰，往探無期。
懦：軟弱無能。浦起龍《讀杜心解》："言汝不能歸，吾不能往，消息亦徒然耳。" 起句對偶，一氣流走，是老杜家法。

2 **"浪傳" 二句**：你歸來的喜訊只不過是空傳罷了。你有急難我不能往助，實在有負兄弟之情啊！
浪傳：空傳。**烏鵲喜**：《西京雜記》："乾鵲噪而行人至。" **鶺鴒詩**：《詩．小雅．常棣》有 "脊令在原，兄弟急難" 句。鶺鴒，即 "脊令"，小鳥名。據云其首尾搖動相應，故以喻兄弟之相助。上句承“汝懦”句，下句承“吾衰”句。

3 **“生理”二句**：我生計無着，潦倒窮愁，慚愧極了——憂患什麼時候才熬到頭啊！

生理：生計。**何顏面**：還有什麼面子，即慚愧之極。**憂端**：愁緒。

4 **“兩京”二句**：我們分隔在東京西京的兩家三十口，處境是極其危險啊！

兩京三十口：張遠注：“兩京，公在西京，弟在東京也。三十口，合公與弟家屬而言。”**命如絲**：性命像懸在髮絲之上，極言處境之險。

全篇首聯與頷聯為一段，感嘆見面無由，深負手足之情；頸聯為一段，敘寫自己的窘迫與憂患；尾聯又為一段，合寫兩家處境之險。通篇真氣流注，不可句摘，辭語平淡而用意深厚，宋初梅堯臣等每學這一體。

春望

天寶十四載（755）安祿山起兵河北，焚掠中原，攻陷兩京。次年七月，杜甫離別了鄜州的妻子，隻身赴靈武投奔肅宗，途中被叛軍擄至長安。他在極度的憂患與痛苦中渡過了一個不尋常的春節。山河破碎，烽煙遍地，妻孥隔絕，這一切所做成的“感”與“恨”，他實在是無計排遣啊！

國破山河在，城春草木深[1]。
感時花濺淚，恨別鳥驚心[2]。
烽火連三月，家書抵萬金[3]。
白頭搔更短，渾欲不勝簪[4]。

【注釋】

1　**“國破”二句**：山河雖在，國都卻已淪陷了。春天的長安城，草木深密，人迹稀少。
國：國都。這裏指唐帝國的首都長安。**山河在**：山河依舊。**城春**：一作“城荒”。**草木深**：草木叢生。兩句概述時局艱危，引出第三句。“破”與“在”，“春”與“深”，兩相對照，感愴無限。

2　**“感時”二句**：想到艱危的時局，難以抑制內心的痛苦，彷彿春花也流下了悲傷的淚水；想起與妻子隔絕而不能團聚，就無限悵恨，聽見春鳥的和鳴，便愈加心煩意亂！

感時：因時事而感傷。**花濺淚**：或謂寫自己對花流淚，亦通，然意似稍淺。**恨別**：因別離而有恨。**鳥驚心**：意思是鳥鳴驚動了愁人的心。兩語景中見情，千古名句。通過移情作用把自己的身世心事融入景中，物與我渾成一體，確是驚心動魄的佳構。"感時"與"恨別"，點出了主題；從結構看，前者承上，後者啓下，為全篇樞紐，宜細細體味。

3 **"烽火"二句**：這三個月來，戰火不斷，妻子隔絕，連家書也難得一封。

烽火：參見《得舍弟消息二首》題解（頁 012）。**連三月**：接連三個月不斷。這年正月至三月，史思明、蔡希德等圍攻太原，受到李光弼抵抗；郭子儀引兵從鄜州出擊崔乾祐；安守忠等從長安出兵西寇武功。**抵**：當。"抵萬金"三字，極意誇張，以見家書之珍貴難得。

4 **"白頭"二句**：終日搔頭苦想，使花白的頭髮愈來愈稀疏，簡直插不住髮簪了！

白頭：指白髮。**短**：短缺，稀少。**渾欲**：簡直要。**勝**（平聲）：堪。**簪**：把髮連在冠上的用具。鮑照《擬行路難》："蓬首亂鬢不設簪。"兩句以白髮稀疏把"感"與"恨"具體化，使人感受到詩人此刻所經歷的深巨的悲痛。

自京竄至鳳翔喜達行在所（三首選二）

至德二年（757）二月，肅宗由彭原遷駐鳳翔。杜甫於四月中冒生命危險，從長安金光門逃出，由小路奔至鳳翔。作者原注云："自京竄至鳳翔。"這組詩寫於到達鳳翔之後。這裏選的是第一、二首。

鳳翔：原扶風縣改名，即今陝西省鳳翔縣。行在所：古代帝王出巡的臨時住地。

一

本詩寫作者困守長安時的絕望心情，以及脱出賊營到達鳳翔的經過。語句質樸，感情迫切。

西憶岐陽信，無人遂卻回[1]。

眼穿當落日，心死著寒灰[2]。

茂樹行相引，連山望忽開[3]。

所親驚老瘦，辛苦賊中來[4]。

【注釋】

1 **“西憶”二句**：我西望鳳翔，盼望着來信，但沒有人從那邊捎寄消息回來。

憶：思念。**岐陽**：即鳳翔。因在岐山之陽，故名。**遂**：終，竟。**卻回**：返回。指從鳳翔回到長安。首句寫盼望音訊，次句寫希望落空；盼望之切與失望之苦溢於言表。

2 **“眼穿”二句**：我對着落日之處望眼欲穿，我死了的心燃起了希望之火。

眼穿：寫長時間而專注之望。**當落日**：對着落日之處。即對着西方。與上文“西憶”相應。當，一作“看”。**著寒灰**：死灰復燃。語本《漢書．韓安國傳》。鮑照《贈故人馬子喬詩》：“寒灰滅更燃。”亦用此意。

以上四句為一段，盼望之情深切感人，而失望與希望又交錯起伏。

3 **“茂樹”二句**：沿途人迹杳然，只有繁茂的樹給我引路；遠處羣山相接，放眼望去，忽然現出了通道。

行相引：沿途指引。**連山**：相連接的山。舊注謂蓮花峯。非。山，一作“峯”。**忽**：一作“或”。兩句承上聯次句，寫逃奔鳳翔途中所見。詩人走的是小路，故人迹罕至，沿途茂樹連山，荒僻寂寥。讀者感覺得到詩人旅途的艱辛和脱險後的喜悦，而這種艱辛與喜悦都不正面寫：艱辛，以景物烘托；喜悦，用山開相關。

4 **“所親”二句**：昔日的親友同僚，都為我既老且瘦而驚訝——要知道，我是歷盡了艱辛，從賊軍手中逃出來的啊！

所親：親近的人。兩句寫到達鳳翔後的喜悅。説“驚”而不説喜，言“苦”而不言甘，讀者卻又能看出詩人巨大的喜悅，這是其獨到之處。

以上四句為一段，寫逃奔鳳翔沿途所見和到達後的心情。

二

本篇寫從長安賊中生還及看到鳳翔“中興”氣象的喜悅。以昔日之深悲襯托今日之狂喜，對比鮮明。一悲一喜，正見出老杜的至情至性。

愁思胡笳夕，淒涼漢苑春[1]。

生還今日事，間道暫時人[2]。

司隸章初睹，南陽氣已新[3]。

喜心翻倒極，嗚咽淚沾巾[4]。

【注釋】

1 **“愁思”二句**：還記長安之夜，胡笳陣陣，愁思難遣；宮中的禁苑，即使在春天，也是一片淒涼肅殺的景象。

胡笳：據《天中記》載，胡笳由張博多從西域傳入。李延年改為軍樂。此指安史軍中之樂。**漢苑**：漢朝的宮苑。此指唐長安禁苑，如南苑、曲江等。兩句承第一首，回想困守長安賊中時的所見、所聞、所感。

2 **“生還”二句**：今日生還實在僥倖——從小路逃奔的時候是多麼危險啊！

“生還”句：謂昨天還是生死未卜，不知能否活着回到鳳翔。**間道**：偏僻的小道，所謂“向其間隙之道而行。”**暫時人**：意謂隨時有生命危險。兩句寫從間道逃奔時的險狀，流露出死裏逃生的喜悅

3 **“司隸”二句**：今天才看到朝廷恢復的典章制度，鳳翔已是一派中興的新氣象。

“司隸”句：指唐肅宗恢復的唐制舊章。王莽篡漢後，羣雄起兵反莽，更始帝劉玄以劉秀為司隸校尉。劉秀入洛陽，恢復漢朝官屬規章。此以喻肅宗的“中興”。**南陽氣**：中興氣象。光武帝劉秀，起兵舂陵（今湖北省棗陽）。望氣術士蘇伯阿受王莽之遣到南陽，遙望舂陵，說：“氣佳哉！鬱鬱葱葱然。”兩句寫到鳳翔後看到的“中興”氣象。

4 **“喜心”二句**：我喜極成悲，無法按抑，不由得嗚咽泣下，淚水沾濕了衣衫。

翻倒：翻轉過來。指翻喜成悲。**淚**：一作“涕”。**巾**：衣巾，佩巾。兩句極言詩人因見“中興”有望而喜。末句寫的是歷盡艱辛的人，一旦獲知苦難已過時的真實情景。

收京（三首選一）

這裏選的是第三首。

至德二年（757）九月癸卯，廣平王收復西京。甲辰，捷報傳到鳳翔，羣臣稱賀，即日告捷於蜀，玄宗遣裴冕入京啓告社稷。西京收復，大局已定，飽歷戰亂的詩人，自然喜不自勝。但是，當他想到助唐平亂的回紇諸族可能自此驕縱難御，功臣也會恃功僭奢的時候，他又產生隱隱的憂慮。

汗馬收宮闕，春城鏟賊壕[1]。
賞應歌杕杜，歸及薦櫻桃[2]。
雜虜橫戈數，功臣甲第高[3]。
萬方頻送喜，無乃聖躬勞[4]。

【注釋】

1　**“汗馬”二句**：西京收復了，這是了不起的戰功！估計明春可以拿下鄴城，叛賊的據點便應鏟平了！
汗馬：戰馬疾馳而汗，故云。《韓非子》：“棄私家之利而必汗馬之勞。” 因以喻征戰的勞苦。**收**：收復。**宮闕**：宮殿觀闕。以借代長安。**鏟**：削平。**壕**：溝。指壕溝之類的工事。首句寫收京，帶起全篇；次句預期最後勝利。

2　**"賞應"二句**：該唱着《杕杜》行賞啊！朝廷還京正趕得上櫻桃薦廟的時候呢！

杕（dì 第）杜：孤生的梨樹。《詩・小雅》篇名，為慰勞凱旋將士之詩。沈約《正陽堂宴凱旋》："昔往歌《采薇》，今來歡《杕杜》。"**及**：趕上。**薦櫻桃**：《禮記・月令》："仲夏之月……天子乃以雛嘗黍，羞以含桃，先薦寢廟。"注："含桃，櫻桃也。"《漢書・叔孫通傳》："惠帝嘗出遊離宮，通曰：'古者有春嘗果，方今櫻桃熟可獻，陛下出，因取櫻桃獻宗廟。'上許之。"薦，獻進。兩句設想勝利後記功行賞及薦宗廟的情況。

以上四句為一段，寫收京一事及設想鏟平叛賊之喜。

3　**"雜虜"二句**：只怕回紇諸族從此恃功難御，功臣們自此甲第連雲，僭奢無度。

雜虜：指助唐平賊的回紇諸族。**橫戈數（shuò 朔）**：形容雜虜驕橫狀。數，多次。**甲第**：華貴的住宅。《長安志》："天寶中，京師堂寢，已極宏麗，而第宅未甚逾制。安史二逆之後，大臣宿將，競崇棟宇，無有界限，人謂之木妖。"兩句意思一轉，設想日後回紇諸軍跋扈橫行和功臣宿將競尚豪華的情狀，表示了詩人的隱憂。

4　**"萬方"二句**：各地都向皇上頻頻送喜，皇上大抵會太過辛勞吧？

無乃：表委婉語氣，相當於"恐怕"、"只怕"等。**聖躬**：皇帝。

以上四句為一段，表示對日後的憂慮。事實證明了詩人的預感，自肅宗以後，唐代方鎮之禍愈演愈烈，竟成割據局面，以迄於五代。

秦州雜詩（二十首選三）

唐肅宗乾元二年（759）秋天，關內大饑，時局動蕩，民生極苦。杜甫對政治深為失望，便拋棄華州司功參軍這個小官，率家西行，流寓秦州，以採藥賣藥為生。《秦州雜詩》作於此年。全組詩共二十首。吟詠秦州的風物，抒發當時的真實感觸，當非一時一事之作。詩篇反映了外族的入侵，社會的動亂，人民的苦難和個人的窘迫，是杜集中感人至深的篇章。

秦州：今甘肅省天水縣。雜詩：魏晉間詩人多用此題，抒寫情懷，內容不一。

一

這是組詩的第一首，寫自己往秦州時的矛盾痛苦心情。筆力蒼勁，意境淒寒。

滿目悲生事，因人作遠遊[1]。

遲迴度隴怯，浩蕩及關愁[2]。

水落魚龍夜，山空鳥鼠秋[3]。

西征問蜂火，心折此淹留[4]！

【注釋】

1　**“滿目”二句**：我隨着人遠遊秦州，沿途所見，人民罹難，生計無着，一切都是那樣令人悲傷。

生事：生計。**因人**：隨附着別人。一説依附着別人，謂杜甫之姪杜佐在秦州東柯谷，杜甫前往秦州即依靠他。詩人從華州至秦州，沿途所見，盡是飢餓的人羣，荒蕪的田野，蕭疏的村落。首句五字，是對社會民生的高度概括，同時也深刻地表現了詩人自己的哀傷之情。

2　**“遲迴”二句**：險峻的隴山，越過時感到猶豫膽怯；來至關口，面對茫茫的荒野，又愁思無限。

遲迴：徘徊不前。鮑照《代放歌行》：“臨路獨遲迴。”**隴**：隴山。一名隴阪。山勢綿延險峻，跨陝西省寶雞隴縣及甘肅省清水、天水、秦安等縣。《太平御覽》引辛氏《三秦記》：“隴西關，其阪九迴，不知高幾里。欲上者七日乃得越。”杜甫從關中入秦，須度隴山西行。**浩蕩**：曠遠貌。這裏形容憂愁的廣大。**及**：一作“入”。**關**：隴關。即大震關。在今陝西省隴縣西。兩句寫入秦之難，征途之苦。

以上四句為一段，寫入秦途中所見、所歷、所感。

3　**“水落”二句**：到達秦州的時候，只見那魚龍川正好水落石出，而鳥鼠山荒涼空寂，一片秋天肅殺的景象。

水落：水退。**夜**：何焯《義門讀書記》云：“尚書春言日，秋言夜，夜亦秋也。變文屬對，見滿目無非兵象。”**魚龍**：水名。一名龍魚川，今名北河。《水經注》：“汧水出汧縣西山，世謂之小龍山，其水東北流，歷澗注以成淵，潭漲不測，出五色魚，俗以為龍而莫敢採捕，因謂魚龍水，亦通謂之魚龍川。”**空**：一作“通”。兩句寫到秦風光。仇兆鰲云：“水落山空，秋日淒涼之況。”“落”、“夜”、“空”、“秋”四字，寫的是秋日蕭瑟寂寥之景，抒的是淒涼悲苦之情。“魚龍”與“鳥鼠”，既是所經的地名，又是山川中特有的動物，恰成佳對。後世之摹擬者，無老杜之筆力，專從此入手，則易得纖巧之弊。

4 **“西征”二句**：我準備西行入秦，打聽前途是否有戰事；要是秦州亂起，久留此地，實在安不下心來。

西征：西行。秦在長安之西，故云。**問烽火**：打聽是否有戰事。《新唐書．吐蕃傳》載，安史亂時，吐蕃常寇邊暴掠，威脅隴右。**心折**：猶心驚。江淹《別賦》：“意奪神駭，心折骨驚。”按，杜甫到秦州數月，因局勢不寧，即轉同谷入蜀。後秦州果被吐蕃攻陷。

以上四句為一段，寫秦州景色和客秦心事。

杜甫的詩，是史，也是詩，故稱之曰詩史。說它是史，因為在杜集中，“憂戰伐，呼蒼生，憫瘡痍者，往往而是”（宋人黃徹語）；說它是詩，因為它氣韻沉遠，風調精深，感情蒼鬱，辭氣橫溢，精於格律。它是最真實的史，它又是最精美的詩；它是歷史的詩，它是詩的歷史。中國歷史上，惟獨杜甫的詩，才稱得上真正的詩史。陳廷焯《白雨齋詞話》云：“杜陵之詩，包括萬有，空諸倚傍，縱橫博大，千變萬化之中，卻沉鬱頓挫，忠厚和平，此子美所以橫絕古今，無與為敵也。”可謂精論。

二

乾元二年（759）春三月，九節度之師潰於鄴城。郭子儀詔還京師。仇兆鰲云：“良馬陣沒，秋草見長，傷鄴城軍潰。今者龍種在軍，而驌驦空老，其哀鳴向天者，何不用之收效耶？此蓋為郭子儀而發歟。” 本篇是組詩的第五首，借詠天馬抒發對時事的感憤。

西使宜天馬，由來萬匹強[1]。
浮雲連陣沒，秋草遍山長[2]。
聞說真龍種，仍殘老驌驦[3]。
哀鳴思戰鬬，迴立向蒼蒼[4]。

【注釋】

1 **“西使”二句**：張騫出使西域，當有天馬帶回。自此西域的良馬，便大量地輸入中國。
西使：指漢張騫出使西域事。《漢書》：“張騫使西域。初，天子卜曰：‘神馬當從西北來。’騫還，得烏孫天馬。”西，一作“南”。使，出使。讀去聲。**宜**：當。**天馬**：參見《房兵曹胡馬》注 1（頁 001－002）。**萬匹**：極言馬之多，非確數。**強**：多。

2 **“浮雲”二句**：多如浮雲的天馬，與戰陣相接，現在都消失了。戰場上，在秋風中，只有遍山的野草。

浮雲：喻天馬之多。一説為良馬名。非。**連陣沒**：鄴城之圍，戰馬萬匹，惟存三千。**遍**：一作"滿"。兩句見秋草而思天馬，借傷馬以感時事。

3 **"聞說"二句**：聽説真正的良馬，現在還剩下一匹老驌驦。
龍種：指良馬。《北史 · 隋煬帝紀》："置馬牧於青海渚中，以求龍種。"**仍殘**：一作"空餘"。殘，餘。**驌驦**：良馬的一種，色白如霜。《左傳》："成公如楚，有兩驌驦馬。"又作"肅爽"。兩句喻郭子儀詔還京師，有良將還京，空老驌驦之慨。詩人渴望他重返戰場以護邊疆。

4 **"哀鳴"二句**：良馬啊，你昂首卓立，因思念戰鬬而對着蒼天哀鳴。
蒼蒼：指天。《莊子 · 逍遙遊》："天之蒼蒼，其正色邪？"兩句設想老將還京，不能馳騁疆場之痛。

三

本篇是第七首，寫秦州的地理形勢，表現詩人對國事的憂傷，詩意雄奇，境界莽蒼，風格頓挫，是杜集中的名作。

莽莽萬重山，孤城石谷間[1]。
無風雲出塞，不夜月臨關[2]。
屬國歸何晚，樓蘭斬未還[3]。
煙塵一長望，衰颯正摧顏[4]。

【注釋】

1 **“莽莽”二句**：羣峯層疊，莽莽蒼蒼，秦州這座孤城就矗立在萬山環抱的石谷裏。

孤城：指秦州城。羣峯萬疊，高插雲表，蒼莽起伏，秦州城矗立於萬山叢中，地勢險要。兩句拔地而起，壁立萬仞，振起全篇精神。

2 **“無風”二句**：即使山谷裏無風，浮雲也在高空悠然出塞；夜幕未垂，而明月先已照臨邊關了。

隋李巨仁《賦得鏡》：“無風波自動，不夜月恒明。”杜詩仿其句法，而境界之壯闊，用意之深厚，遠出李作之上。黃庭堅謂“點鐵成金”，此為佳例。“無風”、“不夜”，或作地名解。非。因羣山所阻，高空有風而地面感覺不到。從地面來看，就彷彿雲無風而自飄了。羣峯聳峙，萬山層疊，高山把陽光擋住，山谷便顯得陰沉蕭索，白天黑夜便沒有明顯的界限，月亮出來了，人還未發覺夜已降臨，好像“不夜”而“月臨”。《水經注》云：“重巖疊障，隱天蔽日，自非亭午夜分，不見曦月。”寫的正是這種景象。兩句有三重意思：一、從側面給山勢補寫一筆，使人有山勢超凡之感；二、渲染秦州城一片衰颯淒涼的氣氛，隱含詩人的憂傷之情；三、點出秦州地勢險要，暗示邊患，為下面四句作鋪墊。

以上四句為一段，寫秦州四面山勢，隱含詩人憂傷國事的感情。

3 **“屬國”二句**：朝廷的使節為什麼久久未歸？我們的將士啊，還不見凱旋而返。

屬國：指蘇武。他被漢武帝派去出使匈奴，為匈奴拘留，囚禁了十九年，歸國後曾拜"典屬國"。這裏以蘇武代指出使吐蕃的使節。**樓蘭**：《漢書》："傳介子持節至樓蘭，斬其王，持首還，詔封為義陽侯。"這裏以蘇武和介子的故事，言局勢逆轉。

4 **"煙塵"二句**：縱目遠望，煙塵蔽野，景象蕭條，我不免黯然神傷。

一：一作"獨"。**衰颯**：指景象蕭條冷落。**摧顏**：黯然神傷；容顏暗淡的樣子。摧，凋殘。一作"催"。

以上四句為一段，寫詩人對國事的顧念與感慨。

浦起龍云："憂吐蕃之不庭也。一、二，身所處；三、四，警絕⋯⋯五、六，言西人向化無期也。'長望'、'摧顏'，憂何能解？"大抵點出了本篇的題旨。

遣　懷

此詩寫塞上蕭瑟淒清之景，烘托出客居異地的愁緒。

愁眼看霜露，寒城菊自花[1]。
天風隨斷柳，客淚墮清笳[2]。
水靜樓陰直，山昏塞日斜[3]。
夜來歸鳥盡，啼殺後棲鴉[4]。

【注釋】

1　**“愁眼”二句**：濃重的霜露，映入愁人的眼簾，秦州城已為寒氣所籠罩，菊花寂寞地開放着——誰有那份閑情去管它呢！
愁眼：愁人的眼睛。**自花**：花不受人注意，無人理會，寂寞地開放着。趙子常云：“天地間景物非有厚薄於人，惟人當適意則情與景會，而物之美若為我設。一有不慊，則景物與我漠不相干，故公詩多用一‘自’字，如‘寒城菊自花’、‘故園花自發’、‘風月自清夜’之類甚多。”兩句交代時序，以景寫愁。“愁眼”二字，統領全篇。

2　**“天風”二句**：峭疾的天風把柳枝都吹斷了，聽着胡笳淒清的調子，我這個客居異地的人不由得潸然淚下。

仇兆鰲引劉楨“輕葉隨風轉”句，指出這是倒裝句法。

3　**“水靜”二句：**平靜的水面倒映着樓臺平正的影子；太陽西墜，塞外的遠山逐漸變得昏暗不清了。

樓陰：樓閣的影子。一作“城陰”。兩句以水靜影直、山昏日斜之景，渲染寂寞淒清的氣氛。趙子常云：“‘天風’句下因上，‘客淚’句上因下，‘水靜’句下因上，‘山昏’句上因下。”

4　**“夜來”二句：**夜來鳥雀都歸林了，只有遲歸的烏鴉因找不到棲身的地方在悲傷地啼叫着。

啼殺：啼叫得很厲害。殺，形容極甚之詞。詩人以歸鴉自況，感嘆自己身世飄零，歸依無所。

擣　衣

浦起龍云："古樂府《擣衣篇》皆託從軍者之婦言。" 擣（dǎo 倒）：舂打。

這是一首寫戍婦懷人的詩，作於乾元二年（759）。這一年安史之亂未息，吐蕃又威脅着邊境，唐王朝便無限制地擴大兵員。多少人因戍邊而長久地離家。本詩通過擣衣這一生活細節，寫出了閨中思婦對征人的深切想望。

亦知戍不返，秋至拭清砧[1]。

已近苦寒月，況經長別心[2]。

寧辭擣衣倦，一寄塞垣深[3]。

用盡閨中力，君聽空外音[4]。

【注釋】

1　"亦知"二句：我也知道你戍守邊塞回不了家，秋天到了，我拭淨那擣衣石，好把你的寒衣洗淨寄去。

砧（zhēn 針）：擣衣石。《字林》："直舂曰擣。古人擣衣，兩女子對立，執一杵，如舂米然。今易作臥杵，對坐擣之，取其便也。" 上句劈空而起，從戍婦心理着筆。一"亦"字，點出思念之久。秋至時想到征夫寒衣未備，故妻為之擣衣。

2 **“已近”二句**：已近苦寒的月份，我記掛着你衣單受冷，更何況經歷了長時間的離別，我怎能不苦苦思念着你啊！

苦：一作“暮”。**經**：一作“驚”。本聯承首聯上句，寫懷人之情。“苦寒”月近，懷人之情自然倍加深切，“長別”又使這種感情益發深沉而難以排遣。

3 **“寧辭”二句**：我怎能因勞累而不再擣衣？得趕快把寒衣寄往遙遠的邊城呢！

寧辭：豈辭，意謂不辭。**衣**：一作“熨”。**塞垣**：邊城。丈夫戍地。**深**：遠處。這一聯承上聯下句，寫戍婦為寄寒衣而不辭勞苦。語真情重，是思婦的口吻，是思婦的心事。

4 **“用盡”二句**：我是使盡力氣擣衣啊！你可聽見那郊外擣衣的聲音？

空外：方以智《通雅》(卷五)：“空外猶言單外也。……杜詩‘君聽空外音’，‘空’字，去聲。”按，單外，郊郭之外。空、單均可訓為“盡”。王灣《擣衣》有“風響傳聞不到君”句，意與結句相近，但不及杜詩蘊藉含蓄。這一聯寫戍婦為丈夫盡力擣衣，希望他瞭解自己的一番苦心。

全詩以使用虛字見勝，能曲折地表現思婦的心理活動。

月夜憶舍弟

本篇作於乾元二年（759）秋天，時詩人在秦州。

這年九月，史思明的叛軍攻陷洛陽，齊、汝、鄭、滑四州正在戰亂之中。杜甫的三個弟弟（杜穎、杜觀、杜豐）猶在東方，兵禍未息，音書斷絕，不知何日方見。詩歌因景抒情，情景相應，語言明白簡煉，至誠感人。

戍鼓斷人行，邊秋一雁聲[1]。

露從今夜白，月是故鄉明[2]。

有弟皆分散，無家問死生[3]。

寄書長不達，況乃未休兵[4]。

【注釋】

1　**"戍鼓"二句**：戍樓傳過來陣陣更鼓，四周人迹杳然，一聲淒厲的雁鳴在深秋的邊塞上迴蕩着。

戍鼓：戍樓的更鼓，用以報時和警戒敵情。**斷人行**：謂宵禁戒嚴。更鼓響後不得出行。**邊秋**：一作"秋邊"。兩句寫秦州戰亂的環境氣氛。首句為"未休兵"埋下伏筆，次句為憶弟起興。古人常以雁行比喻兄弟間的關係。這裏當暗用此意，意謂自己孤獨。中國古典詩歌的比興手法，老杜運用已臻出神入化之境了。

2 **“露從”二句：**又逢白露節的清夜，塞上的月色還像故鄉的月色那樣明亮。

今夜白：意謂今夜逢白露節。**故鄉明：**仇兆鰲《杜詩詳註》：“猶是故鄉月色也。”上句交代時節。時序變化，益增懷人之意。下句通過寫月色，表現思鄉之情，語極樸素，意極深厚。天涯客子，海外離人，讀之能無感愴？王彥輔云：“子美善於用事及常語，多離析或倒句，則語健而體俊，意亦深穩，如‘露從今夜白，月是故鄉明’是也。”以上四句為一段，寫月夜之景，寓相憶之情。未涉一“弟”字，而字字有弟在。

3 **“有弟”二句：**我有幾個弟弟，但都分散了，也沒有個家探問親人的生死消息。

“有弟”句：這時只有幼弟杜占在杜甫身邊，其餘三個弟弟都遠在山東、河南一帶，中間阻兵，彼此音訊隔絕。分散，一作“羈旅”。**“無家”句：**時詩人在洛陽的老家已歸不得，故更無從知道兄弟的生死情況了。至第五句始逼出“弟”字，於此可悟老杜句法。

4 **“寄書”二句：**家信本來就常常寄不到，更何況在兵禍未息之時！

長：常。**達：**一作“避”。**況乃：**轉折連詞，何況更。**休兵：**停戰。本聯上句承上聯，下句與首句呼應，把相憶之情推進一步，從而突出了全篇的主題。

以上四句為一段，直寫相憶之情。

天末懷李白

至德二年（757）二月，永王李璘（唐玄宗第十六子）與肅宗爭位，由江夏起兵，以北上平亂為名，“總江淮鋭兵，長驅河洛”。李璘路經潯陽（今江西省九江市）時，因慕李白之名，三次下書徵召。李白出於愛國熱情，加之政治上的幼稚，便參加了李璘幕府。李璘事敗被殺後，李白也以“附逆”之罪被投進潯陽監獄。後來，由於宣慰大使崔渙、御使中丞宋若思等人營救，才被放出。肅宗入京後，他又被重新定罪流放夜郎（今貴州省桐梓縣一帶），途經長江、洞庭湖而入黔。這時杜甫正在秦州。秋天陣陣的涼風，掀起了詩人心中懷人的波浪：

涼風起天末，君子意如何[1]？
鴻雁幾時到，江湖秋水多[2]。
文章憎命達，魑魅喜人過[3]。
應共冤魂語，投詩贈汨羅[4]。

【注釋】

1　“涼風”二句：遠在天涯的秦州，這時颳起了陣陣寒風，朋友啊，此時你的心境如何？

天末：天邊，天涯。此指秦州。**君子**：指李白。古人把有高道德的人稱為君子。**意**：心意，心情。上句以"涼風"起興，下句點出題意。

2　**"鴻雁"二句**：鴻雁啊，幾時才飛到這裏，帶來朋友的訊息？長江、洞庭湖一帶，風高浪險，你行路必定很艱難吧！
鴻雁：《漢書．蘇武傳》載，漢人對匈奴使者説，天子在上林射雁，發現雁足上繫有蘇武的書信。後因以作信使的代稱。**江湖**：時李白正流落在江湘一帶。上句言盼着朋友來信，下句設想他行路的艱阻。江湖秋水，猶言畏路風波，亦與上文"涼風"呼應。

3　**"文章"二句**：文章好像憎惡命運通達的人似的，而那些山精水怪都喜歡有人經過，好飽餐一頓。
文章：泛指文學作品。**達**：通達。**魑**（chī 癡）**魅**（mèi 未）：傳説中山林裏能害人的妖怪。此喻害人的奸邪小人。**過**：讀平聲，經過。兩語千古名句，意謂歷來有文學才華的人，往往遭遇不幸，而那些奸邪小人，卻在窺伺着人們，待機陷害，表現了詩人對朋友的深切同情，直抒他對現實的憤激。

4　**"應共"二句**：你該會與屈原的冤魂敘談，並且作詩投贈吧！
冤魂：指屈原的冤魂。**汨**（mì 覓）**羅**：汨羅江，在今湖南省湘陰縣東北，相傳為屈原自沉之處。兩句承接上聯，與首聯下句呼應。詩人設想朋友與屈原的冤魂敘談，意思是李白受讒含冤，與屈原同調。

全篇不直接寫"懷"字，但句句抒懷人之情；這種感情通過景物的渲染和豐富的想像，寫得深厚沉摯。

送　遠

本篇寫於杜甫離開秦州之時。詩人與好友話別，臨歧相送，執手依依，想到離亂之際旅途中的艱苦情景，不禁悲慟落淚。別後作此詩以寄贈；或謂是詩人離開秦州時自贈之作，似非。

帶甲滿天地，胡為君遠行[1]？
親朋盡一哭，鞍馬去孤城[2]。
草木歲月晚，關河霜雪清[3]。
別離已昨日，因見古人情[4]。

【注釋】

1　**"帶甲"二句**：天地之間，充滿了戰爭禍亂，你為什麼還要遠行？
帶甲：穿着甲衣。指士兵。**胡為**：為什麼要。上句寫送別的社會背景。時史思明的叛軍正控制着河北、山西一帶，故詩人為友人的遠行擔心。

2　**"親朋"二句**：當你跨上馬鞍就要離開這座孤城的時候，親朋都為別離而同聲一哭。
盡一哭：同聲痛哭一場。**鞍馬**：坐騎。此借代離人。**去**：

離開。**孤城**：一作"邊城"。兩句有景，有情，有聲，也有淚，臨歧之恨寫得酸楚深摯。

以上四句為一段，寫送別的情景。

3 **"草木"二句**：時值歲晚，草木凋零，關河寥落，霜雪遍地——你旅途必定是很艱苦的啊！

兩句設想友人路上所見的歲晚景色，烘托他旅途的艱苦。

兩句音節奇拗：上句連用五仄聲字，下句平平平仄平，聲情相生。

4 **"別離"二句**：別時的景物，哭送的情懷，這本來已是過去的事了，現在還縈迴腦際，難以排遣，由此可見如同古人般深摯的情懷了。

古人情：指古人高潔的情懷，如對友情的堅貞等。古，一作"故"。

以上四句為一段，寫憶別之情。

遣　興

上元元年（760），杜甫卜居於成都城西浣花溪草堂。本篇作於此年。時中原尚亂。詩人有感於弟妹睽離和個人飄零遲暮，借詩以遣懷。遣興：抒發內心感情。

干戈猶未定，弟妹各何之[1]？
拭淚霑襟血，梳頭滿面絲[2]。
地卑荒野大，天遠暮江遲[3]。
衰疾那能久，應無見汝期[4]。

【注釋】

1　**“干戈”二句**：戰亂還沒有平息，弟妹們各自飄零到哪裏？**干戈**：古代兩種兵器。借代戰事。**之**：往。動詞。上句寫動亂的時局，下句因上句而發問，寫傷離之情。

2　**“拭淚”二句**：我抹着眼淚，淚盡至於見血，把衣襟也染紅了；我憂傷過度，致使頭髮脱落，梳頭時，便弄得滿面白髮。**拭**：抹。**霑襟血**：淚水把衣襟沾濕。古人常以啼血形容傷心之極，不是真的哭出血來。襟，一作“巾”。**絲**：指白髮。兩句承首聯下句，寫手足別離之痛，並帶出尾聯，為全篇的轉樞。

以上四句為一段，寫在戰亂時傷離之情。

3 **“地卑”二句**：這裏地勢低平，荒野更顯得遼闊；天空曠遠，黃昏時的江水似乎流得更緩慢了。

地卑：地勢低下。浦起龍云：“蜀地不卑，成都四遠皆山，故云‘卑’。”兩句寫天地遼遠，隱含身世飄零之嘆。

4 **“衰疾”二句**：衰弱多病的身體怎能熬得久？我怕見不着你們了。

兩句嘆老，與上聯關係密切：身世飄零與“衰疾”互為因果，此其一；“野大”、“天遠”與“衰疾”互相對照，此其二。結句不獨嘆老，而且與前四句呼應，把前後四句統一起來，使傷離、嘆老融為一體。

以上四句為一段，抒飄零遲暮之感。

語極沉痛，字字血淚。如此等詩，非徒以字句見工，直是一片真氣，撼人心魄。

春夜喜雨

本篇是上元二年（761）春在成都草堂作。

這時杜甫已有個棲身之地，生活也安定下來，心情自然比羈泊之時好多了。詩人通過細緻入微的觀察，形象地描繪了江村夜雨的景象，抒發內心喜悅之情。全詩結構嚴整，語言準確、精煉。這是杜集中深受人們喜愛和稱賞的名篇。仇兆鰲説寫春雨寫得“脈脈綿綿，於造化之機最為密切。”浦起龍認為“喜意都從罅縫裏逆透”。這確是一首難得的詠物佳構。

好雨知時節，當春乃發生[1]。

隨風潛入夜，潤物細無聲[2]。

野徑雲俱黑，江船火獨明[3]。

曉看紅濕處，花重錦官城[4]。

【注釋】

1 **“好雨”二句**：好雨彷彿也懂得適應季節，在萬物萌發的春天它就下起來。

知時節：懂得季節的需要。**當春**：正當春季。**乃**：方始，就。一作“及”。**發生**：滋生萬物。《爾雅．釋天》：“春乃發生。” 兩句謂春雨及時。用擬人手法寫來，自覺詩人之“喜”。

2 **“隨風” 二句：**細雨隨着東風悄悄地在夜裏飄灑，紛紛颺颺，不聲不響地滋潤着萬物。

潛：暗暗地。因是春夜細雨，故不易被人們感到。兩句均從雨本身着筆，寫出春雨的形與神。“潛”、“細” 二字極工。

3 **“野徑” 二字：**雨雲低垂，一片黑暗，籠罩着田野小路，只有江上的船火忽閃忽閃地亮着。

野徑：鄉間的小路。兩句從大處落墨，寫雨夜郊野的景色。

4 **“曉看” 二句：**明早當會看到錦官城裏的春花，經雨紅潤，飽含水份，沉墜枝頭。

花重：花因飽含雨水而顯得沉重。南朝梁簡文帝《賦得入階雨》：“漬花枝覺重。” **錦官城：**成都古為織錦業發達之地，官府曾在此設專門管理機構，因稱。兩句寫詩人設想錦官城雨後艷麗的曉景。

江　亭

本篇寫於上元二年（761）春，時詩人在成都。

江亭春暖，詩人野望長吟，見流水潺湲，閑雲自在，有超然物外之感；但當他想到中原戰亂、故鄉難歸之時，便愁悶難排。

坦腹江亭暖，長吟野望時[1]。

水流心不競，雲在意俱遲[2]。

寂寂春將晚，欣欣物自私[3]。

故林歸未得，排悶強裁詩[4]。

【注釋】

1　**“坦腹”二句**：陽光和煦，我在江亭眺望原野，曼聲吟誦，無拘無束。

坦腹：晉代郗鑒使門生到王氏家選婿。王氏子弟都表現得很矜持，惟獨羲之在東牀坦腹躺着。鑒説：“這是好女婿啊！”於是把女兒許配給他。此借王羲之事寫自己無拘無束的心境。

2　**“水流”二句**：我的心就像潺潺的流水和天上的閑雲，悠然自得。

心不競：與世無爭的心態。**意俱遲**：心與……一起徐徐而動。俱，一起。遲，徐緩。兩句以流水、行雲比喻悠然自得，超然物外的心境。詩人把自己融進大自然之中，與之渾然一體。語言風格很像王維，也頗有點老、莊的味道。

3 **"寂寂"二句**：原野寂寂，時序將是暮春了；萬物欣欣向榮，各得其所。

物自私：意謂萬物各依本性，自得其所。兩句承上聯，由"寂寂"想到時序遷移，由"欣欣"感到自身飄零，很自然地帶出尾聯。前人云："此詩轉關在五、六句。春已寂寂，則有歲時遲暮之慨。物各欣欣，即我獨失所之悲，所以感念滋深，裁詩排悶耳。若謂五、六亦是寫景，則失作者之意。"

4 **"故林"二句**：當想到故鄉不得歸去的時候，我就愁悶之極，惟有作詩解悶。

"故林"二句：一作"江東猶苦戰，回首一顰眉"。兩句承上聯寫不得歸中原故鄉的愁悶。

水檻遣心（二首選一）

本詩約作於上元二年（761）。

這是第一首。這一首寫草堂水亭遠眺所見的景色，表現詩人閑適的心境。“細雨”二句，抓住了客觀景物的特點，造語精工細膩，為歷來傳誦的寫景佳句。水檻（jiàn 艦）：指草堂水亭欄杆。遣心：散心。一作“遣興”。

去郭軒楹敞，無村眺望賒[1]。
澄江平少岸，幽樹晚多花[2]。
細雨魚兒出，微風燕子斜[3]。
城中十萬戶，此地兩三家[4]。

【注釋】

1 **“去郭”二句**：這裏遠離城郭，軒廊寬敞，四周沒村舍，可以極目遠眺。
去郭：離開城郭。**軒楹**：廊柱。此借指堂廊。**無村**：一作“無材”。**賒**（shē 些）：遠；長。兩句寫遠望，總起全詩。

2 **“澄江”二句**：江水澄碧滿漲，望去茫茫一片，有些地方江岸都給水淹沒了。黃昏中，江岸幽密的樹木開滿了花朵。
澄江：清澈的江流。**少岸**：江水滿漲，部分江岸被浸，故云。兩句寫江岸晚眺之景，着色鮮麗，筆致清新。

3 **“細雨”二句**：魚兒在細雨中游向水面，燕子在微風中斜斜地飛翔。

兩句自然流美。葉夢得《石林詩話》稱其“緣情體物，自有天然工妙，雖巧而不見刻削痕”。體物精微，老杜所擅。

4 **“城中”二句**：城中有十萬戶，這地方只有兩三家。

兩句寫野上人家。以城市作對比，更見出江村的幽寂。浦起龍云：“偏説有‘家’，正使‘無村’益顯。”

客夜

寶應元年（762）秋，杜甫自綿州至梓州，而家小都在成都。一天，他接到妻子的來信，百感交集，夜不能寐……

客夜：在他鄉作客之夜。

客睡何曾著，秋天不肯明[1]。

入簾殘月影，高枕遠江聲[2]。

計拙無衣食，途窮仗友生[3]。

老妻書數紙，應悉未歸情[4]。

【注釋】

1 **"客睡"二句**：在他鄉作客，我夜裏何曾睡得着？秋夜漫漫，天老是不肯亮。

"何曾"、"不肯"，善用虛詞，愁懷畢露。兩句點明題意，總起全篇。

2 **"入簾"二句**：天邊殘月一彎，清影入簾；遠處江聲隱隱，傳來枕畔。

唐人張說《深渡驛》云："洞房懸月影，高枕聽江流。"兩句活用其意，開宋人脱胎換骨的法門。趙子常云："惟夜久，見月殘，惟夜靜，聞江遠。"兩句以"月影"、"江聲"

側面寫愁人不寐。

3 **"計拙"二句**：我不善謀生，衣食無着，在人生道路上算是走到了盡頭，只好靠朋友資助過活。

計拙：沒有好辦法。**途窮**：道路到了盡頭。《晉書·阮籍傳》載，阮籍出遊時，不擇徑路，及途窮，輒慟哭而返。

兩句寫不眠之夜的思想活動，也交代了不眠的原因。用語樸拙，情辭俱苦。

4 **"老妻"二句**：老妻寄來長長的信，埋怨我還不回家——她該瞭解我在他鄉作客的思緒啊！

兩句承上聯，繼續寫自己的思想活動，總結全篇。

浦起龍云："此因得家書後有感不寐而作。家書中定有催歸之語，今所云云，皆'未歸情'也。故結言客情若此，老妻亦應悉之，何書中云爾乎？黯然神傷。舊以'數紙'為寄妻之書，恐非。"

客　亭

唐人寫景，往往寥寥數筆，便意趣橫生，如嚴維“柳塘春水漫，花塢夕陽遲”兩句，春意濃鬱，色調明艷，梅聖俞曾大為稱賞。而杜甫的“日出寒山外，江流宿霧中”，以如椽大筆寫景，無絲毫纖巧柔媚之意，與嚴詩相較，雖各有擅勝，而吾取老杜焉。

秋窗猶曙色，落木更高風[1]。
日出寒山外，江流宿霧中[2]。
聖朝無棄物，衰病已成翁[3]。
多少殘生事，飄零任轉蓬[4]。

【注釋】

1　**“秋窗”二句**：在窗際曙色初露的時候，外邊還是秋風峭勁，落葉蕭蕭。
落木：一作“木落”。**高**：一作“天”。兩句寫秋晨蕭瑟的風物。

2　**“日出”二句**：太陽從寒山那邊漸漸地露出，夜霧仍然籠罩着滾滾奔流的大江。
宿霧：夜霧，至曉不散的霧。兩句寫曠遠荒寒的山水，境界甚大。

3　**“聖朝”二句：**聖明的朝代是物物皆有所用的；我之所以不為所用，是因為衰弱多病，變成一個老頭了。

無棄物：《老子》：“聖人常善救人，故無棄物。”**衰：**一作“老”，一作“多”。**成：**一作“衰”。兩句是反語，抒發對埋沒人材的當權者的滿腔激憤，同時也寫出了自己窮愁潦倒的處境。孟浩然有“不才明主棄，多病故人疏”句，杜詩意與之相似而更含蓄。

4　**“多少”二句：**垂暮之年還有多少事情放不下啊，我還像蓬草一般到處飄零。

兩句結清一個“客”字，總結全篇。

送元二適江左

這是廣德元年（763）在梓州送別元二之作。才逢又別，客中送客，離懷自與尋常不同。元二：詩人之友，排行第二，故稱。適：往。江左：指長江下游南岸地區。

亂後今相見，秋深復遠行[1]。
風塵為客日，江海送君情[2]。
晉室丹陽尹，公孫白帝城[3]。
經過自愛惜，取次莫論兵[4]。

【注釋】

1 **"亂後"二句**：亂後現在才相見不久，在這深秋時節，你又要遠行了。

亂：指安史之亂。是年史思明之子朝義窮蹙自殺，叛亂平定。"今"字，見得相見未久。"今"、"復"二字，兩相對照，有無限惋惜之意。

2 **"風塵"二句**：在戰亂作客之日，送別你到江海之地，情懷實在與尋常送別不同啊！

風塵：指戰亂。這時安史之亂才結束不久，接着又有吐蕃入侵，國家仍在戰亂之中。**江海**：指江左，元二所往。兩句寫送別之情。“風塵”承“亂後”，“江海”接“遠行”。“風塵”言時局，“為客”言遭際，“江海”言遠行，兩句有無窮之悲。

3 **“晉室”二句**：丹陽尹是晉皇室的所在地，白帝城是公孫述稱帝的地方。

丹陽尹：《宋書》載，漢丹陽郡治宛陵（今安徽省宜城縣），晉武帝太康二年（281）分為宣城、丹陽二郡，丹陽郡移治建業（今南京市）。東晉元帝大興元年（318）改丹陽郡為丹陽尹。**公孫**：公孫述，東漢初他改所據魚復縣名為白帝城，自號白帝。兩句寫元二往江左途經之地，引出尾聯。由梓州往江左，先經白帝後經丹陽，因平仄所限，倒轉過來。浦起龍謂：“元二必負氣好談兵”。丹陽為晉室偏安之所，白帝乃公孫述稱帝之地，作者舉二地之意見下聯。

4 **“經過”二句**：經過這個地方時需要珍重自愛，不要隨便議論軍事啊！

取次：隨便。兩句承上聯寫臨別贈語，與“亂後”、“風塵”呼應。“莫論兵”三字，表現了久經喪亂的人們厭戰的心情。姜夔《揚州慢》：“自胡馬窺江去後，廢池喬木，猶厭言兵。”亦即此意。

別房太尉墓

本篇作於廣德二年（764）二月。時杜甫將從閬州赴成都，行前曾到房太尉墓前哭別。房太尉：《舊唐書・房琯傳》載，寶應二年（762）四月，拜特進、刑部尚書，在路遇疾。廣德元年（763，是年七月改元）八月卒於閬州僧舍，贈太尉。

他鄉復行役，駐馬別孤墳[1]。
近淚無乾土，低空有斷雲[2]。
對棋陪謝傅，把劍覓徐君[3]。
惟見林花落，鶯啼送客聞[4]。

【注釋】

1 **"他鄉"二句**：我為了生計又將往別處去了，讓我停下馬來與你的孤墳作別吧！
行役：泛指一切有所作為而出行之事。**駐馬**：止住車馬。兩句緊扣詩題，寫別和別因。

2 **"近淚"二句**：悲傷的淚水滲濕了附近的泥土，低空的雲朵也停下來表示哀痛。
低空：一作"空山"。兩句以誇張、擬人手法，具體形象地寫出哀傷之情。房琯在軍事上是個無能之輩，但史稱他"所在為政，多興利除害”，“自負其才，以天下為己任”（《舊唐書．房琯傳》），故老杜對他頗有好感。

以上四句為一段，寫墳前的悲痛。

3 **“對棋”二句**：過去，我曾陪伴你下棋；而今，我似季札掛劍徐君墓上那樣不負亡友。

謝傅：即謝安。《晉書．謝安傳》載：“（苻）堅後率眾，號百萬，次於淮、肥，京師震恐。加安征討大都督。（謝）玄入問計，安夷然無懼色。答曰：‘已有旨。’既而寂然。玄不敢復言，乃令張玄重請。安遂命駕出山墅，親朋畢集。安與玄圍棋賭別墅……至夜乃還，指授將帥，各得其任。玄等既破堅，有驛書至，安方對客圍棋，看書既竟，便攝放牀上，了無喜色，棋如故。客問之，徐答云：‘小兒輩遂已破賊。’”此以謝安比房琯，稱美其風度和才略。**徐君**：劉向《說苑》：“吳季札聘晉過徐，心知徐君愛其寶劍。及還，徐君已歿，遂解劍繫其塚樹而去。”此以季札自況。據《舊唐書．房琯傳》載，“琯好賓客，喜談論”，“招納賓客，朝夕盈門”。從本詩“對棋”二語，可知其當時頗得士心。然房琯在率軍抵禦安祿山時，失機大敗，詩中以謝安比之，殊覺不倫。

4 **“惟見”二句**：只見林花輕輕飄落，啼鶯像是送我這個客人。兩句以“花落”、“鶯啼”表現臨別依依之情。

以上四句為一段，寫臨別留連。

浦起龍《讀杜心解》：“上四，直將臨墓哀泣心事，盡情寫過，下乃分疏出所以哀泣之故來。追宿昔，感身後，傷譪別，皆其故也。”

旅夜書懷

這首詩抒發了詩人失意官場的憤激以及飄零天地的感慨。儘管他前路艱難，但詩語依然雄闊渾厚。杜甫五律，大筆如椽，壯浪恣肆，如本詩“星垂平野闊，月湧大江流”兩句，即以其磅礴的氣勢為後人所傳誦。

細草微風岸，危檣獨夜舟[1]。
星垂平野闊，月湧大江流[2]。
名豈文章著，官應老病休[3]。
飄飄何所似，天地一沙鷗[4]。

【注釋】

1 **“細草”二句**：寂寂的夜晚，微風吹拂着岸上的小草，桅杆高高的帆船孤零零地靠在江邊。

危檣（qiáng 牆）：高高的桅杆。危，高貌；檣，帆船的桅杆。兩句寫江岸夜泊所見的近景。“細草”、“微風”與“夜”點染出寂寥的江晚氣氛，把一個“獨”字烘托出來。

2 **“星垂”二句**：平野空闊，列星在高遠的天幕上垂掛着；大江奔流，月影在波浪中湧動。

垂：一作“隨”。**湧**：騰躍。形容波光閃動。**大江**：指長江。“垂”字，寫在船中平視所見的天末的星光，故益襯出平野之闊。“湧”字，寫船附近江面搖蕩的月影，烘托出波浪奔流之急。兩句寫遠景，筆勢雄奇。前者緊承首句，後者緊接次句。胡應麟拿這兩句與李白《渡荊門送別》中的三、四句相比，說：“‘山隨平野盡，江入大荒流’，太白壯語也。杜‘星垂平野闊，月湧大江流’，筆力過之。”丁龍友則認為“李是晝景，杜是夜景。李是舟行暫視，杜是停舟細觀。”其實胡、丁皆皮相之言，就句論句，未能綜全詩而觀之。年青的李白出蜀，故心情開朗，意氣豪邁；杜甫作詩已近暮年，景雖宏闊而意象深沉。兩家各有勝處，未可軒輊也。

以上四句為一段，寫的是旅夜之景：前兩句寫近景，寫得細緻入微；後兩句寫遠景，寫得雄奇壯闊。四句詩總起來烘托出一個“獨”字：前兩句寫“靜”；惟其“靜”，才顯得“獨”。後兩句寫“空闊”；惟其“空闊”，才顯出“獨”。因此，這四句雖是寫景，但景中寓情。

3　**“名豈”二句**：聲名難道僅僅靠文章而得來？功業難道又要因老病而作罷？

應：一作“因”。**老病**：時杜甫五十二歲，患肺病、消渴（糖尿病）、風痺等疾。仇兆鰲認為“五屬自謙，六乃自解”。黃生雖認為詩中有怨，但“此無所歸咎，撫躬自怪之語”。其實，這兩句不但有怨，而且飽含着詩人的滿腔激憤。這絕不是“撫躬自怪之語”，而是對摧殘人材的當權者憤怒的責問。兩句虛字運用巧妙靈活。老杜負濟世經國之才，素以“致君堯舜上”自期，不甘作一個“純文人”以終其生，一“豈”字充滿不平之氣。他作左拾遺時遭貶斥，在嚴武幕中又因論事而辭去參謀及工部員外郎之職，休官的原因絕非“老病”。這裏借一“應”字，自嘲自解。

4 **“飄飄”二句：**四處飄零的我究竟像什麼？像天地間一隻無所歸依的沙鷗！

飄飄：一作“飄零”。**何所似：**所似何，似什麼。**天地：**一作“天外”。兩句是自傷飄零，與次句的“獨”字相呼應，而寫景四句所寓的正是這種“情”。可以說，這兩句是寫景四句的絕好的注腳。詩人喜愛沙鷗，屢以自況，如云“白鷗沒浩蕩，萬里誰能馴。”大概是欣賞牠那獨立不羈、自由自在的生活情趣吧。末句與“乾坤一腐儒”同含憤激自負之意。

以上四句為一段，總抒旅夜之懷。

江　上

又捱過一個不眠之夜，詩人清早起來，倚樓縱目，但見雨灑江天，高風落木。他又一次對鏡自憐，看到也像大自然一樣蕭瑟衰謝的容顏，想起難酬的壯志與未就的勳業，便無限蒼涼，感慨萬端。

江上日多雨，蕭蕭荊楚秋[1]。
高風下木葉，永夜攬貂裘[2]。
勳業頻看鏡，行藏獨倚樓[3]。
時危思報主，衰謝不能休[4]。

【注釋】

1　**"江上"二句**：江上連日陰雨綿綿，荊楚之地，秋氣蕭瑟。
雨：一作"病"。**荊楚**：楚國舊地，後泛指兩湖地區，有時也單稱湖北。《晉書·羅含傳》："可謂荊楚之秋。"兩句寫蕭瑟的秋氣。拗句拗救，音節特美。

2　**"高風"二句**：峭勁的天風，把樹林的葉子吹得紛紛墜落。我擁着貂裘，度過了一個無眠的長夜。
攬：一作"挈"。兩句寫昨夜在料峭的秋風中不眠的苦況。"高風"句，寫失眠時所聞，颯颯秋聲，自增人愁緒。

3　**“勳業”二句**：我頻頻攬鏡自照，驚嘆年華老去，勳業未成；獨個兒倚樓遠眺，看着這蕭瑟的秋景，便想起潦倒窮愁的一生。

行藏：《論語．述而》：“用之則行，舍之則藏。”指出處和行止。詩人由蕭瑟的秋景，想起蕭瑟的容顏；由蕭瑟的容顏，想到未成的勳業；再回首半生經歷，無論是出仕還是家居，都事事不如人意，於是便百感交集，無限蒼涼。

4　**“時危”二句**：時局艱危，我想着要為皇上出力，以報答知遇的深恩，如今雖已容顏衰謝，仍壯心未已——我不能意志消沉，就此罷休！

衰謝：衰敗凋謝。此指容顏衰老憔悴。兩句由蒼涼轉而高爽，表示為實現抱負奮鬥不息的決心。

陳師道云：“真宗嘗觀子美詩‘勳業頻看鏡，行藏獨倚樓’，謂甫之詩皆不逮此。”這固然是個人的偏愛，但這兩句確實寫出了詩人複雜的思想感情。黃生云：“此是本懷，是正說，其餘自嗤自怪，自寬自釋，旨即此意而反覆變化以出之。”這是杜甫個人的悲劇，也許亦是時代的悲劇吧！

月

“四更山吐月，殘夜水明樓”兩句歷來膾炙人口。蘇軾以為“古今絕唱”。僅十個字，就描繪出一幅絕妙的深秋月夜圖：在夜盡更闌之時，一彎月兒從山上破雲而出，於是黎明前的黑夜一下子便明亮起來。月色之下，池水波光粼粼，把池面上的樓臺也照亮了⋯⋯這兩句之所以好，關鍵又在“吐”字和“明”字。它們把月寫得晶瑩璀璨，儀態萬千，給這兩句以至整首詩抹上了一層神奇、嫵媚的銀光。

四更山吐月，殘夜水明樓[1]。
塵匣元開鏡，風簾自上鈎[2]。
兔應疑鶴髮，蟾亦戀貂裘[3]。
斟酌姮娥寡，天寒奈九秋[4]。

【注釋】

1　**“四更”二句**：在夜盡更闌的時候，一彎月兒從山上突然露出，水光和月色把樓臺映照得多麼明亮！
兩句寫月態和月色。蘇軾在惠州作《江月五首》云：“四更山吐月，皎皎為誰明。”雖極力摹擬之，猶覺望塵莫及。

2　**“塵匣”二句**：那晶瑩璀璨的一彎月兒，彷彿打開的塵匣露出的部分鏡子，又像掛着風簾的銀鈎。

塵匣：蒙上灰塵的鏡匣。鮑照《擬古》："明鏡塵匣中，寶琴生網絲。" **元**：同"原"，原來，本來。**風簾**：臨風的簾子。上句承首句，下句接次句，兩句寫月的形狀。

3 **"兔應"二句**：那月中的白兔，該是被我的白髮嚇怕了；而月中的蟾蜍，也許因畏寒而貪戀貂裘吧。

兔、蟾：均為神話中月宮之物。**疑**：恐。**鶴髮**：喻白髮。老杜尚有一首《月》詩云："只益丹心苦，能添白髮明。"可為注腳。兩句借兔、蟾寫自己的衰老孤寒。按，頷聯二句，刻意描寫殘月的情態，格調本已不高，頸聯二句，竟出"兔"、"鶴"、"蟾"、"貂"之語，幾似晚唐小家之作，全不類老杜手筆。若無首二語高唱領起，則此數語皆為下劣魔道矣。老杜尚有《月》詩云："入河蟾不沒，搗藥兔長生。"同此庸陋。就詩論詩，不能為賢者諱。

4 **"斟酌"二句**：料想月宮寡居的嫦娥，又怎抵受得住深秋的寒冷？

斟（zhēn 針）**酌**（zhuó 着）：料想。**姮娥**：即神話中的嫦娥。姮，一作"嫦"。**奈**：一作"耐"。**九秋**：謂秋季之九十日。兩句以嫦娥自況，寫自己的淒涼寂寞。

孤　雁

這首詠孤雁的詩，約寫於大曆初。關於本詩的題旨，王彥輔曰："公值喪亂，羈旅南土（時在夔州），而見於詩者，常在鄉井，故託意於孤雁。"黃鶴説得更清楚："此託孤雁以念兄弟也。"

孤雁不飲啄，飛鳴聲念羣[1]。
誰憐一片影，相失萬重雲[2]。
望盡似猶見，哀多如更聞[3]。
野鴉無意緒，鳴噪亦紛紛[4]。

【注釋】

1　**"孤雁"二句**：孤雁不飲也不食，牠飛叫着，那聲聲的鳴叫，充滿了思念同羣的淒楚。
飛鳴聲：一作"聲聲飛"。兩句寫孤雁念羣之苦。

2　**"誰憐"二句**：牠與相失的雁羣，隔着重重雲海，有誰可憐這一片孤影呢？
相失：互相失卻。兩句寫孤雁失羣之狀。"一片影"，極寫在茫茫雲海中失羣之雁的孤單和渺小。

3　**"望盡"二句**：遙望天邊，依稀還見到那孤獨的影子，牠悲切的鳴聲，彷彿還縈迴在人的耳際。

盡：一作“斷”。仇兆鰲《杜詩詳註》:“雁行既遠，望盡矣，似猶有所見而飛；追呼不及，哀多矣，如更有所聞而鳴。二句申言飛鳴迫切之情。”仇注誤解詩人本意。

4　**“野鴉”二句**：那無心的野鴉，牠們不理解孤雁的哀痛，也在紛紛噪鬧呢！

亦：一作“自”。兩句以野鴉噪鬧，從側面寫孤雁“念羣”之苦。王彥輔曰:“章末譏不知我而譊譊者。”

浦起龍云：“‘飛鳴聲念羣’，一詩之骨。‘片影’、‘重雲’，失羣之所以結念也。惟念故飛，‘望斷’矣而飛不止，似猶見其羣而逐之者；惟念故鳴，‘哀多’矣而鳴不絕，如更聞其羣而呼之者。寫生至此，天雨泣矣。”

江　漲

説到杜詩筆力，人們也許自然地想起“大聲吹地轉，高浪蹴天浮”兩句來；兩句當中，又以“吹”字、“蹴”字最為奇雋，可謂一字萬鈞，壯絕千古！

江發蠻夷漲，山添雨雪流[1]。
大聲吹地轉，高浪蹴天浮[2]。
魚鼈為人得，蛟龍不自謀[3]。
輕帆好去便，吾道付滄洲[4]。

【注釋】

1　**“江發”二句**：雨降雪融，山洪暴發，發源於蠻夷之地的長江猛漲起來。
蠻夷：古時稱四方邊境之民，東曰夷，南曰蠻，西曰戎，北曰狄。此指長江發源的西北地區。兩句點題，寫“江漲”之因。

2　**“大聲”二句**：洪濤發出巨響，彷彿要推着大地轉動；浪頭高捲，像要把天空浮起。
蹴（cù 促）天：猶言“滔天”。蹴，用腳踢物。兩句承上聯，寫“江漲”之勢。

3　**“魚鼈”二句**：魚鼈為人們捕獲，蛟龍也顧不了自己。

魚鼈、蛟龍，本水中之物，如今也只得隨波逐流，身不由己，以致為人所獲，從側面寫江漲之猛迅。

以上六句為一段，從三個角度寫“江漲”。

4　**“輕帆”二句**：我正好趁着滔滔的水勢，駕起輕帆離開這裏——我的前途就是前往滄洲了。

吾道：孔子常用語。《論語·公冶長》：“道不行，乘桴浮於海。”詩人亦有此意。兩句為一段，寫“江漲”之情。時局艱危，報國無門，面對暴漲起來的滔滔江水，詩人便產生遠行避世的思想。

江　漢

為了實現自己的抱負，不斷地奮鬥和追求，經歷了一次又一次的挫折與失敗。最後，我們的詩人老了，病了，精疲力竭了，他想起伏櫪的老馬，記起《韓非子．説林上》的一段話來："管仲、隰（xí 習）朋從桓公伐孤竹，春往冬反（返），迷惑失道。管仲曰：'老馬之智可用也。'乃放老馬而隨之，遂得道。"於是他又重新振奮起來。

本詩作於大曆三年（768）秋，時詩人正寓居長江、漢水一帶。

江漢思歸客，乾坤一腐儒[1]。
片雲天共遠，永夜月同孤[2]。
落日心猶壯，秋風病欲蘇[3]。
古來存老馬，不必取長途[4]。

【注釋】

1　**"江漢"二句**：我是江漢思歸的客子，是宇宙間一個迂腐的書生。

江漢：長江和漢水。泛指荊江以東的湖北地區。時杜甫離開四川後，在江陵居住了一段時期，再前往公安。**腐儒**：迂闊拘執的書生。儒，儒生，讀書人。古代不少有獨特個性、不同流俗的讀書人，常以“腐儒”自稱。上句言滯身江漢，點題並帶起全篇。“思歸”，點出欲歸不得。下句云“腐儒”，有自嘲意，亦有自傲意，“言乾坤之大，腐儒無所寄其身”（陳後山語），寫自己的落魄與孤單。

2 **“片雲”二句：**我與片雲一起飄流遠天，與孤月共同度過長夜。兩句承首聯，寓情於景，寫自己的飄零落寞。遠天的“片雲”，“永夜”的孤月，這些客觀之景，用上了“共”字、“同”字，便注進了詩人的主觀感情，這樣便達到了主觀和客觀的高度統一——景與情的完全融合。這是杜詩的一個突出的藝術特點。《古今詩話》載，楊大年不喜歡杜詩，同鄉舉出杜詩的好處來説服他，他不服。於是同鄉便拈出“江漢思歸客”一句要他對，他勉強對了。同鄉拿出“乾坤一腐儒”讓他比較，他才折服。

以上四句為一段，寫自己的處境。

3 **“落日”二句：**看見那光芒四射的落日，我就壯心不已；遇着肅爽的秋風，我的病也快要好了。

落日：既是寫眼前景，亦以寓自己已近晚年。時杜甫五十七歲。**欲蘇：**只是作者的自我感覺，並非病真的好起來。蘇，一作“疏”。兩句寫自強不息、鍥而不捨的決心，一掃古來“悲秋”的舊調，可與曹操《龜雖壽》“烈士暮年，壯心不已”媲美。

4 **“古來”二句：**自古以來，人們看重老馬的才智而養牠——不必取牠奔馳長途的筋力啊！

存：存養。兩句以老馬自況，暗示自己雖年老力衰，但仍有可用之智。

以上四句為一段，寫奮鬥到底的壯心與信心。

登岳陽樓

大曆三年（768）春，杜甫攜眷自夔州出峽後，流寓江陵、公安。暮冬，泊舟岳陽城下，曾登岳陽樓，寫成此律。詩歌意境高渾，語言淳樸，為杜集中名篇。

岳陽樓，即岳陽城西門樓，下瞰洞庭湖，氣象宏闊。據《太平寰宇記》載，唐開元四年（716），張說任岳州刺史時，常與才士登樓賦詩，題在樓壁上的就有百餘首。元人方回又說："嘗登岳陽樓，左序毬門壁間，大書孟詩，右書杜詩，後人不敢復題。" 其實不然。自唐至元，登樓題詠的不知多少，但孟詩、杜詩最佳，那是公論。一般人又認為杜詩高於孟詩。《金玉詩話》云："洞庭天下壯觀，自昔騷人墨客屬麗搜奇者尤眾……然莫若'氣蒸雲夢澤，波撼岳陽城'，則洞庭空曠無際，雄壯如在目前。至讀杜子美詩，則又不然。'吳楚東南坼，乾坤日夜浮'，不知少陵胸中吞幾雲夢也。"

昔聞洞庭水，今上岳陽樓[1]。

吳楚東南坼，乾坤日夜浮[2]。

親朋無一字，老病有孤舟[3]。

戎馬關山北，憑軒涕泗流[4]。

【注釋】

1 **“昔聞”二句：**從前聽説過洞庭湖水勢雄闊，今日登上岳陽樓，才有機會親睹它的氣象。

兩句寫初登之喜，點明題意，帶起全篇。一起甚勁。“昔聞”二字，把詩人所知道的有關洞庭湖的許多傳説和詩文，都概括進去了。“今上”二字，表現了欣喜之情——長期以來登臨之願終於實現了。

2 **“吳楚”二句：**東南吳楚之地，在此處裂為兩半，廣闊的天地也好像在水上日日夜夜飄浮。

吳楚：指春秋戰國時吳楚兩國之地，位於我國東南，今兩湖東部和江西、江蘇、浙江一帶。**坼：**分坼，裂開。兩句寫登樓所見。上句意説吳楚地區被洞庭湖分隔。一“坼”字，甚警，暗用《淮南子》“天傾西北，地陷東南”之意。次句用誇張手法，形容湖面寬闊，水勢汪洋。《水經·湖水注》：“洞庭湖，廣五百餘里，日月若出沒其中。”為此詩所本。詩人以雄勁的詩筆，描繪了洞庭湖雄偉壯闊的氣象。王嗣奭《杜臆》云：“三、四已盡大觀，後來詩人何處措手？”詩語高妙有力，後世題句，無以逾此了。

3 **“親朋”二句：**親戚朋友都杳無音信，我又老又病，只有孤舟作伴。

字：指書信。**老病：**時杜甫五十八歲，患肺病、風痺、瘧疾。兩句寫隻身飄泊之感。這種感受，由登樓臨眺引起。這一聯與上聯互相映襯——一宏闊，一狹小，更顯出詩人的孤寂。

4 **“戎馬”二句：**想起邊塞戰事頻繁，我在長廊上憑欄眺望，不禁悲哀地痛哭起來。

戎馬：喻戰事。時吐蕃在西北侵掠隴右、關中一帶，長安城中戒嚴警備。**軒**：有窗的長廊或小室。**涕泗**：眼淚和鼻涕。兩句寫念及國事之痛，為全篇主題。黃生云："末以'憑軒'二字綰合。"王嗣奭云："下四，只寫情，方是做自己詩，非泛詠岳陽樓也。"

祠南夕望

大曆四年（769）春，杜甫由岳州往潭州，途經湘夫人祠。次日，祠南夕望，只見江水悠悠，雲沙障目，湘夫人祠隱在暮色迷濛的遠處……他自然又想起了與自己一樣失意的屈原，便發出萬古同悲的浩嘆：

百丈牽江色，孤舟泛日斜[1]。
興來猶杖屨，目斷更雲沙[2]。
山鬼迷春竹，湘娥倚暮花[3]。
湖南清絕地，萬古一長嗟[4]。

【注釋】

1 **“百丈”二句**：長長的縴纜牽引着綠悠悠的江水——孤舟，緩緩地行駛在黃昏的江上。
百丈：指長長的竹篾編成的縴纜。兩句寫日斜泛舟。縴纜牽引着船行，船上的詩人，覺得彷彿是縴纜牽着悠悠的江水。不曰“牽孤舟”，而曰“牽江色”，修辭甚妙。

2 **“興來”二句**：興致到來的時候，我扶杖穿鞋，登岸極目，只見浮雲無際，沙岸延綿。
杖屨（jù 句）：扶杖、穿鞋。**目斷**：視線到盡頭，不能再往前望。斷，盡。兩句寫登岸遙望。

3　**“山鬼”二句**：山中女神的形象被春竹遮掩了；湘妃恐怕還倚在暮色籠罩的花下吧！

山鬼：指屈原《九歌．山鬼》所寫的山中女神。**迷春竹**：《山鬼》章有“余處幽篁兮終不見天”句。詩人由“春竹”想到屈原《山鬼》章中的山中女神，並想像她在竹林裏若隱若現。**湘娥**：即湘妃，湘夫人祠中供奉的女神。兩句婉曲地表達對屈原的憑弔。

4　**“湖南”二句**：湖南這清幽秀絕之地，古人的舊迹引起今人的憑弔——古人今人有着同一的感慨啊！

湖南：洞庭湖之南。兩句寫詩人的感慨。張綖云：“如此清絕之地，徒為遷客羈人之所歷，此萬古所以同嗟也。”為地而“嗟”，還是為人而“嗟”？張綖似乎說不清楚。黃生把這首詩比作近體詩中的《弔屈原賦》，自然不錯；但它比之一味鋪陳的賦來，又顯得更有韻致。

曲江二首

曲江，當為曲江池。《太平寰宇記》："關西道雍州長安縣：曲江池，漢武帝所造，名為宜春苑。" 曲軿《劇談錄》："曲江池本秦世隑洲。開元中，疏鑿為勝境，其南有紫雲樓、芙蓉苑，其西有杏園、慈恩寺。花卉環周，煙水明媚，都人遊玩，盛於中和上巳之節。綵屋翠幬，匝於隄岸，鮮車健馬，比肩擊轂。入夏則菰蒲葱翠，柳陰四合，碧波紅蕖，湛然可愛。" 安史亂後，已無復舊時之盛了。

一

一片花飛減卻春，風飄萬點正愁人[1]。

且看欲盡花經眼，莫厭傷多酒入唇[2]。

江上小堂巢翡翠，苑邊高塚臥麒麟[3]。

細推物理須行樂，何用浮名絆此身[4]。

【注釋】

1 "一片" 二句：一片花飛，已使春光減色，千萬瓣隨風飄墜，正令人愁絕！

風：一作“花”。兩句寫因花落而愁。“萬點”與“一片”對照，春光已逝，益增愁緒。

2 **“且看”二句**：姑且去看看吧，花快要開完了，要及時讓繁花過眼；不要說喝夠了，不要怕喝得太多，還是讓美酒進入唇中吧！

經：一作“驚”。**厭**：同“饜”，滿足。**傷多**：太多。兩句言好景不常，須及時行樂。蔣弱六云：“只一落花，連寫三句，極反覆層折之妙，接入第四句，魂消欲絕。”王嗣奭《杜臆》：“飛一片而春色減，語奇而意深；‘欲盡’、‘傷多’一聯，句法亦新奇。”

3 **“江上”二句**：江上的小堂，辛勤的鳥兒正在那裏營巢育雛；但芙蓉苑畔，高墳前邊，麒麟臥地，逝者已矣。

堂：一作“棠”。**翡翠**：《漢書．司馬相如傳》顏注：“鳥赤羽者曰翡，青羽者曰翠。”此借代鳥兒。**苑**：一作“花”。**麒麟**：墓前物，以石雕成。《西京雜記》（卷上）：“五柞宮，前有青梧觀，觀前有三梧桐樹，足下有石麒麟二枚，刊其脇為文字，是始皇驪山墓上物也。”二語雖是襯筆，然如吳汝綸所謂“發想驚人”，從江上苑邊的實景發盛衰興亡的感慨。

4 **“細推”二句**：細細推敲事物的道理，就須及時行樂，為什麼還要讓浮名束縛自己呢？

物理：事物的道理。指事物發展變化的規律。**用**：一作“事”。**名**：一作“榮”。兩句總綰全篇，點出主題。“行樂”一語，有不忍之意。王嗣奭舉出其“沉醉聊自遣，放歌破愁絕”句，謂老杜憂憤而託之行樂者，甚有見地。

二

本篇與前篇表現同一主題，詩中描繪了饒有生趣的美好的春景；前篇及時行樂不過説説罷了，本篇則寫得相當具體。詩人仕不得志，一發於詩中。

朝回日日典春衣，每日江頭盡醉歸[1]。

酒債尋常行處有，人生七十古來稀[2]。

穿花蛺蝶深深見，點水蜻蜓款款飛[3]。

傳語風光共流轉，暫時相賞莫相違[4]。

【注釋】

1 **"朝回"二句**：日日上朝回來便把春衣抵押，到曲江喝個痛快才回家去。

典：抵押，典當。**江頭**：指曲江。兩句寫典衣買醉。春而"典春衣"，正見其窮蹙，日日如此，可謂窮蹙之極；窮蹙之極而每每痛飲，表現出詩人的豪興。

2 **"酒債"二句**：隨便走到哪裏，那裏便有我的酒債——人活到七十歲的，自古以來就很少。

尋常：平常。古以八尺為尋，倍尋為常。與"七十"相對。兩句寫負債喝酒。二語所謂人人心中所有，故能萬口流傳。

3 **"穿花"二句**：粉蝶在深深的花叢中穿梭飛舞，點水的蜻蜓緩緩地飛翔。

見：同“現”。一作“舞”。**款款**：緩慢的樣子。《韻略》：“款，徐也。”一作“緩緩”。兩句承首句“春”字，寫美好的春色，推出尾聯。繁密的花叢，翻飛的蛺蝶，碧綠的池水，款款而飛的蜻蜓，這些春天的美麗的景物分為兩組，合起來構成一幅多姿多彩的春郊風景圖。

4 **“傳語”二句**：傳句話給春光：你跟我一起流轉吧！供我暫時賞玩，可別拋棄我啊！

違：違離，違棄。兩句言希望春光暫駐以供賞玩。

九日藍田崔氏莊

乾元元年（758）杜甫任華州司功參軍，由華州至藍田，寫下了這首著名的七律。

《誠齋詩話》云："一篇之中，句句皆奇，一句之中，字字皆奇"，悲與歡，別與會，肅殺的秋氛與雄奇清俊的秋景，在詩中奇妙地交織着，而最終烘托出一個"悲"字來。朱瀚云："通篇傷離、悲秋、嘆老。"可謂語中鵠的。

九日：夏曆九月九曰。即"重九"，"重陽"。藍田：唐屬京兆府，在今陝西省藍田縣西。

老去悲秋強自寬，興來今日盡君歡[1]。

羞將短髮還吹帽，笑倩旁人為正冠[2]。

藍水遠從千澗落，玉山高並兩峯寒[3]。

明年此會知誰健，醉把茱萸仔細看[4]。

【注釋】

1 "老去"二句：老來遇上蕭瑟的秋天，更增添了悲傷之情，但卻勉強自找寬慰，難得今天興致到來，要為朋友盡情歡樂。

今：一作"終"。才説"悲"，即説"歡"；雖是"歡"，仍是“悲”。“悲”是那樣深曲纏綿，“歡”又是那樣勉強造作。這種為了自己也為了朋友做出來的“歡”，非但沒有為整首詩加進點歡樂的情調，反而使悲傷的氣氛更加濃烈。

2 **“羞將”二句**：愛捉弄人的秋風吹落了我的帽子，使我露出了難看的稀疏的短髮，我感到真不好意思，笑着請別人替我把帽子戴好。

吹帽：《晉書・孟嘉傳》：“（嘉）為征西桓溫參軍，溫甚重之。九月九日溫燕龍山，僚佐畢集……有風至，吹嘉帽墮落，嘉不之覺。”**倩**（qiàn 茜）：請別人替自己做事。兩句承上聯的“歡”字，具體寫宴敘的興致。《誠齋詩話》以為“嘉以落帽為風流，少陵以不落帽為風流，翻盡古人公案，最為妙法。”其實老杜並不是為翻案而翻案。“短髮”，以見憂患之深，一“笑”字，更飽含淒酸，如果戈里所謂“含淚的微笑”。這種“興來”，也不過是“老去”的“自寬”而已。

3 **“藍水”二句**：藍水滙合着許多山澗之水，由遠處奔流而下，藍田山與華山兩峯崢嶸對峙，峻偉雄奇。

藍水：《三秦記》：“藍田有水，方三十里，其水北流，出玉石，合溪谷之水，為藍水。”**玉山**：即藍田山。在藍田縣，與華山接近。兩句寫眼前山水景色，橫空而起，筆勢雄勁，令人神動心搖。《誠齋詩話》：“‘藍水’二句，詩人至此筆力多衰，今方且雄傑挺拔，喚起一篇精神，自非筆力拔山不至於此。”不以衰颯之景，抒悲傷之情，而用明麗壯偉之景，襯托出自己的沉鬱與愁苦，這是杜詩一個突出的藝術特點。

4 **“明年”二句**：明年重九宴敘的時候，不知誰還健在？我帶着幾分醉意拿起茱萸細細地看。

茱萸（yú 如）：植物名。有山茱萸、吳茱萸、食茱萸三種。古代有重九佩掛茱萸的習俗，據說可以避邪長壽。“知誰健”，呼應“老去”，意說明年不知自己是否尚在人世。“醉”字與“仔細”配搭，極妙——醉眼朦朧，又想看個清楚，可想見其淒然、惘然之情態。兩句既是傷別，也是悲秋和嘆老。好景不常，盛筵難再，那傷離的情懷，顯得深刻沉遠，蕩人肺腑。

蜀相

唐肅宗上元元年（760），詩人初至成都，訪武侯祠而作此詩。

蜀相，即諸葛亮（181—234），三國時蜀漢的丞相。他輔助劉備建立蜀漢政權。建興元年（233）被封為武鄉侯，因稱武侯。《方輿勝覽》：“武侯廟在府城西北二里。武侯初亡，百姓遇節朔私祭於道。李雄稱王，始為廟於少城內。”李雄，西晉末年十六國成國的建立者，在成都稱帝。今武侯廟在四川省成都市南郊，為著名的勝迹。詩中細緻地描述了武侯祠所在的環境、景物，熱情地讚頌諸葛亮卓越的才能和堅貞的品質。本詩飽含深情，沉鬱悲壯，是歷代傳誦的名作，被譽為“七律正宗”。

丞相祠堂何處尋？錦官城外柏森森[1]。
映階碧草自春色，隔葉黃鸝空好音[2]。
三顧頻繁天下計，兩朝開濟老臣心[3]。
出師未捷身先死，長使英雄淚滿襟[4]。

【注釋】

1　“丞相”二句：到哪裏去尋找諸葛亮的祠堂？它座落在錦官

城外松柏茂盛的地方。

丞相祠堂：指武侯廟。丞，一作“蜀”。《三國志．蜀書．先主傳》：“章武元年（221）以諸葛亮為丞相。”**錦官城**：參見《春夜喜雨》注 4（頁 044）。**柏森森**：森森，茂盛的樣子。傳説武侯祠前有古柏，係諸葛亮手植，圍數丈。杜甫《夔州歌十絕句》其九亦云：“武侯祠堂不可忘，中有松柏參天長。”即指此柏。兩句以設問句式點出祠堂所在。“尋”字，見出詩人對諸葛亮傾慕已久，故特意來尋。“森森”，描寫祠堂周圍肅穆的氣氛。

2　**“映階”二句**：祠堂前邊，碧草深深，映於階畔，春色依然美好。在稠密的綠葉叢中，黃鶯徒然發出動聽的啼聲。

空：一作“多”。兩句寫祠堂荒涼冷落。春色雖美，鶯聲縱好，也無人欣賞。詩人以美好之景，寫荒涼之狀，詩筆婉折雋永。

以上四句為一段，寫祠堂之景，寓感物思人之意。

3　**“三顧”二句**：劉備接連三顧草廬，為着同諸葛亮商議天下大計；諸葛亮輔助劉氏父子兩朝開創帝業，匡濟危時，表現出老臣報國的忠心。

三顧：諸葛亮在東漢末年，隱居鄧縣隆中。建安十二年（207），劉備三顧草廬。他向劉備提出了佔據荊、益二州，聯合孫權，抗擊曹操，最後統一全國的計策，即著名的《隆中對》。**繁**：一作“煩”。**兩朝**：指劉備及其子劉禪兩代君主。**開濟**：開創大業，匡濟危時。兩句讚嘆諸葛亮的功績與精神，着意寫其雄才大略和堅忍忠貞。“開”，指諸葛亮輔佐劉備建立蜀漢；“濟”，指輔佐劉禪挽救艱危。

4　**“出師”二句**：他出師未捷就先死去了，世世代代的英雄都為他感慨落淚。

“出師”句：據《三國志．蜀書．諸葛亮傳》載，諸葛亮出兵伐魏，建興十四年（234），在渭南五丈原（今陝西省郿縣）與魏軍相持百餘日。是年八月，亮病，卒於軍中。捷，一作“用”。兩句寫詩人的感慨，也表現對諸葛亮“鞠躬盡瘁，死而後已”的精神的敬仰。兩語為後世所傳誦。北宋抗金名將宗澤臨死時長吟此語，大呼“渡河”而死，英雄賫志以歿，千古同慨。

以上四句為一段，抒弔古之情。

全詩上段寫景，下段寫情；景與情互為襯托，深刻地表現了主題。

恨別

本詩寫於上元元年（760）夏天。杜甫在乾元二年（759）春離別第二故鄉洛陽，後來輾轉到了成都，至此已過去一年半了。在這些日子裏，詩人身在蜀地，心向洛陽。兵戈阻隔，他無計東還，思家恨別之苦在折磨着他。變衰的草木、東去的江水、清宵的月色、白日的流雲都會惹動他的愁懷，使他坐臥不寧。

洛城一別四千里，胡騎長驅五六年[1]。
草木變衰行劍外，兵戈阻絕老江邊[2]。
思家步月清宵立，憶弟看雲白日眠[3]。
聞道河陽近乘勝，司徒急為破幽燕[4]。

【注釋】

1　**“洛城”二句：**我離別洛陽，輾轉來到四千里以外的成都；叛軍的騎兵長驅直入，戰亂已延續五六年了。
洛城：即洛陽。**四千里：**洛陽與成都相距三千里。云“四千里”是約數。一作“三千里”。**胡騎**（jì 冀）：胡人的騎兵。**五六年：**安史之亂起於天寶十四載（755）冬，至此已滿五年多。一作“六七年”。發端用對偶。上句言遠別，下句交代背景，點明遠別的原因。兩句從空間和背景兩方面寫“恨”，總領全詩。“四千里”，見相隔之遠；“長驅五六年”，見時間之久、局勢之嚴重。

2 **“草木”二句：**時序遷移，草木變衰，轉徙於蜀中，無日安寧。因戰事阻隔，無計東還，只得留滯江邊，日漸衰老。

劍外：劍閣之外，即劍南。此泛指四川北、中部地區。**江邊：**指錦江邊。草堂所在。兩句從時間方面寫“恨”。“草木變衰”，説明時序遷移；“衰”字，既實寫草木，也烘托出詩人的心境。“劍外”、“江邊”，與上文“四千里”照應。“兵戈”句與“胡騎”句照應。

3 **“思家”二句：**我懷念久別的親人，徘徊月下，獨立清宵，白晝仰望流雲，想起遠方的兄弟，困倦而眠。

憶弟：指憶在山東的三個弟弟。參看《月夜憶舍弟》（頁035－036）。**步月：**踏月。徘徊月下。兩句寫“思家”、“憶弟”之情，突出“恨”字。清宵應眠不眠，忽行忽立，白日應動不動，困倦閑眠。詩人通過反常生活的描寫，表現反常的心境，深刻而曲折地表現了“思家”、“憶弟”之苦。

4 **“聞道”二句：**聽説近日官兵乘勝在河陽擊敗叛軍，司徒正急着直搗河北敵人的巢穴。

河陽近乘勝：上元元年（760）三月，李光弼破安太清於懷州（今河南省沁陽縣）城下；四月，又乘勝破史思明於河陽（今河南省孟縣）西渚，斬首一千五百餘級。**司徒：**官名。李光弼時為檢校司徒。**幽燕**（平聲）：指河北叛軍根據地。乾元二年（759），史思明僭號曰“大燕”，以范陽為僞京。時安祿山、安慶緒已死，長安已光復，故詩人希望能迅速犁庭掃穴，剷平叛賊。兩句寫聞捷之喜和平定叛亂的急切心情，烘托出一個”恨”字。詩人急着平定叛亂，正是為了早日回洛陽與家人團聚。這一聯仍緊扣“恨別”的題意。

南　鄰

杜甫居浣花溪草堂時，屋南與朱山人為鄰。兩人常有往還。與這位鄰居有關的詩，除本篇外尚有《過南鄰朱山人水亭》一首。本篇寫詩人秋日訪朱，同遊泛溪，直至江村入暮，月上柴門，方始作別。

錦里先生烏角巾，園收芋栗不全貧[1]。
慣看賓客兒童喜，得食階除鳥雀馴[2]。
秋水纔深四五尺，野航恰受兩三人[3]。
白沙翠竹江村暮，相送柴門月色新[4]。

【注釋】

1　**“錦里”二句**：錦里先生頭裹烏角巾，收了園中的芋栗，還不算太窮。
錦里先生：錦里，成都地名。漢有隱士甪（lú 鹿）里。杜甫仿此戲稱朱山人。**角巾**：四方有角的頭巾。為隱者之常服。**不**：一作“未”。兩句寫朱山人的打扮、身份。“園收”句，以芋栗充飢，本已貧矣，而曰“不全貧”，甚諧趣。

2　**“慣”二句**：兒童看慣了客人，見我來時很高興；鳥雀在階上覓到吃的，見到人也不驚飛。

賓客：一作"門戶"。兩句寫朱山人門前所見。"喜"字，見出詩人溫厚，也從側面寫他深受朱山人歡迎。"馴"字，點染朱家門前靜穆和平的氣氛。兩句用倒裝格，行文錯落有致。

以上四句為一段，寫朱山人之居。

3 **"秋水"二句**：秋日的水溪才不過四五尺深，小船兒也只能載兩三個人。

深：一作"添"。**野航**：野外小舟。航，一作"艇"。**受**：承受。

兩句為一段，寫同遊泛溪。對偶輕清活動。

4 **"白沙"二句**：暮色籠罩着江村的白沙翠竹，主人送我到門前，月亮剛剛升起。

村：一作"山"。**暮**：一作"路"。**送**：一作"對"。**柴門**：簡陋的門。一作"籬門"。**月色新**：月色初明。

兩句為一段，寫朱山人熱情相送。

本篇先寫造訪，次寫同遊，結寫相送，順理成章，層次清楚。全詩語言平易，正好寫出村居淳厚樸實的生活情趣。

和裴迪登蜀州東亭送客逢早梅相憶見寄

蜀州東閣的梅與詩人眼前的梅緊緊相連，裴迪相憶之愁和詩人思鄉之愁巧妙地結合。惹動兩人異地愁腸的是梅。這梅，有虛寫的，有實在的，有古人的，有東閣的，有眼前的。通篇句句寫梅，卻又不着痕迹；從梅着筆，點出一個“愁”字。蜀州的愁，成都的愁，朋友的愁，自己的愁，相憶的愁，思鄉的愁……這浩蕩的愁思充斥天地。前人謂此詩“婉折如意，往復盡情，筆力橫絕千古。”當非過譽之辭。

裴迪：關中人，時在蜀州王侍郎幕中，與王維、杜甫等同遊唱和。

東閣官梅動詩興，還如何遜在揚州[1]。
此時對雪遙相憶，送客逢春可自由[2]？
幸不折來傷歲暮，若為看去亂鄉愁[3]？
江邊一樹垂垂發，朝夕催人自白頭[4]。

【注釋】

1　“東閣”二句：東閣的官梅觸發了你的詩興，一如當年何遜在揚州看梅寫詩一樣。

東閣：指東亭。胡震亨云：“何遜墓誌：‘東閣一開，競收揚馬。’杜甫‘東閣’本此。”**官梅**：官府種的梅。**何遜**：梁朝詩人，曾任揚州太守。何遜有《詠早梅》（載於《藝文類聚》）。本詩以何遜比裴迪。兩句點題，以“梅”字帶起全篇。

2 **“此時”二句**：這時候，你對着茫茫白雪，思念起遠方的朋友；何況正值早春，依依送客，又怎能愉快自在呢？

春：一作“花”。**可**：豈；怎能，哪能。一作“更”。兩句點出“相憶”二字，寫裴迪詩中相憶之愁。梅花、白雪等早春景色，使送客之情益深，思友之心益切。二語纏綿曲折，句中無一“梅”字，而實有梅在。

以上四句為一段，均寫裴迪之愁。

3 **“幸不”二句**：幸好你沒有折一枝梅花寄來，引起我歲晚的傷感。我怎能忍受看梅而惹起的歷亂的鄉愁啊！

若為：哪堪；怎能。**鄉**：一作“春”。兩句由裴迪的愁寫到自己的愁。善用虛字，轉折玲瓏，已臻化境。舊注家謂裴迪原詩當有可惜不能折梅相贈的話。吾以為不必作此臆測也。陸凱《贈范曄》有“折梅逢驛使，寄與隴頭人”句，杜甫是反其意而用之。

4 **“江邊”二句**：我這裏江邊有梅花一樹，正漸漸地開着，它朝朝暮暮，牽惹愁腸，催人頭白。

垂垂：漸漸。一説梅花開而下垂，故云。

以上四句為一段，合寫詩人之愁，婉轉曲折，纏綿往復。

客至

杜甫晚年卜居的草堂，座落在成都西郊浣花溪畔。他有生以來第一次擺脱了紛擾的世界，在這個狹小的天地裏過着半隱居的生活。“厚祿故人書斷絕”（《狂夫》），除了偶爾慕名而來的客人外，他的住處是難得有人過訪的。一天，一位難得的客人來了，這使他喜出望外。本詩原注云：“喜崔明府相過。”明府，唐人對縣令的稱呼。崔令，名籍未詳。

舍南舍北皆春水，但見羣鷗日日來[1]。

花徑不曾緣客掃，蓬門今始為君開[2]。

盤飧市遠無兼味，樽酒家貧只舊醅[3]。

肯與鄰翁相對飲，隔籬呼取盡餘杯[4]。

【注釋】

1　**“舍南”二句**：草堂南面、北面盡是碧綠的春水，只見成羣結隊的鷗鳥天天飛到這裏來。

但見：只見。見，一作“有”。兩句寫住處幽僻和詩人的寂寞，以突出頷聯客至之喜。《列子・黃帝篇》：“海上之人有好漚（同“鷗”）鳥者，每旦之（往）海上從漚遊，漚鳥之至者百往而不止。其父曰：‘吾聞漚鳥皆從汝遊，汝取來吾玩之。’明日之（往）海上，漚鳥舞而不下。”古人以鷗為“忘機”的象徵。下句寫“羣鷗”，一者寫出索居寂寞，少人來訪，二者表示自己脱俗忘機，三者作為引端，暗示賓主真率的情誼。

2 **“花徑”二句**：花徑從來沒有為客人打掃過，我這破敝的柴門今日才為你打開。

緣：因；為了。與下文“為”字互文。**蓬門**：編蓬草為門。猶言柴門。**君**：指崔令。兩句寫客至之喜。詩人不直寫“喜”字，而以為客打掃花徑、打開柴門，從側面表現喜悦之情。“不曾”，寫來客稀少，亦謂自己不輕易接待訪客。“今始”，表示對崔令的親切，也表示對他的看重。

以上四句為一段，寫客至。黃生認為這四句“有空谷足音之喜”。“蓬門”句點題。高步瀛謂“層層反跌，一句到題，自然得勢”。

3 **“盤飧”二句**：這裏離市鎮太遠，沒有可口的佳餚；由於家境貧窮，只有一點舊釀的濁酒。

飧（sūn 孫）：指菜肴。《詩·魏風·伐檀》毛傳：“熟食曰飧。”**無兼味**：猶言只有一味菜。兼味，重味。**醅**（pēi 胚）：濁酒，沒有濾過的酒。兩句寫對客人的招待簡樸，可見詩人不拘禮節，自然真切。

4 **“肯與”二句**：要是你願意與鄰居的老頭對飲，我就隔着籬笆喊他過來一起乾杯。

肯：若肯；如果願意。**鄰翁**：或謂指南鄰朱山人。**呼取**：猶言呼得，叫來。取，語助詞。

送韓十四江東省覲

本詩作於上元二年（761）。

這不是一首普通的送別之作。它不單寫兩人的離情別緒，還寫了詩人的思鄉之痛，更難得的是反映了社會的動亂，人民的離散。

韓十四：詩人的朋友和同鄉。他的家人可能因戰事避亂江東。十四，是韓的排行。唐人以同一祖父所出排行第。江東：長江下游。江淮、吳會皆稱江東。省（xǐng 醒）：省親。覲（jìn 近）：會見。

兵戈不見老萊衣，嘆息人間萬事非[1]。
我已無家尋弟妹，君今何處訪庭闈[2]？
黃牛峽靜灘聲轉，白馬江寒樹影稀[3]。
此別應須各努力，故鄉猶恐未同歸[4]。

【注釋】

1 **"兵戈"二句**：戰事一起，作兒子的便難以孝養父母了，人世間萬事全非，令人感嘆。

兵戈：借代戰事。**老萊衣**：謂老萊子娛親盡孝之事。《藝文類聚》引《列女傳》："老萊子老奉二親，行年七十，身着五色斑斕之衣，作嬰兒戲於親側，欲親之喜。”兩句言戰亂離散，親子不能盡孝，總起全篇。“兵戈”，寫背景；“萬事非”，表現詩人對現實的否定和憤慨。

2 **“我已”二句：**我已家人離散，弟妹無處可尋，你現在到哪裏去尋訪雙親？

庭闈（wéi 圍）**：**父母的居室。借代父母。兩句承上聯寫親人離散之痛。疑韓氏此行，尚未得父母確實消息，到江東後始查訪。以己家與韓家對照，寫出人民普遍的亂離之苦，極沉鬱頓挫之致。

3 **“黃牛”二句：**黃牛峽一片寂靜，只聽河灘水聲轉動；白馬江寒氣襲人，但見稀疏的樹影。

黃牛峽：《清一統志》：“湖北宜昌府：黃牛山在東湖縣西北八十里，亦稱黃牛峽。”為韓氏赴江東必經之地。**轉：**一作“急”。**白馬江：**唐蜀州江名。在崇慶縣東北十里。當為杜、韓二人送別之處。時杜甫在蜀州訪高適，即將返回成都。兩句寫韓十四出峽所經。詩人以景物渲染蕭瑟寒峭的氣氛，隱含淒然的離別之情。

4 **“此別”二句：**這次分別以後須各自努力啊！我們恐怕不能一起回故鄉了。

未同歸：韓往江東，杜返成都，故云。同，一作“能”，一作“堪”。兩句寫臨別贈語和詩人的故鄉之思。

這首詩起筆峭拔，收筆蒼茫，全篇筆勢旋折，正是杜詩沉鬱頓挫的風格。

野人送朱櫻

一天，村民給杜甫送來了滿滿的一籠櫻桃。這些櫻桃色艷香濃，匀圓可愛。這使他想起肅宗賞賜羣臣的情景，引起他身世之嘆。

野人：村野之人，村民。

西蜀櫻桃也自紅，野人相贈滿筠籠[1]。

數回細寫愁仍破，萬顆匀圓訝許同[2]。

憶昨賜霑門下省，退朝擎出大明宮[3]。

金盤玉筯無消息，此日嘗新任轉蓬[4]。

【注釋】

1 **"西蜀"二句**：西蜀的櫻桃也是一樣的紅艷，村民贈給我滿滿一竹籠。

筠（yún 勻）籠：盛物的竹器。兩句寫櫻桃色紅數多，並點明題意。"也自"兩字，直貫全詩。

2 **"數回"二句**：幾回輕輕地倒入盤中，仍怕它們損破；千顆萬顆匀圓可愛，驚訝與往日皇上賞賜的如此相同。

細寫：輕輕地傾倒。寫，同"卸"，傾倒。**訝**：驚訝。**許**：如許；這樣。兩句寫櫻桃匀圓、熟透。體物精微，足見詩人心細，亦表達他對“野人”贈櫻桃的喜悅。

3 **“憶昨”二句：**想起昔日在門下省得到皇上賞賜，退朝時恭敬地舉着櫻桃走出大明宮。

霑：猶言分潤。所謂霑雨露之恩。**門下省：**官署名。與中書省同掌機要，共議國政，並負責審查詔令，簽署章奏，有封駁之權。**擎：**向上托，舉。**大明宮：**在禁苑之東，朝會之地。兩句回憶皇上賞賜之事。唐李綽《歲時記》：“四月一日，內園薦櫻桃，寢廟薦訖，頒賜各有差。”

4 **“金盤”二句：**“金盤玉筯”之事再也沒有聽聞了，今日我品嚐着新鮮的櫻桃，猶在蜀地飄零。

金盤玉筯：朝中用以賞賜櫻桃的器物，借代賞賜之事。《拾遺錄》：“讌賜羣臣櫻桃，盛以赤瑛盤。”筯，同“箸”，筷子。**無消息：**時肅宗已死，故云。兩句慨嘆往事不返，身世飄零，總結全篇，點出主題。

全篇由物而情，以小見大，借題發揮，寄意深遠。王嗣奭《杜臆》云：“公一見朱櫻遂想到在省中拜賜之時，故‘也自紅’、‘愁仍破’、‘訝許同’，俱喚起‘憶昨’二句，而歸宿於‘金盤玉筯無消息’。通篇血脈一片，公之律詩大都如此。”

秋　盡

寶應元年（762）七月，嚴武召還，杜甫送至綿州。未幾，劍南西川兵馬使徐知道叛亂，杜甫攜家入梓州避亂。本詩當作於此時。

秋盡東行且未迴，茅齋寄在少城隈[1]。
籬邊老卻陶潛菊，江上徒逢袁紹杯[2]。
雪嶺獨看西日落，劍門猶阻北人來[3]。
不辭萬里長為客，懷抱何時好一開[4]？

【注釋】

1　**"秋盡"二句**：秋天盡了，我東行還沒有回家——我的草堂就在成都浣花溪畔。

迴：同"回"。**茅齋**：茅舍，詩人所居。**少城**：即小城。在成都大城西，相傳為秦惠王時張儀所築。**隈**（wēi 煨）：水彎曲的地方。兩句寫東行未歸。"秋盡"，交代時間；"東行"與"少城"，點出離家，為思家作鋪墊。

2　**"籬邊"二句**：成都草堂籬邊的菊花該萎謝了吧，我在江上雖得到朋友盛情款待也難以開懷。

陶潛菊：陶潛《飲酒》其五有"采菊東籬下，悠然見南山"

句，故云。**袁紹杯**：袁紹，東漢末年官僚，曾起兵伐董卓，據有冀、青、幽、并四州，後被曹操所敗。袁紹杯，用鄭玄事。《後漢書·鄭玄傳》載："大將軍袁紹總兵冀州，遣使要（同"邀"）玄，大會賓客。玄最後至，乃延升上坐（同"座"）。身長八尺，飲酒一斛，秀眉明目，容儀溫偉。"詩中以喻自己在梓州受到李瑀的接待。詩人尚有《戲題寄上漢中王》詩云："忍斷杯中物"、"未許醉相留"、"猶記酒顛狂"，即"袁紹杯"之意，特為拈出。兩句承首聯，寫思家之愁。亦以陶潛、鄭玄自喻品格清高和才華俊逸。"老卻"，蘊含無限惆悵；"徒逢"，寫思家之愁無法排遣。

3　**"雪嶺"二句**：我望着西邊雪嶺上的太陽下山，想起劍門還是為亂兵所阻，北人無法到來。

雪嶺：即雪山。在松州嘉城縣（今松潘縣）東八十里，常年積雪，故名。這一帶是唐與吐蕃的分界，為軍事要地。**落**：一作"暮"。**劍門**：山名。一名大劍山，在四川省劍閣縣北，為陝西入四川的交通要道。時徐知道餘黨未靖，道路阻絕。**阻**：一作"斷"。**北人**：指在陝西的人。上句仍寫思家，下句說明不能歸家的原因。"劍門猶阻"四字，說明思家原因，是全篇的關鍵。

4　**"不辭"二句**：我本已甘願萬里飄零，長作他鄉之客，但我的愁懷幾時才得以舒展呢？

好一開：一作"得好開"。就成都而言，梓州是客地；就故鄉而言，成都又是客地。詩人即使身在成都，仍然是客，故有此嘆。"萬里"是空間，"長"是時間。從時空方面寫愁懷，收到很好的藝術效果。"不辭"二字尤妙，表現了詩人無可奈何的痛苦心情。

聞官軍收河南河北

寶應元年（762）冬，官軍收復洛陽；廣德元年（763）正月，叛將史朝義自縊，部將田承嗣、李懷仙來降。至此，河南、河北叛亂平定，安史之亂這場浩劫即將結束。當時杜甫正避亂梓州。消息傳來，他欣喜若狂，便提起筆來一口氣寫下了這首千古傳誦的傑作。

本詩感情洋溢，熱烈奔放，它表現了在飽受亂世流離的痛苦之後、和平消息突然傳來時的那種狂喜。詩人熱愛國家和人民，所以詩中不僅僅表現了個人的感情，還吐出了千千萬萬人民的心聲。黃生云：“杜詩強半言愁，其言喜者，惟寄弟數首及此作而已。”這首詩一洗愁容，是老杜平生第一快詩。說它“快”，因為狂喜之情如決堤之水，奔流橫溢；說它“快”；還因為它盡棄雕飾，真氣流走，如疾風掣電，砰然直瀉。

河南河北：指今洛陽一帶及河北省北部。

劍外忽傳收薊北，初聞涕淚滿衣裳[1]。

卻看妻子愁何在，漫卷詩書喜欲狂[2]。

白首放歌須縱酒，青春作伴好還鄉[3]。

即從巴峽穿巫峽，便下襄陽向洛陽[4]。

【注釋】

1　**“劍外”二句**：在劍外忽然傳來了收復薊北的消息，剛聽到時，淚水把衣裳都沾濕了。

劍外：劍南，四川劍門關以南。代指蜀中。**薊（jì計）北**：薊，薊州（今河北省薊縣）。薊北，泛指河北省北部，為叛軍的根據地。兩句寫初聞收薊北之喜。在延續七年多的戰亂中，詩人目睹叛軍“殺戮到雞狗”的暴行以及人民顛沛流離的慘象；而詩人自己也曾身陷胡虜，飽嘗親人離散、飄零異地之苦。如今薊北收復，大局已定，他怎不欣喜若狂？兩句用筆極妙，不寫歡笑而寫“涕淚”，不似喜而似悲。驚喜之極，不能自主。一剎那間種種複雜的感情，全賴“忽傳”二字傳出。

2　**“卻看”二句**：回頭再看妻子兒女，他們的愁容都不知哪去了；我胡亂地捲起詩書，高興得簡直要發狂。

卻看（平聲）：再看；回頭看。**愁何在**：謂妻子不再憂愁。或謂指自己不用為妻子擔憂，亦通。**漫卷**：胡亂地捲起。意謂草率地收拾。顧修遠云：“漫卷者，拋書而起也。”似不妥。兩句承首聯進一步寫聞訊以後的喜悅；下句寫作還鄉之計。又是看看妻兒是不是也像自己一樣地高興，又是草草地捲起詩書作還鄉之計，詩人歡喜得幾乎發狂了。直到第四句才點出“喜”字，破涕為笑。“漫卷”二字甚妙，寫出了“欲狂”的失常舉動。

3　**“白首”二句**：我這個白首老人要放聲高歌，盡情痛飲，有明媚的春光作伴，正好起程回鄉。

白首：一作“白日”。**放歌**：放聲高歌。**縱酒**：盡情喝酒。

青春：春天。因春季草木一片青葱，故云。上句言放歌、縱酒以抒懷賀喜，下句點出"還鄉"二字：兩句仍寫喜悅之情。"放歌"、"縱酒"，把"喜"推上了新的高峯；"青春作伴"，寫出了詩人內心之"快"——詩人沉鬱幽暗的心底，彷彿投進了明麗的春光。

4 **"即從"二句**：就從巴峽直下巫峽，抵達襄陽然後向洛陽進發。

巴峽：泛指四川省境內的一段水路。**巫峽**：三峽之一。在今四川省巫山縣東。**向洛陽**：詩人原注："余田園在東都。"杜甫先世為襄陽人，曾祖依藝為鞏令，徙至河南，父閑為奉天令，徙至杜陵，而田園尚在洛陽。"即從"、"便下"、"穿"、"向"，將巴峽、巫峽、襄陽、洛陽四個地方連成一線，表現了詩人"還鄉"的急切之情，也從側面寫出他的"快"。

王嗣奭云："説喜者云'喜躍'。此詩無一字不'躍'。其喜在'還鄉'，而最妙在束語，直寫'還鄉'之路，他人決不敢道。"

送路六侍御入朝

這首詩寫送別一位少年時的好友。本是平凡的題材，在詩人筆下，卻寫得婉曲層折，變化離合，可見老杜的大手筆。

童稚情親四十年，中間消息兩茫然[1]。
更為後會知何地？忽漫相逢是別筵[2]。
不分桃花紅勝錦，生憎柳絮白於綿[3]。
劍南春色還無賴，觸忤愁人到酒邊[4]。

【注釋】

1 **"童稚"二句**：童年時代我們就情如手足，已有四十年的友誼；只不過是中間隔絕，消息茫然。

四：一作"三"。**茫然**：渺茫；模糊不清。兩句寫友誼悠久，卻長期隔絕，為下文寫離愁作鋪墊。"童稚情親"與"消息兩茫然"，一層反折。

2 **"更為"二句**：今後我們不知在何處再會，匆匆一聚，馬上又要分別了。

更為：再，復。為，助詞。**忽漫**：突然；匆匆。劉淇《助字辨略》："'忽漫相逢是別筵。'忽漫，猶言率爾。"兩句寫乍逢又別。"相逢"與"別筵"，一層折；"別筵"與"後會”，又是一層折。

3 **“不分”二句**：桃花像織錦一樣艷紅，實在可惱；柳絮比絲綿還要潔白，也令人厭恨！

不分（fèn 份）：猶言不忿。分，一作“忿”。**錦**：有彩色花紋的織物。**生憎**：憎惡。生，發語詞。**柳絮**：柳樹的種子帶有白色絨毛，稱為柳絮，春末飄落，濛濛漫天。**於**：一作“如”。**綿**：絲綿。精美的稱綿，粗劣的稱絮。桃紅絮白，本是美麗的春色，而曰“不分”、“生憎”，從側面寫出自己的惡劣心緒。

4 **“劍南”二句**：劍南的春色啊，真是毫無情理，還有意到別筵上觸動離人的愁懷。

劍南春色：即上文的桃花似錦、柳絮如綿。**無賴**：撒潑，不講道理。**忤**（wǔ 午）：逆。**酒邊**：酒中。指送別的酒席。朱瀚云：“始而相親，繼而相隔，忽而相逢，俄而相別，此一定步驟也。能翻覆照應，便覺神彩飛動。及細按之：‘後會’無期，應‘消息’‘茫然’；‘忽漫相逢’，應‘童稚情親’；‘無賴’，即‘花’‘錦’、‘絮’‘綿’；‘觸忤’，即‘不分’、‘生憎’。脈理之精密如此。”

將赴荊南寄別李劍州

寶應元年至廣德二年（762—764）三月，杜甫流寓綿州、梓州和閬州。他幾次打算離蜀出峽，因嚴武再鎮成都而沒有成行。本篇作於廣德二年春。詩歌章法嚴謹，句法生動。明七子極力摹擬，亦徒得其皮毛而已。

荊南：荊州之南。荊州，在今湖南省、湖北省一帶。李劍州：李為姓，劍州在蜀，因李為劍州刺史，故稱。

使君高義驅今古，寥落三年坐劍州[1]。
但見文翁能化俗，焉知李廣未封侯[2]？
路經灩滪雙蓬鬢，天入滄浪一釣舟[3]。
戎馬相逢更何日？春高迴首仲宣樓[4]。

【注釋】

1 **“使君”二句**：你道義高超，堪與古人並駕齊驅，但在劍州三年任內卻受到冷落。

使君：指刺史。一州中最高行政長官。**驅今古**：今人與古人並駕齊驅。兩句寫李刺史的品德和遭遇。

2 **“但見”二句**：只見文翁能教化風俗，怎知李廣不能封侯？

文翁：《漢書．循吏傳》：“文翁，廬江舒人也……景帝末，為蜀郡守，仁愛好教化，見蜀地僻陋，有蠻夷風，文翁欲誘進之，乃選郡縣小吏開敏有材者張叔等十餘人，親自飭厲，遣詣京師，受業博士……又修起學宮於成都市中，招下縣子弟以為學宮弟子……繇（同“由”）是大化，蜀地學於京師者，比齊、魯焉。”**化俗**：教化風俗。俗，一作“蜀”。**焉**：疑問代詞。怎；哪。**李廣未封侯**：李廣，漢武帝時將軍，身經百戰，卻始終沒有封侯。《史記·李將軍列傳》：“廣嘗與望氣者王朔燕語，曰：‘自漢擊匈奴，而廣未嘗不在其中，……然無尺寸之功以得封邑者，何也？豈吾相不當侯邪（同“耶”）？且固命也？’”兩句以文翁、李廣喻李劍州。上句寫其政績，下句是對朋友的寬慰。按，安史之亂後，各州刺史多用武人，觀“李廣”句可知。

3　**“路經”二句**：我雙鬢蓬亂，年華漸老，將途經那險惡的灩澦堆。水天相接，轉入滄浪水中，今後我將駕一葉釣舟，過着閑適的生活。

灩澦：灩澦堆。在瞿塘峽口。**蓬鬢**：蓬亂的鬢髮。形容潦倒之貌。**滄浪**（láng 郎）：水名，在荊州。楊德周云：“武當縣有川曰滄浪”。按，滄浪亦指隱居之地。兩句設想赴荊南之路和途中的狀況。境極闊大，意極深厚。前人注解，強調“滄浪”為水名，只謂詩人經灩澦堆進入滄浪水而已。其實這兩句已概括詩人的身世和意願。如此句法，李夢陽、何景明之輩何曾夢到？

4　**“戎馬”二句**：戰亂中我們更不知何日相會，在春風吹拂的時候，我登上仲宣樓，深深懷念着家鄉。

仲宣樓：唐當陽縣城樓。仲宣曾登樓作賦懷歸，故稱。吳汝綸評曰：“每於收束極力縈迴，以取風韻。”末二語搖曳多姿，非徒以風韻見勝，且含蓄遠致。

登　樓

安史之亂的直接惡果，是吐蕃入侵。廣德元年（763）七月，吐蕃入涇州，犯奉天、武功，京師震動，代宗倉皇逃往陝州。十月，長安便落入吐蕃之手。《舊唐書·代宗紀》："吐蕃入京師，立廣武王承宏為帝，仍逼前翰林學士于可封為制（起草詔書）封拜。辛巳，車駕至陝州，子儀在商州，會六軍使張知節、烏崇福、長孫全緒等率兵繼至，軍威遂振……庚寅，子儀收京城"。但事情仍遠未了結：同年十二月，吐蕃陷松州、維州、雲山城、籠城，西川節度使高適不能救，於是劍南、西山諸州亦入於吐蕃。

此詩為廣德二年（764）春杜甫初歸成都時作。詩歌寫登樓所見所感，氣象雄渾，感慨深沉，如《石林詩話》所云："句中有力，而紆徐不失言外之意。"

花近高樓傷客心，萬方多難此登臨[1]。

錦江春色來天地，玉壘浮雲變古今[2]。

北極朝廷終不改，西山寇盜莫相侵[3]。

可憐後主還祠廟，日暮聊為梁甫吟[4]。

【注釋】

1 **“花近”二句**：在萬方多難的時候登樓臨眺，高樓附近的春花只會惹起我的哀傷。

客：作者自指。**萬方多難**：指吐蕃入侵之事。**登臨**：登高臨眺。兩句點明題意，總領全篇。上句與“感時花濺淚”意近，下句概指時事艱危，説明傷心的原因。用倒裝筆法，起句便覺氣勢聳峻。

2 **“錦江”二句**：錦江浩蕩的春色彷彿從廣闊的天地奔到眼前，玉壘山風雲變幻，象徵着古今人事的變遷。

錦江：岷山支流，江水從灌縣來。詩人草堂臨近錦江。**春色來天地**：一作“春水流天地”。**玉壘**：山名。在今四川省茂汶羌族自治縣。兩句承首聯寫登樓所見。二語以“天地”概括廣闊的空間，以“古今”概括久遠的時間，寫得雄渾蒼茫，有很強的藝術感染力。一“來”字，把春色寫活。次句猶《可嘆》“天上浮雲如白衣，斯須改變如蒼狗”之意。一“變”字，無限感愴。

3 **“北極”二句**：大唐王朝始終是不改的，西山賊寇休想到來侵犯！

北極：北極星，喻唐王朝。**終不改**：北極星在天空的位置不動，以比唐王朝萬世長存。時長安已為郭子儀光復。**西山寇盜**：指西邊的吐蕃。西山，指岷山山脈。兩句承“萬方多難”：上句言朝廷永固，下句憂吐蕃之侵。《杜臆》云：“曰‘終不改’，亦幸而不改也；曰‘莫相侵’，亦難保其不相侵也。‘終’、‘莫’二字，有微意在。”頗能道出詩人的深意。

4 **“可憐”二句：**雖是亡國之君的蜀後主，但至今仍然享受祭祀；在暮色蒼茫之際，我吟唱起《梁甫吟》來，對古人表達憑弔之意。

後主：指三國時蜀後主劉禪。**還：**仍。**《梁甫吟》：**《三國志．蜀書．諸葛亮傳》：“亮躬耕隴畝，好為《梁甫吟》。”

兩句借憑弔古迹以表示對時事的慨嘆：上句嘆後主用黃皓而亡國，暗指唐代宗寵信宦官以“蒙塵”；下句是說，由後主聯想到孔明，於是吟唱起他愛唱的《梁甫吟》，表憑弔之意。

宿　府

廣德二年（764）嚴武再鎮蜀，杜甫回到成都草堂，被嚴武推薦為檢校工部員外郎，賜緋魚帶，並在節度使署中任參謀。杜甫看在朋友份上，只好勉為其難，在嚴武幕中工作。本詩作於是年秋天。詩中描述在幕府中獨宿的冷寂情景，回顧十年來流離落泊的生活，有無限感慨。

府：指幕府。軍旅出行，施用帳幕，因以“幕府”稱古代將軍的府署。

清秋幕府井梧寒，獨宿江城蠟炬殘[1]。
永夜角聲悲自語，中天月色好誰看[2]？
風塵荏苒音書絕，關塞蕭條行路難[3]。
已忍伶俜十年事，強移棲息一枝安[4]。

【注釋】

1　**“清秋”二句**：清秋時節，府署井畔的梧桐在寒風中蕭瑟零落。我在江城度着不眠之夜，蠟燭也快要點完了。
井梧：梧桐每植於井畔，故云。**江城**：指成都。成都在錦江之畔。**蠟炬**：蠟燭。炬，一作“燭”。兩句點明題意，帶起全篇。

2 **“永夜”二句：**長夜中聽到淒厲的角聲，不由得悲酸自語；當空的月色雖然皎好，又有誰去欣賞？

永夜：長夜。**角：**軍中號角。一名畫角。兩句承首聯寫“獨宿”的所見所聞。句法特異，為“五二”句式。“悲”、“好”二字，貫串上下，是二語的關鍵。或謂“自語”形容角聲時斷時續，亦通。

3 **“風塵”二句：**在戰亂中歲月流逝，鄉書隔絕；關塞蕭條，歸路艱難。

風塵：代指戰亂。杜詩中多用此語。**荏苒**（rěn rǎn 任染）：謂歲月推移。上句言戰亂連綿，得不到家人消息，下句謂無法歸家；兩句合寫思鄉之苦。

4 **“已忍”二句：**已忍受了十年孤獨痛苦的生活，如今姑且就任幕府，暫時安身吧！

伶俜（líng pīng 玲乒）：孤獨。此有奔波飄零之意。**十年：**自安祿山初反，至此十年。**強移：**姑且相就。強，讀上聲。**棲息一枝：**《莊子．逍遙遊》：“鷦鷯巢於深林，不過一枝。”本詩以鳥棲息枝頭設喻“獨宿”，與上文“井梧”合拍，可見用語之精。

仇云：“首句點‘府’，次句點‘宿’，‘角聲’慘慄，悲哉‘自語’，月色分明，好與‘誰看’？此‘獨宿’淒涼之況也。鄉書闊絕，歸路艱難，流落多年，借棲‘幕府’，此‘獨宿’傷感之意也。玩‘強移’二字，蓋不得已而暫依幕下耳。”

秋興八首

《秋興》八首，大曆元年（766）寫於夔州，是杜甫晚年慘澹經營之作。八首詩是一個整體，分別從不同的角度去表現同一主題。它們互相支撐，精心結構，築成一座巍峨偉麗的藝術大廈。王夫之云："八首如正變七音，旋相為宮，而自成一章，或為割裂，則神態盡失矣。"

這八首詩，以夔府望京華為總綱，以"萬里風煙接素秋"為樞紐，身世之感、故國之思，紛來心上。詩人時而慷慨悲歌，時而低迴吟望；而在沉鬱悲憤的基調之中，又穿插着一些令人遐想神飛的場面描寫。組詩寄託了詩人對大唐王朝盛衰的深刻悲慨。

八首詩寫得迴環往復，情景交融，結構綿密，意境高渾。詩人在表現手法上，把七律創作推上了一個新的高峯。《秋興八首》被公認為杜甫七律的代表作。

一

這一首是組詩的序曲。它通過對長江三峽動人心魄的秋色秋聲的描繪，抒發了詩人流寓他鄉、緬懷故里的傷感，為整組詩渲染了一種蕭條落寞的氣氛。

玉露凋傷楓樹林，巫山巫峽氣蕭森[1]。

江間波浪兼天湧，塞上風雲接地陰[2]。

叢菊兩開他日淚，孤舟一繫故園心[3]。

寒衣處處催刀尺，白帝城高急暮砧[4]。

【注釋】

1 **"玉露"二句**：白露使楓樹林凋殘零落，巫山巫峽氣象蕭瑟陰森。

玉露：白露。隋李密《淮陽感秋》："金風颺初節，玉露凋晚林。" **巫山**：在今四川省巫山縣東。沿江壁立，綿延四十公里，即為"巫峽"。巫峽為長江三峽之一。兩岸斷崖壁立，高數百丈，風光奇麗。《水經．江水注》："三峽七百里中，兩岸連山，略無闕（同"缺"）處，重巖疊嶂，隱天蔽日，自非亭午（正午）夜分，不見曦（日）月。"兩句寫江岸的蕭森秋氣。

2 **"江間"二句**：峽中波浪洶湧，直拍天邊，塞上風雲與大地相接，一片陰晦。

江間：指巫峽江天。巫峽水深流急，波濤洶湧，奔嘯而下，驚心動魄。**兼天湧**：謂波浪滔天。兼天，猶言連天。**塞上**：指夔州關塞，非指西北邊關，前人注每誤。兩句從江間的波浪寫到塞上的風雲。

3 **"叢菊"二句**：一叢叢菊花兩度開放，我不禁流下懷舊的淚，那暫時泊岸的孤舟，緊繫着還鄉的希望。

兩開：兩度開放。詩人因事於去年秋天滯居雲安，今秋又淹留夔州，故見到叢菊兩度開放。兩，一作“重”。**他日淚**：因回首往昔而落淚。他日，往昔。李商隱《櫻桃花下》有“他日未開今日謝”句，可證。**“孤舟”句**：永泰元年（765）五月，詩人出四川，沿江東下，準備回到故鄉去，後來由於江關間阻等原因，未能遂願，終年乘孤舟漂流江上，故“一繫”懷鄉之心。故園心，懷念故鄉的心。指還鄉的希望。兩句寫思鄉的痛楚。句意蕭瑟淒涼，恰與頷聯的沉雄壯闊成對照。

4 **“寒衣”二句**：處處刀尺勤動，趕製寒衣；高高的白帝城上，黃昏時迴蕩着一陣緊似一陣的擣衣聲。
催刀尺：意謂婦女們拿起剪刀裁尺，趕製寒衣。**急**：緊。匆促繁密。**砧**：擣衣石。兩句寫暮秋遊子思鄉之情。詩人從婦女製衣的刀尺和擣衣的砧聲聯想起家鄉的親人，思鄉之情寫得沉摯感人。

二

詩人身在夔府，心懷長安，從黃昏到深宵，他一直在翹首北望。出峽還鄉已成泡影，他臥病西閣，獨自度着無眠之夜。但聞猿聲哀切，悲笳陣陣。石間藤蘿上的月光，與洲前的蘆荻花互相映照，一片慘白。

夔府孤城落日斜，每依北斗望京華[1]。
聽猿實下三聲淚，奉使虛隨八月槎[2]。

畫省香爐違伏枕，山樓粉堞隱悲笳[3]。
請看石上藤蘿月，已映洲前蘆荻花[4]。

【注釋】

1 **“夔府”二句**：夔府孤城正映帶着西斜的落日，我常常依着北斗星的方向遙望京城。

夔府：夔州曾設都督府，故稱。**北斗**：北斗星。一作“南斗”。**京華**：京城。指長安。上句寫黃昏，下句寫初夜。“每依北斗望京華”貫串全詩以至上下八篇，是整個組詩的總綱。詩人在夔州常望北斗，思京國。如《月》：“危樓望北辰”，《夜》：“步簷倚杖看牛斗”，可證。錢謙益云：“此句為八首之綱骨，章重文疊，不出於此。”

2 **“聽猿”二句**：聽見幾聲猿啼，實在令人悲酸落淚；本想隨同節度使進京，可惜不能成事。

“聽猿”句：徐曾云：“本是‘聽猿三聲實下淚’，拘於聲，故為‘實下三聲淚’。”《水經·江水注》：“每至晴初霜旦，林寒澗肅，常有哀猿長嘯，屬引淒異，空岫傳響，哀轉久絕。故漁者歌曰：‘巴東三峽巫峽長，猿鳴三聲淚霑裳。’”實下，謂自己身歷此境，故有真情實感。**奉使**（去聲）：奉命遣使。**虛隨八月槎**（chá 查）：像八月乘槎上天一樣虛幻。杜甫原擬隨嚴武進京，後因嚴武去世而不果。張華《博物志·雜説》載：“近有人居海渚者，年年八月，有浮槎去來不失期。人有奇志，乘槎而去。十餘月至一處，有城郭狀，宮中有織婦，見一丈夫牽牛渚次飲之。因問：‘此是何處？’答曰：‘訪嚴君平則知之。’因還至蜀問君平。曰：‘某年某月，有客星犯牽牛宿。’計其年月，正是此人到天河時也。”又，《荊楚歲時記》載，漢張騫出使西域，到黃河源，曾乘槎至月宮，遊天河。本詩合用二典，暗喻還京之願。槎，木筏。兩句謂因未能進京而感到十分失望。

3 **“畫省”二句：**在京供職，入朝夜值的生活，已事與願違，現在是臥病夔府，隱約聽見陣陣悲笳，從山樓外的女牆傳來。

畫省：尚書省的官署。《漢官儀》：“尚書省中，皆以胡粉塗壁，紫青界之，畫古烈士，重行書贊。”**香爐：**尚書省中夜值的供具。尚書郎入侍皇帝，按例有宮中女史二人，執香爐相隨。詩人為工部員外郎，屬尚書省，也有入侍資格。**伏枕：**臥病。詩中把臥病作為不能還朝供職的原因，實是“怨而不怒”之語。**山樓：**指詩人所居的西閣。一說指白帝山城樓。山樓、悲笳，暗示戰亂未完全平息。**粉堞**（dié 蝶）：堞，城堞。即女牆，城上的矮牆。因塗以白堊，故稱粉堞。兩句寫臥病不眠的苦況。

4 **“請看”二句：**請看石間藤蘿上的月色，已映照洲前的蘆荻花了。

兩句寫月亮愈升愈高，表示佇立很久，不覺已至深宵。本聯寫月色，與上聯寫山樓、悲笳，同為渲染氣氛，表現詩人落寞淒清的感受。

三

這一首承接第二首，寫晨曦中的夔府景物，感慨個人身世的牢落。詩人獨坐江樓，眼前山色蒼翠，漁人泛舟，燕子低飛。他思前想後，心緒煩亂。

千家山郭靜朝暉，日日江樓坐翠微[1]。

信宿漁人還汎汎，清秋燕子故飛飛[2]。

匡衡抗疏功名薄，劉向傳經心事違[3]。

同學少年多不賤，五陵衣馬自輕肥[4]。

【注釋】

1　**“千家”二句**：山城千家萬戶沐浴着朝暉，我日日獨坐江樓，面對着蒼翠的羣山。

山郭：山城。指奉節。**日日**：一作“百處”。**江樓**：臨江的樓。**翠微**：蒼翠的山色。《爾雅疏》：“山氣青縹色曰翠微。凡山遠望則翠，近之則翠漸微。”兩句寫晨曦中的山城景色，並以“坐”帶起全篇。

2　**“信宿”二句**：在江上歇宿的漁夫仍然泛舟江上，時已清秋，而燕子還在飛來飛去。

信宿：一宿再宿。寫漁人夜夜在江上捕魚。**汎汎**：形容船隻在水面浮行之狀。《詩・邶風・二子乘舟》：“二子乘舟，汎汎其遊。” 兩句寫漁人、燕子。詩人見漁人泛舟，燕子飛舞，便想起飄泊的生涯，彷彿他們在故意惹動自己的愁懷。“還” 字、“故” 字，寫出他煩厭無聊的心情。王嗣奭云：“舟汎燕飛，此人情物性之常，旅人視之，偏覺增愁。曰 ‘還’ 曰 ‘故’，厭之也。”

3 **“匡衡” 二句**：我像匡衡那樣抗旨上書，反而遭到貶謫；想要像劉向那樣傳經授業，又事與願違。

匡衡抗疏（去聲）：《漢書 · 匡衡傳》載，元帝初即位，有日食地震之變，皇帝向匡衡詢問政治得失。衡幾次上疏進諫。元帝悦其言，遷衡為光祿勳、御史大夫。後任丞相，封樂安侯。抗疏，謂上奏條陳。杜甫曾上疏救房琯忤旨。**功名薄**：匡衡上疏而立功升遷，自己抗疏卻獲罪受貶，故有此嘆。**劉向傳經**：劉向，漢宣帝時經學家，受命傳《穀梁傳》。《漢書 · 劉向傳》載，漢成帝即位，詔劉向領校內府五經秘書。**心事違**：劉向居於近侍，典校五經，自己卻屈居幕府，事業無成，相比之下，更覺“心事違” 了。兩句言仕途失意，事與願違。

4 **“同學” 二句**：少年時的同學多享富貴，他們居住在五陵一帶，穿輕裘乘肥馬，自顧自地過着奢華的生活。

五陵：長安、咸陽間有長陵、安陵、陽陵、茂陵、平陵，都是漢代帝王的陵墓，成為貴族聚居之地。**衣馬輕肥**：衣輕馬肥。指豪奢的生活。《論語 · 公冶長》：“子路曰：‘願車馬，衣輕裘，與朋友共，敝之而無憾。’” 兩句表示對享富貴的少年時的同學的鄙視，同時也與他們相比，顯出自己窮愁潦倒。“自” 字，甚有深意。

這一首申“秋興”名篇之意。

四

這一首是前三首和後四首的過渡。前三首表現了詩人極度的憂傷與煩躁，但是他的內心世界還是朦朧而不很清晰。“聞道長安似弈棋”一句則點明了憂傷煩躁的癥結，彷彿詩人一下子打開了心靈的窗子，讓我們看個清楚。

杜甫居長安十年，以後一直在關心着它，思念着它。長安的變化，象徵着唐王朝的沒落衰敗，使詩人感到無限的憂傷。他身在寒冷寂寞的秋江，心懸故國的安危。組詩自此首轉以憶京華為重點。

聞道長安似弈棋，百年世事不勝悲[1]。

王侯第宅皆新主，文武衣冠異昔時[2]。

直北關山金鼓震，征西車馬羽書馳[3]。

魚龍寂寞秋江冷，故國平居有所思[4]。

【注釋】

1　**“聞道”二句**：聞説長安的政局就像下棋一樣反覆不定，多年來世事的變化令人不勝悲哀。

弈棋：下棋。比喻你爭我奪，局勢不定。**百年**：指唐開國至今。是約數。**不勝**：一作“不堪”。兩句概寫長安局勢，總起全篇。數十年來，長安有多大的變化啊！綱紀的崩壞，權力的爭奪，人事的變遷，外族的侵佔，…… 長安就像弈棋一樣變化不定。王嗣奭云："長安一破於祿山，再陷於吐蕃，如弈棋迭為勝負，即此百年中而世事有不勝悲者。" 他只說出了一面；更使詩人 "悲" 的，是眼前的時事，即下文所述。

2 **"王侯" 二句**：王侯第宅都換了新的主人，文武貴人也跟往日大不相同了。

第宅皆新主：如李靖的府第為李林甫所佔，馬周的住宅歸虢國夫人等。新主，指新進的暴發者。如《洗兵馬》云："攀龍附鳳勢莫當，天下盡化為侯王。" **衣冠**：古代士以上戴冠。此指世族士紳。**異昔時**：寫出戰亂期間禮法制度已混亂崩潰。肅宗時宦官李輔國掌朝政，代宗時宦官魚朝恩握兵權，皆禮法崩壞，衣冠顛倒之證。兩句寫朝政人事的更迭。

3 **"直北" 二句**：長安北部關山金鼓震天，征西將軍的車馬傳遞着緊急的軍事情報。

直北：正北。指長安一帶。當時北邊的回紇正威脅着長安。**金鼓**：鉦和鼓。鉦是鈴鐸一類的東西。鳴鉦以退兵，擊鼓以進軍。**震**：一作 "振"。**車馬**：一作 "車騎"。**羽書**：征調軍隊的文書，上插羽毛以示加急。猶後世的雞毛信。**馳**：一作 "遲"。兩句寫回紇、吐蕃入侵。

4 **"魚龍" 二句**：秋江上的魚龍也無聲無息，一片冷寂，從前居住過的長安多麼令人懷念啊！

魚龍寂寞：形容秋江寒冷。據說秋天龍類蟄伏水底。**故國**：故都。指長安。**平居**：平時所居。詩人在長安居住十年，故云。兩句從想像中的長安回到所處的寒冷的秋江。

五

以下數首皆承第四首“有所思”而來。這一首憶念長安宮殿宏偉的氣象和莊嚴的早朝情景。詩人以曾“識聖顏”而感到自豪和欣慰，但當他回到冷峻的現實時，又不禁發出“一臥滄江驚歲晚”的感喟。

蓬萊高闕對南山，承露金莖霄漢間[1]。

西望瑤池降王母，東來紫氣滿函關[2]。

雲移雉尾開宮扇，日繞龍鱗識聖顏[3]。

一臥滄江驚歲晚，幾回青瑣點朝班[4]。

【注釋】

1　**“蓬萊”二句**：蓬萊宮殿與南山相對，金莖承露盤聳入雲霄。**“蓬萊”句**：《唐會要》卷三十：“龍朔二年（662），修舊大明宮，改名蓬萊宮，北據高原，南望爽塏（kǎi 凱），每天晴日朗，望終南山如指掌。”高闕，一作“宮闕”，一作“仙闕”。**承露金莖**：漢武帝好道，造通天臺，以銅柱承露盤承雲表露，和玉屑而飲。金莖，支撐承露盤的銅柱。班固《西都賦》：“抗仙掌以承露，擢雙立之金莖。”此借漢宮比唐宮，以寫秋日宮中氣象。兩句寫長安宮闕的雄偉氣象。

2　**“西望”二句**：西邊與瑤池相望，相傳王母曾降臨在那裏；紫氣自東而來，充滿函關。

瑤池降王母：《武帝內傳》載：元封元年（前110）四月，帝閑居承華殿，忽見一女子着青衣至，自云為西王母使者，相約七月七日西王母降臨。是夜，西王母自瑤池乘雲而至，羣仙數千，芳華百味，與帝歡宴。**東來紫氣**：《列仙傳》載，關令尹喜見有紫氣從東而來，知道將有聖人過關。果然老子西遊出函谷關，騎了青牛前來，喜便請他寫了《道德經》。詩中以“東來紫氣”表示祥瑞氣氛。兩句寫宮殿的氣象和崇奉神仙的情況，並從側面表現當時的承平景象。

3　**“雲移”二句**：宮殿上的羽扇，像浮雲移動似的慢慢打開，穿着龍章袞衣的皇帝在燦爛的光輝中出現——我看到這位聖人的容顏。

“雲移”句：《新唐書．儀衞志》：“人君舉動必以扇。”《唐會要》載，皇帝坐朝前，先在殿兩廂排開羽扇，遮蔽其行步。待皇帝坐定，羽扇徐徐打開，才露出真容。雲移，狀障扇之兩開。**日繞龍鱗**：謂皇帝身邊光輝繚繞，如朝日照耀。龍鱗，皇帝衣上的龍紋。兩句寫莊嚴的早朝。錢謙益注：“‘雲移’二句，記朝儀之盛。曰‘識聖顏’者，公以布衣朝見，所謂‘往時文采動人主’也。”

4　**“一臥”二句**：臥病滄江，驚嘆歲時已晚——曾幾回在青瑣門下候點朝班啊！

歲晚：時正深秋，故云。**青瑣點朝班**：青瑣，宮門。以其上有瑣狀的圖案，故稱。朝班在青瑣門下，以貴賤為序。兩句言臥病滄江，不忘君國。“臥滄江”與“青瑣點朝班”對照，流露出無限蒼涼的意緒。

陳澤州注：“此詩前六句，是明皇時事；‘一臥滄江’，是代宗時事；‘青瑣朝班’，是肅宗時事。前言天寶之盛，陡然截住，陡接末聯。他人為此，中間當有幾許繁絮矣。”這一首由殿前寫到早朝，層次清楚；以“滄江”作結，交代了地點，並與上下各篇連成一氣。

六

這一首緬懷曲江的繁華景象，同時婉曲地流露出對皇帝的譴責，暗示歌舞遊宴導致了邊患，使大好的“帝王州”遭到了蹂躪。

瞿唐峽口曲江頭，萬里風煙接素秋[1]。

花萼夾城通御氣，芙蓉小苑入邊愁[2]。

珠簾繡柱圍黃鵠，錦纜牙檣起白鷗[3]。

回首可憐歌舞地，秦中自古帝王州[4]。

【注釋】

1 **“瞿唐”二句**：瞿塘峽口到曲江岸邊，相隔萬里，連接着清秋浩漫的風煙。

瞿唐峽：長江三峽之一。西起奉節縣白帝城，東至巫山縣大溪鎮。兩岸叢山峻嶺，聳入雲表。臨江一側峭壁千仞如削。峽中波濤洶湧，奔瀉直下。**素秋**：素，白色。古時以季節、方位、顏色和五行相配。秋天屬金，西方，色白，故曰“素秋”。兩句以兩地開頭，總起全篇。“瞿唐峽口”和“素秋”承接上一首“一臥”句，“曲江頭”則開啓本篇。“萬里風煙接素秋”是貫串八首詩的一條主線。

2 **“花萼”二句**：花萼樓的夾城，把皇宮與芙蓉苑接通；安祿山反叛的消息報至芙蓉苑，引起了浩蕩的邊愁。

花萼：樓名。《唐六典》卷七：“興慶宮在皇城之東南，宮之南曰通陽門，通陽之西曰花萼樓。”**夾城**：兩邊築有高牆的通道。《舊唐書．玄宗紀》載，開元二十年（732），從花萼樓築夾城通向曲江芙蓉園。夾城自大明宮經通化門，以達興慶宮，再經延喜門至曲江芙蓉園。故云“通御氣”。兩句言過度的遊宴引入了“邊愁”。錢謙益云：“祿山反報至，上欲遷幸，登興慶宮花萼樓，置酒，四顧悽愴，此所謂‘入邊愁’也。”

3 **“珠簾”二句**：水上離宮的珠簾繡柱使黃鵠圍繞不去，江上畫船的錦纜牙檣使白鷗受驚起飛。

珠簾：以珠串織成的簾幕。**繡柱**：畫着花紋的柱子。**黃鵠**：即黃鶴，又名天鵝。一作“黃鶴”。《西京雜記》：“（漢）昭帝始元元年（前 86），黃鵠下建章（宮）太液池中，帝作歌。”故以寫帝王氣象。**錦纜**：錦製的纜。**牙檣**：裝飾着象牙的檣。兩句寫皇室豪華的遊樂，推出尾聯。

4 **“回首”二句**：回首昔日歌舞之地，已足以令人悲愴無限，要知道秦中自古是帝王州啊！

兩句寫斷送“帝王州”的悲憤。《杜詩鏡銓》：“言秦本古帝王崛起之地，今以歌舞之故，而致遭陷沒，亦甚可憐已！”“回首”二字，與首聯呼應。

陳廷敬曰："此承上章，先宮殿而後池苑也。下繼'昆明'二章，先內苑而及城外也。上下四章，皆前六句長安，後二句夔州。此章在中間，首句從'瞿唐'引端，下六則專言長安事，俱見章法變化。"

七

這一首緬懷昆明池的盛況。一起一結均以極大筆力出之，如方東樹所云："氣激於中，橫放於外，噴薄而出。"中間四句寫景細膩，飽含感情。此章歷來被認為是杜甫七律中章法高妙之作。

昆明池水漢時功，武帝旌旗在眼中[1]。
織女機絲虛夜月，石鯨鱗甲動秋風[2]。
波漂菰米沉雲黑，露冷蓮房墜粉紅[3]。
關塞極天惟鳥道，江湖滿地一漁翁[4]。

【注釋】

1 **"昆明"二句**：開鑿昆明池是漢時的功績，武帝當年的旌旗彷彿又在眼前招展。

昆明池：《清一統志》："昆明池在長安縣西南。"《漢書·武帝紀》載，元狩三年（前 120）"發謫吏穿昆明池。"注引傳瓚曰："昆明國有滇池，方三百里，漢使求通身毒國，為昆明所閉。今欲伐之，故作昆明池象之，以習水戰。”此以漢指唐，下句意同。兩句借漢武帝以喻玄宗，讚頌當年武功。玄宗曾在昆明池修置戰船，也曾征伐南詔。上句寫昆明池的來歷，自然地引出下句。下句通過聯想和比喻，將玄宗的武功寫得形象鮮明，靈氣飛動。

2 **“織女”二句**：織女在秋夜的月色中停止了紡織，石鯨在秋風中鱗甲也活動起來了。

織女：班固《西都賦》：“集乎豫章之宇，臨乎昆明之池。左牽牛而右織女，似雲漢之無涯。”李善注：“昆明池有二石人，牽牛織女象。”池邊織女是石人，不能紡織，故云“虛”。此活用《詩·小雅·大東》“跂彼織女，終日七襄；雖則七襄，不成報章”之意。**石鯨**：《西京雜記》：“昆明池刻玉石為鯨魚，每至雷雨，常鳴吼，鬐尾皆動。”兩句寫池中的石人、石鯨。這些天下昇平的象徵，為昆明池增添了詩情畫意。兩句筆力蒼勁，使昆明池的清秋充滿了力量和生氣。

3 **“波漂”二句**：菰米多得像沉沉的黑雲，隨波飄蕩；露水寒冷，粉紅色的荷花墜落了，長出一個個的蓮房。

菰米：菰即茭白，結實為菰米，可供食用。**沉雲黑**：一望黯黯如層雲。極言菰米之多盛。兩句寫昆明池物產豐饒。仇兆鰲認為這兩句“想池景之蒼涼”，並以為“織女、鯨魚亘古不移，而菰米、蓮房逢秋零落，故以興己之漂流衰謝耳”。這是牽強附會之説。其實四句皆寫昆明池盛況；前二句重在景色，後二句重在物產。

4 **“關塞”二句**：關塞高聳接天，只有鳥飛的道路；在茫茫無際的江湖上，我像一個無所歸宿的漁翁。

鳥道：形容極其險峻狹窄的山路，謂只有飛鳥可度。上句言歸去無路，下句寫無所歸宿。

本篇前六句寫長安，後二句寫夔州：前虛後實，前昔後今。這樣寫，全詩脈絡清楚，主題突出。

八

這一首回憶昔日春遊渼陂的情景。渼陂，在長安東南。陂水澄澈，景色秀美。春秋佳日，仕女雲集，一時遊屐甚盛。往事重憶，白頭吟望，無限感慨，遂以作結。

昆吾御宿自逶迤，紫閣峯陰入渼陂[1]。
香稻啄殘鸚鵡粒，碧梧棲老鳳凰枝[2]。
佳人拾翠春相問，仙侶同舟晚更移[3]。
綵筆昔曾干氣象，白頭今望苦低垂[4]。

【注釋】

1 **"昆吾"二句**：自昆吾、御宿一路曲折前行，紫閣峯的北坡倒映入渼陂水中。

昆吾、御宿：地名。《名勝志》："御宿、昆吾，傍南山而西，皆武帝所開上林苑，方三百里。"**逶迤**（wēiyí 威宜）：迴遠綿延貌。**紫閣峯**：終南山峯之一。在圭峯東，日照爛然而紫，其形上聳如閣樓，故名。**陰**：山之北。張茂中《遊城南記》注：“紫閣之陰即渼陂。”**入渼陂**：猶《渼陂行》“半陂以南純浸山，動影裊窕沖融間”之意。渼陂，水名。兩句寫至渼陂沿途的景色，總起全篇。

2 **“香稻”二句**：香稻，被鸚鵡啄食，還有餘粒；碧梧，為鳳凰長棲，尚留枝在。

香稻：一作“紅豆”，一作“紅稻”，一作“紅飯”。**殘**：一作“餘”。**棲老**：長時間地棲息。兩句寫渼陂物產豐美。鸚鵡、鳳凰，以言物產之美，非實有其物。兩句錯落成文，筆勢勁健，為後人稱頌。近代語法學者喜歡舉此二語，作倒裝之例，認為即“鸚鵡啄餘香稻粒，鳳凰棲老碧梧枝”。其實不然。“香稻”、“碧梧”置於句首，作為強調，意說香稻乃鸚鵡啄餘之粒，碧梧乃鳳凰棲老之枝。

3 **“佳人”二句**：美人春郊拾翠，相互饋贈；好友同舟遊賞，樂而忘返。

佳人：美人。**拾翠**：拾掇翠鳥的翎毛，以為首飾。曹植《洛神賦》：“或拾翠羽。”**相問**：相互饋問。**仙侶**：指好朋友，好同伴。杜甫與岑參曾遊於此。與岑參兄弟遊渼陂所寫的《渼陂行》云：“船舷暝戛雲際寺，水面月出藍田關。”**晚更移**：天色晚了還繼續向前划。移，移舟。兩句寫遊春仕女之盛。

4 **“綵筆”二句**：往日我橫溢的詩才曾上凌星辰；今日我白髮皤然，苦苦地想望着長安，低頭吟詠。

綵筆：指佳美的文才。《南史．江淹傳》載，江淹嘗宿冶亭，夢郭璞謂曰：“吾有綵筆在卿處多年，可以見還。”乃探懷中，得五色筆以授之。嗣後有詩絕無美句，時人謂之才盡。**昔曾**：一作“昔遊”。**干氣象**：謂上凌星辰，作文章感動皇上。杜甫《奉留贈集賢院崔于二學士》：“氣衝星象表，詞感帝王尊。”亦用此意。杜甫於天寶十載（751）曾獻《三大禮賦》，受玄宗稱賞。“綵筆”句當指此事。**今望**：一作“吟望”。兩句今昔相比，突出今之衰頹悲苦。與第二首相照應，有不盡之意。兩語為組詩作結。如陳注所云：“詩至此，聲淚俱盡，故遂終焉。”

詠懷古迹（五首選二）

本題共五首，大曆元年（766）作於夔州。五首都是借古以抒懷，並非單純憑弔古迹。

一

這是組詩的第二首。因見到宋玉在歸州（今湖北秭歸）的故宅而作此詩。杜詩用意深刻，當時未能受到世人的理解和重視。詩中以宋玉自況，寄託失意之情。後人誦此，亦增蕭條異代之慨矣。

搖落深知宋玉悲，風流儒雅亦吾師[1]。
悵望千秋一灑淚，蕭條異代不同時[2]。
江山故宅空文藻，雲雨荒臺豈夢思[3]！
最是楚宮俱泯滅，舟人指點到今疑[4]。

【注釋】

1　“搖落”二句：從宋玉《九辯》中所描繪的秋天蕭瑟的氣氛，我是深深地瞭解這位詩人的悲哀啊！他文辭超逸，風度溫文爾雅，也堪為我的師表。

搖落：宋玉《九辯》：“悲哉，秋之為氣也！蕭瑟兮，草木搖落而變衰。”**風流**：指文藝作品超逸美妙。司空圖《詩品．含蓄》：“不着一字，盡得風流。”杜甫《丹青引贈曹將軍霸》亦云：“文采風流今尚存。”**儒雅**：猶言溫文爾雅。古時士大夫用以稱揚人的風度美好和學識淵博。兩句寫詩人對宋玉的瞭解、同情和仰慕。對他生不逢辰的感慨，體會尤深。

2 **“悵望”二句**：想到他的丰采才華，念及他的不幸遭遇，千秋以下，悵望風前，不禁潸然下淚。我和他一樣的飄零，一樣的悲苦，一樣的不幸，可惜生不同時，未能為他所瞭解。

蕭條：衰敗；不景氣。兩句寫得深曲精婉，不落恒蹊，真有神來千載之契！蔣紹和云：“此因宋玉而有感於生平著述之情也。蓋謂自古作者用意之深，非俗人所解。今思宋玉搖落之感，具有深悲，惜未得同時一為傾寫耳。”這是很精到的議論。

3 **“江山”二句**：他的故居徒然地裝點着江山，而人已杳然，只剩下辭賦供後人吟誦罷了。而所謂“雲雨荒臺”之事，難道僅是懷王夢裏之情嗎？

雲雨荒臺：指宋玉《高唐賦》序中所寫的神女的故事。宋玉與襄王“遊雲夢之臺，望高唐之觀。”宋玉編造了一個懷王曾夢見女神的故事以諷諫。女神自言“在巫山之陽，高丘之岨，旦為朝雲，暮為行雨，朝朝暮暮，陽臺之下。”荒臺，指雲夢中高唐之臺。兩句為宋玉而深悲。他的文章流傳後世，但其真正的價值也不被人們認識。宋玉作《高唐賦》，目的是對楚襄王諷諭，並非懷王真有此夢，而世人竟以虛構為實事，並附會出“楚臺”的遺迹，實在可笑可悲。

4 **“最是”二句**：楚宮的遺址早已泯滅無存。船夫雖指點其處，但也無可憑信了。

泯滅：形迹消滅。兩句以楚宮泯滅與“江山故宅”對比，意思是說：楚王雖顯赫一時，但死後，那些巍峨壯麗的宮殿，都不復存在了；宋玉潦倒窮愁，還留下故宅以裝點江山，供人憑弔。這是詩人安慰宋玉，其實也是自我寬慰。

二

這裏選的是第三首。

王昭君，名嬙，南郡秭歸人。漢元帝時被選入宮。竟寧元年（前 33），匈奴呼韓邪單于入朝求和親，元帝以宮女五人賜之。昭君自請入胡，號寧胡閼氏。本詩詠王昭君，亦寄託着詩人身世之感。如《杜臆》所云：“昭君一章，蓋入宮見妒與入朝見嫉者，千古有同感焉。”詩人臨風弔古，對昭君一生的遭遇寄以深切的同情。詩中，昭君的哀怨是那樣纏綿，詩人的感憤又是那樣縹緲，一如那馬上琵琶之音，看不見，摸不着，卻又分明地在低泣，怨訴，顫搖，迴蕩……

羣山萬壑赴荊門，生長明妃尚有村[1]。

一去紫臺連朔漠，獨留青塚向黄昏[2]。

畫圖省識春風面，環佩空歸夜月魂[3]。

千載琵琶作胡語，分明怨恨曲中論[4]。

【注釋】

1 **“羣山”二句**：羣山萬壑氣象不凡地奔赴荊門，這裏有明妃生長的村子。

壑（hè 確）：山溝。**荊門**：《清一統志》：“湖北荊州府：荊門山在宜都縣西北五十里，與牙山相對。”**明妃村**：《清一統志》：“湖北宜昌府：昭君村在興山縣南。”明妃，即王昭君。晉文帝諱昭，晉人改為明君，因稱明妃。兩句以明妃生長之地開頭，引出下面各句。一“赴”字，很生動形象，把羣山寫活了。

2 **“一去”二句**：自從離別皇宮，便走向北方遙遠的沙漠；如今長滿青草的墓塚孤零零地留在那裏，空對着落日黃昏。

紫臺：即紫宮；皇宮。**連**：連結；通向。**朔漠**：北方的沙漠。**青塚**（zhǒng 寵）：即昭君墓。在今內蒙古自治區呼和浩特市。相傳邊地多白草，昭君墓獨青，故稱。兩句承首聯，概寫昭君的不幸遭遇。句中有無限的哀怨，作者相憐之情也隱約可見。杜甫借昭君塚的傳說，讚揚她對漢家的忠誠。

3 **“畫圖”二句**：皇上只從畫圖中約略辨認她美麗的面容，她的孤魂月夜歸來也是徒然的啊！

“畫圖”句：據《西京雜記》載，漢元帝令畫師繪宮女的肖像進呈，按圖召見。諸宮女皆賄賂畫師，惟王嬙不肯。畫師故意把她畫醜，遂不得見帝。本詩暗用此事，然從正面書之，實際上是諷刺漢元帝只憑畫圖去辨認美人，使昭君不得進見，以至遠嫁匈奴。省識，約略地看出。春風面，指女子的美貌。**“環珮”句**：寫王昭君對漢家的眷念。她死在匈奴，但靈魂還在月夜回到漢家。一“空”字，既寫出昭君的哀怨，也飽含作者的同情。環珮，古代婦女的裝飾品。此代指王昭君。

4 **“千載”二句**：她用琵琶彈奏着胡人的曲調，這些樂曲，訴說了她無窮的怨恨，直至千年萬代。

千載：一作“千歲”。**琵琶**：本作“批把”，撥絃樂器。《釋名·釋樂器》：“批把，本出於胡中，馬上所鼓也。”**作**：彈奏出。**胡語**：謂胡人的曲調。**怨恨曲中論**（平聲）：在曲中訴說着怨恨。怨恨，一作“愁恨”。論，訴說。按，古樂有《昭君怨》之曲。意說，這些曲子分明傳出了昭君生前的怨恨。

閣夜

本篇作於大曆元年（766）冬夔州西閣。

杜詩常以雄勁之筆，寫壯闊之景，寓鬱勃之情，表現出一種崇高的悲壯的美。悲壯，是杜詩的一個主要的美學特徵。他的"悲壯"，不同於一般的慷慨悲歌，它是憤激、寂寞、冷峻、雄渾、沉厚、豪放的混合體，它是受了壓抑的熱情的產物，它像堵截的急流，激濺，迴旋，湧動。

歲暮陰陽催短景，天涯霜雪霽寒宵[1]。

五更鼓角聲悲壯，三峽星河影動搖[2]。

野哭千家聞戰伐，夷歌幾處起漁樵[3]。

臥龍躍馬終黃土，人事音書漫寂寥[4]。

【注釋】

1　**"歲暮"二句**：日月相催，時光易逝，又到了短景年終。邊遠的夔州，雨雪初晴，晚上寒冷異常。

陰陽：指日月、光陰。**短景**：冬季夜長日短，故云。景，日光，白日。**天涯**：指僻遠的夔州。**霽**（jì 際）：雨雪停止，天放晴。**寒宵**：一作"寒霄"。兩句以"寒宵"點題，總起全篇。下句描繪一種廣漠的寒冷，為全篇抒情作鋪墊。這一聯氣魄雄渾，筆力勁健。

2　**“五更”二句**：五更的時候，但聞鼓角陣陣，聲音悲壯；三峽水中的銀河的倒影，晃動顫搖。

兩句寫“寒宵”的所聞、所見。關於這一聯，前人詩話頗有穿鑿之見。錢謙益還把下句扯到“星搖民亂”上去，也是一種曲解。其實，這聯是寫現實之景。蘇東坡認為這兩句是“七言之偉麗者，爾後寂寥無聞焉”。“爾後寂寥無聞”，未免言之過甚。即便在杜集中，這樣的句子也不是絕無僅有的。不過，這一聯對仗工整，聲情激起，情景交融，確是“七言之偉麗者”。

3　**“野哭”二句**：從野外千家萬戶的哭聲，就知道又在打仗了；多少處漁人樵夫唱起了夷人的歌謠。

野哭：野外的哭聲。**千家**：一作“幾家”。**戰伐**：永泰元年（765）十月，成都尹郭英乂（yì 艾）被兵馬使崔旰攻殺，牙將柏茂琳、李昌夔、楊子琳起兵討旰，蜀中大亂。**夷歌**：少數民族的歌謠。**幾處**：一作“數處”，一作“是處”。**漁樵**：漁人、樵夫。此指唱歌的人。仇注：“‘野哭’、‘夷歌’，將曉所傷感者。”作者以傷感的歌，寫歌者的傷感，也表現自己的傷感，做到客觀與主觀的高度統一。

4　**“臥龍”二句**：諸葛亮和公孫述最終都歸於黃土，我縱然與友人隔絕，音書不通，也漫然置之而已。

臥龍：指諸葛亮。**躍馬**：指公孫述。左思《蜀都賦》：“公孫躍馬而稱帝。”公孫述，字子陽，漢扶風人。王莽時為導江卒正，更始帝立，他乘時局動亂自稱白帝，割據蜀中。蜀有白帝祠、孔明廟。杜甫由祠廟聯想到這兩人。一忠一逆，同歸黃土，己身之升沉窮達亦不必計較了。**音**

書：一作“依依”。**漫**：任。一作“頗”，一作“久”。**寂寥**：寂寞冷落。兩句寫對人事隔絕、音書不通的憤激。

盧世漼云：“杜詩如《登樓》、《閣夜》、《黃草》、《白帝》、《九日二首》……愴然有無窮之思。”正是這種“愴然”的“無窮之思”，形成了杜詩崇高的悲壯的美。

登　高

這是杜詩萬口流傳的名篇。大曆二年（767），杜甫流寓夔州。在重陽佳節，他獨自到江邊登高眺望，觸景生情，寫成此詩。詩歌意境雄渾闊大，情感深沉悲慨，語言精煉，極見工力。胡應麟云："此章五十六字，如海底珊瑚，瘦勁難移，沉深莫測；而精光萬丈，力量萬鈞，通章章法句法字法，前無昔人，後無來學。"

風急天高猿嘯哀，渚清沙白鳥飛迴[1]。
無邊落木蕭蕭下，不盡長江滾滾來[2]。
萬里悲秋常作客，百年多病獨登臺[3]。
艱難苦恨繁霜鬢，潦倒新亭濁酒杯[4]。

【注釋】

1 **"風急"二句**：秋風峭勁，高遠寂寥的秋空迴盪着猿猴哀切的啼聲；江水澄碧，流沙潔白，鳥兒在秋風中飛去又飛回。**渚**：水中小洲。**迴**：迴旋。作者從聲、色、動、靜、上、下等六個不同的角度，寫出了峭勁的秋風、高遠的天空、哀婉的猿啼、江中的小洲、澄碧的江水、潔白的流沙、飛迴的鳥兒等七種不同的景物。它們交織成一幅色調濃烈，意境深邃的深秋圖畫；這幅圖畫的基調是“愁”。

2 **“無邊”二句**：無邊無際的秋野，落葉蕭蕭；奔流不息的長江，波濤滾滾。

滾滾：一作“袞袞”。三句承首句，寫登高；四句承二句，寫望遠。首、二句寫的是具體的個別的景物，三、四句從大處着眼。作者騁其筆勢，把一個“秋”字寫得融渾開闊，把一個“愁”字寫得深廣濃烈。

3 **“萬里”二句**：想起羈旅窮愁的際遇，縱目曠遠蕭瑟的秋野，我不禁悲從中來——我這個多病的老人是獨自登臺臨眺啊！

萬里：意謂遼闊曠遠。**悲秋**：因秋而引起悲傷的感情。《楚辭．九辯》：“竊獨悲此凜秋。”**作客**：客處他鄉。兩句寫飄零遲暮的景況。羅大經云：“‘萬里’，地遼遠也；‘悲秋’，時慘淒也；‘作客’，羈旅也；‘常作客’，久旅也；‘百年’，暮齒也；‘多病’，衰疾也；‘臺’，高迴也；‘獨登臺’，無親朋也。十四字之間，含有八意，而對偶又極精確。”

4 **“艱難”二句**：時局艱難，白髮彌添，功名兩空，我真是苦恨交加；潦倒窮愁，卻又因病無法借酒澆愁，更是痛苦。

繁霜鬢：鬢髮多白如霜。繁，極言白髮之多。**潦倒**：猶言落魄失意。**新亭濁酒杯**：時杜甫患肺病戒酒。亭，通“停”。兩句點出“艱難苦恨”，直抒愁懷。

暮　歸

大曆三年（768）三月，杜甫自夔州出峽，漂泊至江陵。他想起漂泊的生涯、不稱心的日子，他感到失望、無聊、徬徨和苦悶。本詩是拗體七律，有人稱為“吳體”。方回《瀛奎律髓》謂“不止句中拗一字，往往神出鬼沒，拗字甚多而骨格愈峻峭”。

霜黃碧梧白鶴棲，城上擊柝復烏啼[1]。
客子入門月皎皎，誰家搗練風淒淒[2]。
南渡桂水闕舟楫，北歸秦川多鼓鞞[3]。
年過半百不稱意，明日看雲還杖藜[4]。

【注釋】

1　**“霜黃”二句**：碧綠的桐葉經霜變黃，樹上有白鶴棲宿。城頭敲着更柝，又傳來陣陣鴉啼。
霜黃碧梧：謂霜使碧梧變黃。**柝**（tuò 托）：打更用的梆子。上句交代時序，下句點“暮”字。“霜黃碧梧”，是秋天景色；“擊柝烏啼”，說明時正夜晚。兩句均寫夜中之景。

2　**“客子”二句**：我進門之時，看見皎潔的月色。誰家在蕭瑟的秋風中搗練聲聲？

客子：作者自指，因他正作客江陵。**搗練**：在砧上把練搗挅洗白，以備裁衣。練，白綢子。兩句點“歸”字，並繼續寫夜中景色。“搗練”，是作者聞砧杵聲引起的想像——秋風淒淒，作者猜度人們在搗練趕製寒衣。

以上四句為一段，從視覺、聽覺和想像三個角度描繪“暮歸”之景，渲染寂寞淒清的氣氛，為下段寫情作準備。

3 **“南渡”二句**：要南渡桂水，我沒有舟船；想北歸秦川，那裏又戰事頻仍。

南渡桂水：僅表方向，不必確指。桂水，流經今湖南省境。**闕舟楫**：謂缺少船隻，南行的條件未備。闕，通“缺”。**秦川**：陝西渭河平原一帶。兩句寫彷徨無據的心境，推出尾聯。詩人在江陵住了一段時間，感到不能久住卻又不知何往，心緒很壞。黃生云：“朝出於斯，暮歸於斯，南渡不可，北歸不能，年老客居失意，可勝道哉！”

4 **“年過”二句**：年過半百了，日子過得很不如意，明天也還是像往常一樣無聊地拄着拐杖看雲罷了。

看雲：表示自己枯寂閑適的心情。**藜**：一年生草本植物，莖長老了可以做拐杖。兩句言只得滯留江陵，繼續過無聊的日子。“不稱意”與上聯承接。“還”字，見無可奈何之情。“杖藜”與“年過半百”互相照應。“看雲”、“杖藜”，泛言生活無聊。

以上四句為一段，寫“暮歸”之情。

絕句（二首選一）

本題當是廣德二年（764）在成都作。這是組詩的第二首。

江碧鳥逾白，山青花欲燃[1]。

今春看又過，何日是歸年[2]？

【注釋】

1　“江碧”二句：在碧綠的江水映襯下，鳥愈顯得潔白；山色蒼翠，花兒紅得像要燃燒起來。

逾：同“愈”。兩句寫眼前春色。江碧與鳥白、山青與花紅，互相映襯。兩語寫了“江”、“山”、鳥”、“花”四物，用筆簡煉而設色鮮麗。

2　“今春”二句：今春眼看又要過去了，哪一天才是歸期？

看：讀平聲。兩句由眼前之景轉到歸鄉之思。春色年年，歸期杳杳，一“又”字，蘊含多少思鄉之苦！

八陣圖

本詩是大曆元年（766）初至夔州時作。八陣圖：諸葛亮創造的一種軍事工事。有八種圖形，聚石而成。《荊州圖副》云："永安宮南一里，渚下平磧上，有孔明八陣圖，聚細石為之。各高五尺，廣十圍，歷然碁布，縱橫相當，中間相去九尺，正中開南北巷，悉廣五尺，凡六十四聚。或為人散亂，及為夏水所沒，冬時水退，復依然如故。"

功蓋三分國，名成八陣圖[1]。

江流石不轉，遺恨失吞吳[2]。

【注釋】

1 **"功蓋"二句**：諸葛亮憑着他的聰明才智，奠定了三國鼎立的局面，建立了蓋世的功業；他創造的八陣圖，成就了他的大名。

功蓋：謂功勞蓋世。**三分國**：指魏、蜀、吳三國。兩句讚頌諸葛亮的功績、才能。首句襯托次句，突出八陣圖的地位。

2 **"江流"二句**：江水不停地奔流，而江中八陣圖的石頭，數百年來卻一直沒有移動。諸葛亮未能輔佐劉備吞滅吳國，真是遺恨千載。

石：指諸葛亮用以佈陣的石頭。**不轉**：沒有轉動。兩句寫諸葛亮的"遺恨"。一說，諸葛亮的遺恨，在於未能阻止劉備征吳之失。三句在寫景中飽含詩人的憑弔之情，結句有無限的感慨。

江畔獨步尋花七絕句（選二）

七絕句約寫於上元二年（761）春。當時杜甫住在成都浣花溪草堂，生活上失卻了依靠，常常為衣食而奔走。好在與鄰居的往還和美麗的自然景色還能給他帶來一點樂趣。這時期，他寫過一些遊賞村野的小詩，七絕句便是其中一部分。這些詩篇，有的通過寫景表現自己的閑情逸致，有的則流露出在失意中無可奈何的心情。

一

這是第五首，寫在黃師塔前觀賞桃花，烘染出一片爛漫的春色。

黃師塔前江水東，春光懶困倚微風[1]。

桃花一簇開無主，可愛深紅愛淺紅[2]？

【注釋】

1 **"黃師"二句**：江水東邊黃師塔前，春光嫵媚，我慵倦地臨風小憩。

黃師塔：一位姓黃的和尚之塔。唐宋時蜀人稱僧侶為“師”，其葬處建塔，稱為“師塔”。**倚微風**：臨微風。被微風吹拂着。兩句交代地點、時序，為下文作準備。

2 **“桃花”二句**：一簇無主的桃花在野外寂寞地開放着，你喜愛深紅的，還是淺紅的呢？

愛淺紅：一作“映淺紅”，一作“與淺紅”。兩句寫桃花。結句有目不暇接之意。

二

這是第六首，寫黃四娘家門前濃艷的春光。前兩句用拗句，而音節自然流美。

黃四娘家花滿蹊，千朵萬朵壓枝低[1]。

留連戲蝶時時舞，自在嬌鶯恰恰啼[2]。

【注釋】

1 **“黃四”二句**：黃四娘家的春花開滿了小徑，千朵萬朵把花枝都壓低了。

黃四娘：未詳其人。當為本地婦女。**蹊**：小徑。兩句寫花。

2 **“留連”二句**：戲蝶在那兒留連飛舞，嬌鶯悠閑自在，鳴聲優美。

恰恰：象聲詞，鶯鳴聲。兩句寫蝶舞鶯啼，烘托繁花的美艷。

戲為六絕句（選二）

本題寫於上元二年（761），時詩人居成都草堂。論詩絕句為杜甫首創，後人仿此者眾。

六朝的浮艷詩風，影響到初唐。陳子昂、李白等以漢魏風騷為標榜，提出復古的主張，詩風遂變。但是，有些人走上了另一極端，對六朝文學採取了全盤否定的態度。杜甫針對這種偏向，作《戲為六絕句》，以詩歌的形式對六朝及受六朝詩風影響的初唐作家作了實事求是的評價。

一

這是組詩的第二首。

初唐四傑王勃、楊炯、盧照鄰、駱賓王雖未完全擺脱六朝的影響，但他們的作品內容較為廣泛，寫出了自己真實的思想感情，格調剛勁清新，在詩歌發展史上起着承先啓後的作用。本詩肯定了他們的創作，同時也諷刺了寫文章嘲笑他們的一班輕薄文人。

王楊盧駱當時體，輕薄為文哂未休[1]。

爾曹身與名俱滅，不廢江河萬古流[2]。

【注釋】

1　**“王楊”二句**：一班輕薄文人，寫文章對初唐時王勃、楊炯、盧照鄰、駱賓王的詩歌體裁喋喋不休地嘲笑。

當時體：指初唐時以王楊盧駱為代表的詩歌體裁。**輕薄**：淺薄的人。**為文**：寫文章。**哂**：譏笑。兩句寫輕薄文人所為，為下文議論作準備。

2　**“爾曹”二句**：你們這些嘲笑他們的人，隨着時光的流逝，身名都已磨滅；而他們的作品與名聲卻像長江黃河一般，萬古流傳，經久不衰。

爾曹：你們這些人。指嘲笑王楊盧駱的輕薄文人。**廢**：止。兩句是詩人的議論。一貶一褒，對比鮮明。

二

這是組詩的第五首。

本篇表明了詩人“不薄今人愛古人”的態度，提出既要學習前人優秀作品的形式，又要學習其神髓的正確主張。

不薄今人愛古人，清詞麗句必為鄰[1]。

竊攀屈宋宜方駕，恐與齊梁作後塵[2]。

【注釋】

1　**“不薄”二句**：今人愛慕古人，我不加菲薄；古人的作品，只要它們是優美的，就必定要學習。

“不薄”句：一說“不薄今人”四字連讀，“愛古人”三字連讀，亦通。**必為鄰**：謂必定要學習。兩句寫對“今人愛古人”以及對前人作品的態度。

2　**“竊攀”二句**：我從精神實質和藝術形式兩方面追攀屈原、宋玉，要與他們並駕齊驅；如果只學習前人的浮詞艷藻，怕難免要步齊梁作家的後塵了。

竊攀：暗自追攀。竊，暗自，私下。**方駕**：並駕齊驅。方，相並。兩句寫“竊攀屈宋”，不步齊梁後塵的努力方向。

贈花卿

《升庵詩話》卷十三：“花卿在蜀，頗僭用天子禮樂，子美作此諷之而意在言外，最得詩人之旨。”這首詩風華流麗，婉轉含蓄，寓諷刺於樂曲的描寫之中。前人謂“公之絕句百餘首，此為之冠。”

花卿：花驚定。卿：古代對男子的美稱。

錦城絲管日紛紛，半入江風半入雲[1]。

此曲衹應天上有，人間能得幾回聞[2]？

【注釋】

1 **“錦城”二句**：錦城花家終日不停地奏着樂曲；樂曲一半隨江風飄去，一半飛入雲霄。

錦城：錦官城。成都的別稱。**絲管**：琴笛等絲竹製的樂器。此代指樂曲。**日**：一作“曉”。兩句極寫花家樂曲之盛。

2 **“此曲”二句**：這樣的樂曲，只應天上的神仙享受，人間又有幾回能聽得到？

有：一作“去”。兩句諷刺花卿之奢靡。

奉和嚴公軍城早秋

本篇作於廣德二年（764）七月嚴武幕府中。嚴先有七絕《軍城早秋》，此為和作。

嚴公：即嚴武。

秋風嫋嫋動高旌，玉帳分弓射虜營[1]。

已收滴博雲間戍，欲奪蓬婆雪外城[2]。

【注釋】

1 **"秋風"二句**：秋風輕輕地吹拂着高懸的旌旗，軍帳裏正在部署兵力，準備進攻敵營。

嫋嫋：緩緩地。**玉帳**：指軍隊宿營的帳蓬。**分弓**：謂部署兵力。**射**：謂進攻。兩句寫景叙事。首句從側面表現嚴武治軍之嚴明，次句表現嚴武的將略。

2 **"已收"二句**：你率領的軍隊，已收復了高高的滴博山，還要攻取遙遠的蓬婆城。

滴博：山名。在今四川省維州一帶。**雲間**：形容山之高。**戍**：戍卒，士兵。**欲奪**：一作"次取"。**蓬婆**：吐蕃城名。**雪外**：形容城之遠。兩句具體寫嚴武的戰功。句中"滴博"、"蓬婆"等粗硬的地名，調以"雲間"、"雪外"等柔美之詞，讀來便覺風秀。

江南逢李龜年

唐鄭處誨《明皇雜錄》卷下："唐開元中，樂工李龜年、彭年、鶴年兄弟三人皆有才學盛名，彭年善舞，鶴年、龜年能歌，尤妙製渭川。特承顧遇，於東都大起第宅，僭侈之製，逾於公侯。宅在東都通遠里，中堂制度，甲於都下。"安史亂後，這個紅極一時的歌手便流落江南，以賣藝糊口了。《雲溪友議》載："明皇幸岷山，百官皆竄辱，李龜年奔泊江潭。"

杜甫十四五歲時，曾在洛陽聽過他歌唱。大曆五年（770）前後，又在潭州跟他偶然相遇。作者撫今追昔，感慨無限。

岐王宅裏尋常見，崔九堂前幾度聞[1]。
正是江南好風景，落花時節又逢君[2]。

【注釋】

1 "岐王"二句：從前在岐王宅裏我們常常相見，在崔九堂前我幾次聽過你的歌唱。

岐王：李範。《舊唐書．睿宗諸子傳》載，惠文太子範，睿宗第四子，後進封岐王。為人好學工書，雅愛文章之士。

尋常：常常。一作平常解，可備一說。**崔九**：名滌，中書令湜（shí 直）之弟。《舊唐書．崔仁師傳》說他"多辯智，善諧謔，素與玄宗款密。兄湜坐太平黨誅，玄宗常思之，故待滌逾厚，用為秘書監，出入禁中。"兩句言昔日之盛。"岐王宅"、"崔九堂"，"尋常"、"幾度"，見當時盛況。

2 **"正是"二句**：江南風景正好，在落花時節又與你相逢了。**正是**：一作"正值"。兩句寫今日之衰。"江南"，是相逢之地，也是兩人流落之地，與"岐王宅"、"崔九堂"恰成對照，突出了今日之落泊。

這首詩寫兩個人的遭遇；同時它又不僅寫兩個人的遭遇，還反映了千百萬人在亂離中的不幸和整個唐帝國的盛衰變化。黃生云："今昔盛衰之感，言外黯然欲絕；見風韻於行間，寓感慨於字裏。"全詩脫口而出，語言平白，不加雕飾，卻又韻味無窮，主題深刻。

望　嶽

唐玄宗開元二十三年（735），杜甫到洛陽舉進士不第。開元二十四年至二十八年（736－740）間，他漫遊齊、趙（今河北、山西、山東）一帶。這首詩是他遊山東泰山時所作。作者有《望嶽》三首，分詠東嶽、西嶽和南嶽。本篇詠東嶽，為杜集中較早的一首。詩歌描寫泰山雄奇瑰偉的景色，氣象磅礴，造語峭拔，表現青年詩人不凡的抱負和卓越的才華。

嶽：指東嶽泰山，在今山東省泰安城北，海拔一千五百二十四米，山峯突兀峻拔，雄偉壯麗。山上名勝古迹極多。

岱宗夫如何，齊魯青未了[1]。造化鍾神秀，陰陽割昏曉[2]。盪胸生曾雲，決眥入歸鳥[3]。會當凌絕頂，一覽眾山小[4]。

【注釋】

1　**“岱宗”二句**：泰山怎麼樣？它雄奇峻偉，從齊到魯一帶，都是連綿不斷的翠嶺青峯。

岱宗：五嶽之首。古帝王祭祀泰山，尊它為五嶽之長。《風俗通．山澤》：“泰山之尊者，一曰岱宗。岱，始也；宗，長也。萬物之始，陰陽交代，故為五嶽之長。” **夫如何**：

怎麼樣。**齊魯**：原為春秋時兩國名，後作該地域的代稱，即今山東省中部地區。《史記．貨殖列傳》："故泰山之陽則魯，其陰則齊。"**未了**：不盡。兩句寫遙望泰山之景，極言其高遠。以問句開篇，筆勢橫空而起。次句意象雄闊，如劉辰翁所云："只五字雄蓋一世。"

2 **"造化"二句**：大自然把山嶽的雄奇秀異都集中在泰山了。它高入雲表，山北山南，即使在同一時間，也明暗有別，判若晨昏。

造化：天地，大自然。**鍾**：聚集，專注。**神秀**：超絕秀出。語出孫綽《遊天台山賦序》："天台者，山嶽之神秀也。"**陰陽**：山南為陽，山北為陰。**割**：分。**昏曉**：昏，黃昏，暗。曉，早晨，明。山北陽光未到，故仍昏暗；山南陽光先臨，故已明曉。兩句寫泰山近望之勢：上句言山之靈異，下句言山勢之高大。仇兆鰲徒以"奇峭"稱之，未能概括出其氣象萬千之勢。

3 **"盪胸"二句**：山中疊起的雲氣，滌盪人的胸襟；凝神極目，那極遠的飛鳥，收入眼簾。

盪胸：滌盪胸襟。那是作者的主觀感覺，並非真的如此。**曾雲**：層疊的雲氣。曾，通"層"。庾肩吾《賦得山》："層雲寵峻嶺。"這裏寫雲氣瀰漫飄盪，好像疊浪層波，對之神意搖搖而不能自已。**決眥**：謂睜大眼睛遠望。決，裂開。眥，眼眶。兩句寫細看之景。王嗣奭云："'盪胸'句，狀襟懷之浩盪；'決眥'句，狀眼界之空闊。"寫出"望嶽"之神。

以上六句，均是寫實。

4 **"會當"二句**：我定要登上泰山最高峯，俯覽四周，那時羣山都將變成矮小的土丘了。

會當：合當，定要。**凌**：登上，超越。**絕頂**：山的最高峯。**眾山小**：活用《孟子·盡心》“孔子登東山而小魯，登泰山而小天下”之意。兩句虛寫。王嗣奭云：“公身在嶽麓，而神遊嶽頂。所云‘一覽眾山小’者，已冥搜而得之矣，非必再登絕頂也。”兩語表現了作者開闊的心胸和宏偉的抱負，詩語挺拔奇警。

前出塞（九首選一）

漢樂府有《橫吹曲》、《出塞曲》，聲調雄壯，南北朝詩人多以為題，寫將士邊塞生活。杜甫先作《出塞》九首，後又作五首，加“前”字、“後”字以示區別。《前出塞》以樂府舊題寫天寶年間哥舒翰征吐蕃事，也有人認為“是乾元時思天寶間事而作”。這組詩通過一個征夫十年征戍生活的自述，表現出作者對朝廷無休止地征戰開邊的不滿。

這裏選的是第三首。本詩寫征夫在水邊磨刀時的思想活動。他心煩意亂，時而悲傷欲絕，時而慷慨自期。

磨刀嗚咽水，水赤刃傷手[1]。欲輕腸斷聲，心緒亂已久[2]。丈夫誓許國，憤惋復何有？功名圖麒麟，戰骨當速朽[3]。

【注釋】

1　**“磨刀”二句**：我在嗚聲幽咽的隴水邊磨刀，刀刃傷了我的手，把河水染紅了。

嗚咽水：辛氏《三秦記》：“隴山頂有泉，清水四注，東望秦川，如四五里。”俗歌云：“隴頭流水，嗚聲幽咽；遙望秦川，肝腸欲絕。”兩句寫水聲觸耳，心亂傷手。“傷手”

二字，把心亂寫得形象具體而深刻。嗚咽的水聲，觸動了征夫心底的創傷，惹起他的愁緒。

2 **“欲輕”二句**：想不為水聲所動，但心亂已久，又怎能擺脱？

輕：看輕，不放在心上。**腸斷聲**：指嗚咽的流水聲。兩句是對前二語的申説。

3 **“丈夫”四句**：大丈夫發誓以身許國，還有什麼可憤怨的呢？只要功名顯赫，我甘願戰骨速朽！

惋（wǎn 碗）：恨。**圖麒麟**：據《漢書．李廣蘇武傳》：漢宣帝為表彰霍光、蘇武等十八人，令人畫了他們的像在麒麟閣上。圖，用如動詞，繪畫。**當**：應該；甘願。四句寫愁中壯語，表現征夫的矛盾心情。或謂這是反語，表示不滿。細審詩意，似非。

同諸公登慈恩寺塔

慈恩寺是唐高宗做太子時為他母親建築的寺院，故名“慈恩”。寺在長安東南曲江附近，內有大雁塔，建於永徽三年（652），為玄奘所立，初為磚表土心五層方形。武后長安年間，改用青磚重修成七層，有盤道攀梯登塔。至今尚存，為著名勝迹。

玄宗天寶十一載（752）秋，杜甫、高適、岑參、儲光羲和薛據五詩人同遊慈恩寺，登大雁塔，各有題詠。除薛詩失傳外，其餘四人的詩都保存下來。關於四首詩的高下，仇兆鰲説：“岑、儲兩作，風秀熨貼，不愧名家；高達夫出之簡淨，品格亦自清堅；少陵則格法嚴整，氣象崢嶸，音節悲壯。而俯仰高深之景，盱衡今古之識，感慨身世之懷，莫不曲盡篇中，真足壓倒羣賢，雄視千古矣！”杜詩題下自注云：“時高適、薛據先有作。”可見這是和高、薛的詩。

唐玄宗在位至此已四十年，在他執政期間，有過所謂“開元盛世”；這時唐帝國雖還有個“盛”的外表，卻無法掩蓋它虛弱的本質。朝臣弄權，武將邀功，百姓在重重壓迫下過着悲苦愁怨的生活。社會危機四伏，而皇上卻沉迷酒色，日甚一日。彷彿眼前還是陽光明麗，遠天卻烏雲滾滾，隱隱雷鳴——暴風雨就要來了！這一切都逃不過杜甫的敏鋭的目光。當他登上高塔，縱目花團錦簇的長安都城和四周雄偉的山川時，不禁百感奔集，愁思翻湧。

高標跨蒼穹，烈風無時休。自非曠士懷，登茲翻百憂[1]。方知象教力，足可追冥搜。仰穿龍蛇窟，始出枝撐幽[2]。七星在北戶，河漢聲西流。羲和鞭白日，少昊行清秋[3]。秦山忽破碎，涇渭不可求。俯視但一氣，焉能辨皇州[4]？迴首叫虞舜，蒼梧雲正愁。惜哉瑤池飲，日晏崑崙丘[5]。黃鵠去不息，哀鳴何所投？君看隨陽雁，各有稻粱謀[6]。

【注釋】

1 **"高標"四句**：塔尖高高地穿越青天，猛烈的秋風不停地刮着。如果沒有曠達之士那樣的胸懷，登上塔頂的時候，就不禁百感奔集，愁思翻湧。

高標：指高塔，因它高大如標識。在古詩文中，常稱高聳物體的頂端為高標。如李白《蜀道難》："上有六龍迴日之高標。"**跨**：凌跨。**蒼穹**：青天。穹，一作"天"。**自**：猶"苟"，表假設。**曠士**：曠達之士。鮑照《代放歌行》："小人自齷齪，安知曠士懷！"曠，一作"壯"。**茲**：此。指示代詞。四句寫登上塔頂時的感受，統領全篇。

2 **"方知"四句**：才知道佛教有那樣偉大的力量，能產生如此雄偉的建築——它真值得人們去穿窟尋幽啊！我像穿行洞穴的龍蛇，拾級而上，方才離開樑木相交的幽暗的下層。

象教：佛教。佛教設形象以教化世人，故稱。**追冥搜**：追尋窮幽之處。冥搜，搜冥，窮幽。或謂指構思作詩，非。

枝撐：樑上相交的木條。《黃山谷別集·杜詩箋》："(慈恩)塔下數級，皆枝撐洞黑，出上級乃明。" 四句補寫登塔的情景。

3 **"七星" 四句**：北斗星就掛在北門上，可以聽見銀河向西流淌的潺潺的水聲。羲和鞭打着拉車的六龍，載着白日在空中奔馳，時光已運行到少昊主管的秋季。

七星：指北斗。**北戶**：北邊的門。一作"戶北"。**河漢**：銀河。銀河又名星漢、銀漢，秋季向西。**羲和**：日馭。古代神話説羲和馭着六條龍拉着的車子，載着太陽運行。**少昊**(hào 浩)：相傳是黃帝的兒子，主管秋天的神。《禮記·月令》："孟秋之月，其帝少昊"。四句寫仰視所見、所感。前二句承開頭一句，運用誇張與想像，從側面寫塔勢之高。

4 **"秦山" 四句**：秦山眾峯羅列，清晰可見，不像在地上看到的那樣渾然一體，彷彿一下子散碎了；涇渭二水，從高處看去又清濁不可分辨。俯視地面，渾然一氣，怎能分辨出哪是京城呢？

秦山：指長安之南的終南諸山。一作"泰山"。**涇渭**：二水，一濁一清。流經長安北部。**皇州**：帝皇所居之地。前二句寫南、北眺望山河。後二句總寫。

5 **"迴首" 四句**：回過頭來呼喚虞舜，他的安葬之地——蒼梧，正愁雲慘澹。可惜啊！西王母還在瑤池設宴；日正西沉，周穆王還留在崑崙山，這真令人傷心啊！

蒼梧：《山海經·海內經》："南方蒼梧之丘，中有九疑山，舜所葬……" **瑤池飲**：據《穆天子傳》載，周穆王西遊，到崑崙山，在瑤池上和西王母宴飲。《列子·周穆王》："穆王升崑崙之丘，以觀黃帝之宮……遂賓於西王母，觴於瑤池之上，乃觀日之所入，日行萬里。”飲，一作“燕”。**日晏**：一作“日宴”。四句借虞舜、穆王的傳說，表示對國事的憂慮和譏諷。《杜詩博議》：“高祖號神堯皇帝，太宗受內禪，故以‘虞舜’方之。”作者先是望向西北，見昭陵為雲霧所罩，後又回首南望蒼梧，見舜之葬所，便借舜來比太宗。接着他又向東遠望驪山，那是玄宗、貴妃行樂之處。玄宗躭於貴妃，正如穆王溺於王母。前人云：“唐人多以王母喻貴妃。‘瑤池’‘日宴’，言天下將亂，而宴樂不可為常也。”

6 **“黃鵠”四句**：黃鵠不息地遠去，牠們哀鳴着，要投奔哪裏？你看那隨陽的雁兒，牠們各自圖謀着自己的生計呢！**黃鵠**：大鳥。或云即天鵝。用以自比。**隨陽雁**：雁為候鳥，哪裏暖和便往哪裏飛。春天自南而北，秋天自北而南。此喻趨炎附勢，謀取私利的小人。如楊國忠之流。**稻粱謀**：雁以稻粱為食。此指謀求利祿的打算。四句既有身世之嘆，也有國事之憂。前人云：“‘黃鵠’‘哀鳴’以比高飛遠引之徒，‘陽雁’‘稻粱’比貪祿戀位之徒。”“末以‘黃鵠’‘哀鳴’自比，而嘆謀生之不若‘陽雁’，蓋憂亂之詞。”這些議論，可以幫助我們理解這四句詩的含義。

後出塞（五首選一）

鮑欽止云："天寶十四載（755）三月壬午，安祿山及奚、契丹戰於潢水，敗之，故有《後出塞》五首，為出兵赴漁陽也。" 安祿山為邀功爭寵，積聚力量以圖反叛，連年用兵於奚和契丹，給民眾帶來巨大的災難。這組詩的主題和表現手法與《前出塞》相似。

這是組詩的第二首，記行軍途中宿營。因成功地描寫了塞上戰場悲壯肅殺的情景而為後人稱讚。

朝進東門營，暮上河陽橋[1]。落日照大旗，馬鳴風蕭蕭[2]。平沙列萬幕，部伍各見招[3]。中天懸明月，令嚴夜寂寥。悲笳數聲動，壯士慘不驕[4]。借問大將誰？恐是霍嫖姚[5]。

【注釋】

1 **"朝進"二句**：早上走進東門的軍營，入夜便踏上河陽橋。**東門營**：上東門的軍營。東門，指洛陽上東門。後改為東陽門。一作"東營門"。**河陽橋**：橫跨黃河的浮橋。在今河南省孟縣。安祿山反前，凡募兵赴前線者必經此。兩句為一段，寫入伍地點和出征所經。

2 **“落日”二句：**落日的餘輝映照着迎風招展的大旗，戰馬嘶鳴，風聲蕭蕭。

蕭蕭：象聲詞。古人或以形容風聲，或以形容馬鳴聲。本詩合用二意。兩句為一段，寫塞上行軍景象。作者成功地選取了四種景物，運用白描手法，把塞上行軍景象生動地描繪出來。二語用筆簡煉，氣魄雄渾，筆力勁健，是老杜名句。

3 **“平沙”二句：**千萬個帳幕整然有序地排列在沙漠上，隊伍各自集合着。

平沙：平曠的沙場。**列：**按規定的位置排列。**部伍：**部曲行伍。古代軍隊中的基層組織。**各見招：**各自集合着。見，受，被。表被動之詞。前人云：“士卒多則將各有一幕，故一部伍之人，各相招認以居幕也。”兩句為一段，寫入夜整肅的軍容。

4 **“中天”四句：**中天明月高懸，寂寥的夜晚，軍令森嚴。幾聲淒厲的胡笳響過以後，壯士便都肅然不敢驕縱。

悲笳：悲壯的胡笳。胡笳，西北少數民族的一種管樂器，為軍中肅靜營壘之號。四句為一段，寫軍令森嚴的夜中景象。“動”字、“慘”字，兩相對照，見出軍令森嚴。

5 **“借問”二句：**借問大將是誰？恐怕是霍嫖姚吧！

大將：指召募統軍的主將。**嫖姚：**官名。漢名將霍去病善騎射，為嫖姚校尉，在對匈奴作戰中立下了不少功勳。兩句為一段，是全篇的總結，讚美“大將”。

全篇層次清晰，結構嚴謹，夾敘夾景，有聲有色。

自京赴奉先縣詠懷五百字

天寶十四年（755）十一月，杜甫改任右衛府冑曹參軍，抽空從長安回奉先（今陝西省蒲城）探家。沿途百草凋零，高風勁疾，路過驪山時聞樂聲動地，到家後又見妻兒凍餒，悲苦愁絕。他由己及人，由家及國，百感交集，於是提起筆來寫下了這首長篇傑作。

這首詩寫他旅途中和到家後的見聞與感慨。詩中描寫了他內心的矛盾、痛苦和怨憤，反映了統治者的驕奢腐敗、人民的疾苦和安史之亂前夕的社會危機，表現了他對國事的深刻的憂慮。蔡夢弼《草堂詩話》引《庚溪詩說》云："觀《赴奉先詠懷》五百言，乃聲律中老杜心迹論一篇也。……為下士所笑，而浩歌自若；皇皇慕君，而雅志棲遁。既不合時，而又不為低屈，皆設疑互答，屢致意焉。非巨刃有餘，孰能之乎？中間鋪叙間關酸辛，宜不勝戚戚；而'默思失業徒，因念遠戍卒'，所謂憂在天下而不為小己得失也。"這確實是集中地反映了杜甫對社會人生的態度的不朽詩篇。

杜陵有布衣，老大意轉拙。許身一何愚，竊比稷與契[1]。居然成濩落，白首甘契闊。蓋棺事則已，此志常覬豁[2]。窮年憂黎元，嘆息腸內熱。取笑同學翁，浩歌彌激烈[3]。非無江海志，蕭灑送日月。生逢舜堯君，不忍便永訣[4]。當今廊廟具，構廈豈云缺？葵藿傾太陽，物性固難奪[5]。顧惟螻蟻輩，但自求其穴。胡為慕大鯨，輒擬偃溟渤[6]？以茲悟生理，獨恥事干謁。兀兀遂至今，忍為塵埃沒[7]？終愧巢與由，未能易其節。沉飲聊自遣，放歌破愁絕[8]。歲暮百草零，疾風高岡裂。天衢陰崢嶸，客子中夜發。霜嚴衣帶斷，指直不能結[9]。凌晨過驪山，御榻在嵽嵲。蚩尤塞寒空，蹴踏崖谷滑。瑤池氣鬱律，羽林相摩戛[10]。君臣留歡娛，樂動殷膠葛。賜浴皆長纓，與宴非短褐[11]。彤庭所分帛，本自寒女出。鞭撻其夫家，聚斂貢城闕[12]。聖人筐篚恩，實願邦國活。臣如忽至理，君豈棄此物[13]？多士盈朝廷，仁者宜戰慄。況聞內金盤，盡在衛霍室[14]。中堂有神仙，煙霧蒙玉質。煖客貂鼠裘，悲管逐清瑟。勸客駝蹄羹，霜橙壓香橘[15]。朱門酒肉臭，路有凍死骨！榮枯咫尺異，惆悵難再述[16]。北轅就涇渭，官渡又改轍。羣水從西下，極目高崒兀[17]。疑是崆峒來，恐觸天柱折。河梁幸未折，枝撐聲窸窣。行李相攀援，川廣不可越[18]。老妻寄異縣，十口隔風雪。誰能久不顧？庶往共飢渴[19]。入門聞號咷，幼子餓已卒！吾寧捨一哀？里巷亦嗚咽[20]。所愧為人父，無食致夭折。豈知秋禾登，貧窶有倉卒[21]。生常免租稅，名不隸征伐。撫迹猶酸辛，平人固騷屑[22]。默思失業徒，因念遠戍卒。憂端齊終南，澒洞不可掇[23]。

【注釋】

1 **"杜陵"四句**：我年紀大了，頭腦也變得笨拙。我立志是多麼愚蠢，私下裏把自己比作稷和契。

杜陵布衣：杜陵，位於長安東南郊，是漢宣帝的葬所。杜甫祖籍杜陵，自己也曾居此，故常以"杜陵布衣"、"杜陵野老"自稱。布衣，沒有官職的人，平民百姓。**老大**：時杜甫年四十四，自以為老大。**拙**：笨拙。詩中有真率、誠懇之意。**許身**：期望自己。**一何**：多麼。**愚**：一作"過"。**竊**：私自。**稷、契**（xiè 屑）：傳説中輔佐堯和舜的兩位賢臣（稷為農官，契為司徒），是古人理想中的政治家。四句寫自己的政治抱負。

2 **"居然"四句**：果然這樣，志大而無所作為，頭都白了，還心甘情願地勤苦勞碌。直到死去，一切事情才完了；活着的話，就希望能實現自己的政治抱負。

居然：果然。**濩**（huò 獲）**落**：連綿字，即"瓠落"、"廓落"。大而無所容。《莊子·逍遙遊》："惠子謂莊子曰：'魏王貽我大瓠之種。我樹之成，而實五石。以盛水漿，其堅不能自舉也；剖之以為瓢，則瓠落無所容。'"此指志大而無所作為。**甘**：一作“苦”。**契（qiè 竭）闊**：《詩 · 邶風 · 擊鼓》：“死生契闊。”《毛傳》：“契闊，勤苦也。”**覬（jì 既）豁**：希望能夠實現。覬，希冀。豁，達到。四句言甘心勤苦，矢志不渝。“甘”字“常”字表現作者以身許國、矢志不渝的優秀品質。

3　**“窮年”四句**：我終年為老百姓憂慮，對他們的不幸深表同情，嘆息不已。愈是被舊同學取笑，我的志向就愈是堅定不移。

窮年：終年；一年到頭。**黎元**：百姓。**腸內熱**：猶言“熱中腸”。熱誠之意。腸，一作“腹”。**翁**：本為表敬意之詞，此含諷刺意。**彌**：愈益。前二句説自己終年為百姓操心；後二句承“居然”四句，仍寫自己志向不變。

4　**“非無”四句**：我並不是沒有浪迹江海、過着灑脱生活的志趣；無奈生逢賢君，不忍就這樣輕易歸隱。

江海志：遁迹江湖的願望。**送**：一作“迭”。**堯舜**：傳説中古代的兩位賢君，此借指唐玄宗。舜，一作“為”。**永訣**：永遠辭別。四句説明自己志向不變的原因，是對前八句的申説。

5　**“當今”四句**：當今國家的棟樑之材，難道還缺少嗎？但葵藿向着太陽生長，事物的本性原來就難以改變的啊！

廊廟具：國家的棟樑之材。**葵藿**：葵，菜蔬的一種，並非向日葵；藿，豆的葉子。二者均有向日性。**難**：一作“莫”。**奪**：易；改變。四句寫對君國的忠心。前二句以“構廈”作比，後二句以“葵藿”自況。

6　**“顧惟”四句**：自念螻蟻一類的動物，只求得棲身的巢穴就滿足了。為什麼要羨慕那大鯨，動輒就要棲息在無邊的大海裏呢？

顧惟：自念。作者《寄題江外草堂》："古來賢達士，寧受外物牽。顧惟魯鈍姿，豈識悔吝先。"此"顧惟"亦作自念解。**螻蟻**：螻蛄和螞蟻。比喻渺小的人物。與上文"葵藿"同是自況之詞。**偃**：偃伏，棲息。**溟渤**：無邊無際的大海。四句是説：像我這樣微不足道的人，求一個安身之所就行了，為什麼要羨慕政治上的風雲人物？或謂上兩句"表示對自私自利、鼠目寸光之徒的蔑視"，非是。

7 **"以茲"四句**：我恥於幹那些奔走權門、營求富貴的勾當，因此就躭誤了生計，直到今天還是那樣窮困——我怎忍埋沒於塵埃之中呢？

以茲：由此，因此。以，由，因。介詞。茲，此。指示代詞。**悟**：一作"悞"。**生理**：生計。**事**：做，幹。動詞。**干謁**：奔走權門。**兀兀**：窮困。一説勞碌勤苦。**忍**：怎忍。四句謂因不事鑽營而窮困至今。

8 **"終愧"四句**：我很慚愧，始終不能像巢父和許由那樣隱遁，我不能改變自己的志節啊！只好沉飲聊以自遣，放歌以抒發心中極度的愁悶。

巢與由：巢父與許由。傳説中唐堯時人，被認為是最清高的隱者。**遣**：一作"適"。**破**：解除，消解。一作"頗"。**愁絕**：極愁。前二句言不能易節歸隱，後二句寫自己愁悶之極。

以上三十二句為一段，寫平生的志向、遭遇，自叙憂國憂民的懷抱。

9 **"歲暮"六句**：歲暮百草凋零，疾風彷彿把高岡都吹裂了。天色陰晦，寒氣逼人，我半夜動身出發。繁霜遍地，在嚴寒中衣帶斷了，凍僵的手指無法把它結好。

天衢：天空。天空高遠廣大，無處不通，如同廣闊的街道，故稱。**崢嶸**：山高貌。此形容天氣極其寒冷。六句寫出發時間及途中嚴寒。作者用誇張手法，極言天氣寒冷，突出途中艱苦之狀。

10 **“凌晨”六句**：凌晨經過驪山，皇上的寢宮就在高高的山上。大霧瀰漫着寒空，我在泥濘的崖谷一步一滑地前行。山上溫泉暖氣蒸騰，眾多的羽林軍互相擠擁着。

驪山：在今陝西省臨潼縣，上有華清宮和溫泉。**御榻**：寢宮。唐玄宗與楊貴妃常在驪山度冬避寒。**嵽嵲**（dié niè 秩熱）：山高峻貌。**蚩尤**：傳説中上古東方九黎族酋長，能喚雲呼雨，曾與黃帝作戰，作大霧。此代指大霧。**瑤池**：神話中西王母遊宴之所。此指驪山溫泉。**鬱律**：形容水氣蒸騰，暖氣氛氳。**羽林**：皇室衛隊。**相摩戛**：互相摩擦。六句寫凌晨過驪山時所見：前二句交代時間、地點；中二句寫自然景物，突出旅途艱辛；後二句寫遙望驪山所見，引出下文的議論。

11 **“君臣”四句**：君臣在那裏尋歡作樂，樂曲奏起，聲音宏亮，迴盪不息。賜浴的盡是王公大臣，參加飲宴的都不是平民百姓。

君臣：一作“聖君”。**殷**（yīn 因）：聲音盛大。**膠葛**：廣大貌。此謂樂聲在廣闊的原野上迴盪不息。一作“樛嶱”，一作“轇轕”。**長纓**：長長的帽帶，代指權貴。**短褐**（hè 渴）：粗布短衣，代指平民。短，一作“裋”。四句寫君臣在驪山尋歡作樂的情景：一、二句寫樂聲，三句寫賜浴，四句寫飲宴。

12 **“彤庭”四句**：朝廷分賜給羣臣的絹帛，本來出自貧家女兒之手。官府鞭撻他們的丈夫，把她們生產的東西搜集起來，進貢到京城裏去。

彤庭：皇宮多以朱紅塗飾，故稱。**撻**：一作“箠”。**聚斂**：搜刮；剝削。**城闕**：指京城。四句揭露朝廷聚斂之殘酷。“彤庭”，承“君臣”、“長纓”；“寒女”，承“短褐”。“鞭撻”、“聚斂”，見手段之狠毒，寫出貴賤貧富的對立，表現作者對朝廷的不滿和對百姓的同情。

13 **“聖人”四句**：皇帝用竹筐盛幣帛分賜羣臣，以示恩寵，本意是想國家生存發展。羣臣如忽視這個重要的道理，國君豈不是白白地把這些財物扔掉？

聖人：指皇帝。**筐篚**（fěi 匪）：兩種竹製盛器。宮宴中用以盛幣帛賞賜臣下。**願**：一作“欲”。**邦國活**：使國家生存發展。**忽**：忽視。動詞。**至理**：深義。最重要的道理。四句寫賞賜的淫濫。

14 **“多士”四句**：朝廷中濟濟多士，有良心的朝臣都應該觸目驚心，何況宮禁裏的奇珍異寶，盡歸外戚所有呢！

多士：指百官。《書・多士》孔穎達疏：“士者，在官之總號，故言士也。”**盈**：充滿。**內**：大內，宮禁。**金盤**：借代皇宮裏的奇珍異寶。**衛霍**：衛青、霍去病。漢武帝時很有勢力的外戚。借指楊貴妃的親屬，如楊國忠之流。四句承前仍寫賞賜之濫。“盡”字，見楊氏親屬之專寵驕奢。前二句寫面，後二句寫點。“衛霍室”三字，引出下文六句。

15 **“中堂”六句**：堂上歌伎翩翩起舞，美女在香煙繚繞之中。貂裘暖和着賓客，簫管琴瑟合奏出美好的樂音。主人用駝蹄羹勸客，宴席上還有霜橙和香橘。

有：一作“舞”。**神仙**：唐人對歌伎的慣稱。**煙霧**：指堂上香煙。或謂形容衣裳的輕飄。**蒙**：籠罩。一作“散”。**玉質**：形容肌膚白膩，身體潔美。**客**：一作“蒙”。**管**：笙簫一類的竹製樂器。**瑟**：絃樂器的一種。**悲、清**：指樂音激越清脆。**逐**：伴隨。六句設想楊氏家族的宴會場面。

16 **“朱門”四句**：豪門貴族酒肉多得吃不完發臭，路旁卻有凍死者的骸骨！一盛一衰，咫尺之間有多大差別啊！我難過得不能再講述下去了。

朱門：豪富之家。以其門戶塗朱，故稱。**肉**：一作“炙”。**榮枯**：盛衰。**咫尺**：很近的距離。周代八寸為“咫”。四句是作者的議論和感慨。“朱門”句是上文六句的概括和總結，又與下句對比。“榮”承“朱門”，“枯”承“凍死骨”，對比有力。

以上三十八句為一段，寫過驪山時的所見、所聞、所感，揭露君臣的淫樂、賞賜的奢濫、聚斂的殘酷、外戚的侈靡和百姓的痛苦。本段夾敘夾議，作者在敘事的基礎上議論朝政，揭露矛盾，抒寫情懷，突出了全篇的主題。

17 **“北轅”四句**：驅車向北，來到涇渭水邊，過渡後，再改道前進。眾水由西而下，放眼望去，浪高如山。

北轅：車向北行。轅，車前駕牲畜的部分，借代車子。**就**：靠近；前往。動詞。**涇渭**：二水名。滙合於昭應縣（今陝西省臨潼）境。**官渡**：公家設置的渡口。在昭應縣境內。**改轍**：改道。由長安赴奉先，先經驪山，折北至昭應縣渡涇渭二水，然後改道北行。**羣水**：一作“羣冰”。**崒（zú 卒）兀**：山高貌。此指浪頭高。前二句承前“過驪山”，寫路途所經；後二句寫水勢，突出旅途艱險。

18 **"疑是"六句**：我懷疑是崆峒山奔馳而來，恐怕它把天柱也撞斷了。河橋幸好沒有被沖毀，橋身猛烈地搖晃着，橋柱發出窸窣的聲響。行人互相牽携着過橋——河水是那樣寬闊，實在是難以渡越啊！

崆峒來：崆峒，山名。在今甘肅省岷縣境內。涇渭二水源出隴西，水從西北而下，故云。**天柱折**：《淮南子·天文訓》："昔者共工與顓頊（zhuān xū 專旭）爭為帝，怒而觸不周之山，天柱折，地維絕。"**梁**：橋。**枝撐**：支橋的交柱。**窸窣**（xī sū 悉恤）：橋搖晃發出的聲響。**行李**：行人。李，一作"旅"。**相攀援**：相互牽携着。**不可**：一作"且可"。六句承前仍寫旅途艱險：前二句言水急浪高，中二句謂河橋搖晃勢險，後二句寫行人過橋渡河情狀。由水而橋，最後寫橋上行人，層次清楚。

19 **"老妻"四句**：老妻寄居在外縣，一家十口為風雪所阻隔。誰能長久地不顧念妻兒？我希望到那邊去跟家人一起過窮苦的日子。

寄異縣：指客居奉先。寄，一作"既"。**顧**：顧念。**庶**：希望。四句寫途中念及妻兒。前二句念及妻兒困苦，後二句寫歸家目的。四句是上下文的過渡。

20 **"入門"四句**：走進家門時，聽見悽慘的哭聲——幼子已經餓死了！鄰居也泣不成聲，我又怎能不哀痛？

餓：一作"飢"。**寧**：豈。疑問代詞。**一哀**：痛哭一場。《禮·檀弓》："遇於一哀而出涕。"**里巷**：同里巷的人。指鄰居。四句寫到家時的所見、所聞，極言喪子之痛。"幼子餓已卒"，作者舉一端以見其餘，一語道出了家人的慘狀。

21 **"所愧"四句**：沒有糧食給孩子們吃，使幼子夭折了，我這個為人父親的，真是慚愧啊！我又怎知道秋收之後，窮人家還會發生這樣意想不到的事呢！

夭折：未成年而死。**禾**：一作"未"。**登**：成熟；完成。指收穫穀物。**窶**（jù 具）：貧窮。**倉卒**：急遽貌。引申為發生意外事件。卒，同"猝"。四句承前寫喪子引起的感慨。

22 **"生常"四句**：我本來按例可以免繳租稅，名字也不在行伍之列。回想自己的遭遇尚且那麼辛酸，平民百姓就更沒法活了。

生常免租稅：作者世代為宦，自己也當個小官，按例享有免租免役的特權。常，一作"當"。**隸征伐**：隸屬軍籍。征伐，指軍隊，行伍。**撫迹**：回想經過的事。**猶**：一作"獨"。**平人**：即平民。唐人避太宗李世民諱，故以"人"代"民"。**固**：意謂情況本就如此，自不必說。**騷屑**：煩擾不寧。四句由己及人，想到平民百姓的痛苦。

23 **"默思"四句**：我想念着流離失所的人，我記掛着遠方戍守的士卒。我的憂愁像終南山那樣高，像大水那樣茫無際涯，不可收拾。

失業徒：失去家業、無家可歸的人們。徒，一作"途"。**憂端**：愁緒。**齊**：一作"際"。**澒**（hòng 哄）**洞**：大水茫然無際貌。**掇**：收拾。四句承前寫由己及人而引起的無限憂愁。以上三十句為一段，寫到家後的所見、所感。

全篇以憂開頭，以憂作結，前段純是"詠懷"，二、三段以旅途為線索，記敘所經、所見，又由所經、所見而發議論，抒愁懷，整首詩思想深刻，章法謹嚴，敘事、議論、抒情穿插得很好，顯示出詩人在長篇古體方面高超的藝術技巧。

述　懷

天寶十六載（757）四月，杜甫從長安賊中逃至鳳翔，拜左拾遺，政治上算是有了一個歸宿。但是，思家之苦仍然折磨着他。他曾寫信探聽家中情況，卻得不到回音。潼關失陷後，河東、華陰、馮翊、上洛防禦使皆棄郡逃走，所在守兵皆散，無辜百姓慘遭殺戮。杜甫得知消息後，更思念鄜州的家小。他想請假探家，但因剛受官職，又不便提出，只有苦苦地擔憂着。詩中多想像之詞，藉以描述戰亂中民眾的悲慘生活，表現作者對他們的深切關注和同情。

去年潼關破，妻子隔絕久。今夏草木長，脫身得西走[1]。麻鞋見天子，衣袖見兩肘。朝廷愍生還，親故傷老醜[2]。涕淚受拾遺，流離主恩厚。柴門雖得去，未忍即開口[3]。寄書問三川，不知家在否。比聞同罹禍，殺戮到雞狗[4]。山中漏茅屋，誰復依戶牖？摧頹蒼松根，地冷骨未朽[5]。幾人全性命？盡室豈相偶？嶔岑猛虎場，鬱結迴我首[6]。自寄一封書，今已十月後。反畏消息來，寸心亦何有[7]？漢運初中興，生平老耽酒。沉思歡會處，恐作窮獨叟[8]。

【注釋】

1　**“去年”四句**：去年潼關被叛軍攻破以來，妻兒就長久地隔絕了。今夏草木叢生之時，我才得到機會脱身西行。

潼關破：天寶十五載（756）六月，潼關守將哥舒翰被執降賊，叛軍破潼關。**“妻子”句**：七月，杜甫自鄜州離家投奔靈武，途中被叛軍擄至長安，至此離家已一年，故云。**“今夏”句**：用陶淵明《讀山海經十三首》其一“孟夏草木長”句意。**脱身**：指從長安賊中脱身逃奔鳳翔。四句寫潼關陷賊，妻子隔絕。

2　**“麻鞋”四句**：穿着麻鞋去朝見皇上，衣袖破爛得露出了兩肘。朝廷哀憐我死裏逃生回來，親戚故舊因我變得又老又醜而傷心。

見：一作“露”。**肘**（zhǒu 爪）：上臂與前臂相接處向外凸起的部分。**愍**：同“憫”，哀憐。四句寫到達鳳翔時的情景。“麻鞋”、“衣袖”，寫其衣着；“老醜”，寫其容貌。作者以側面描寫表現所歷之艱辛。“愍”字“傷”字下得妥貼。

3　**“涕淚”四句**：受封拾遺之職，我感動得流下了熱淚；經歷過顛沛流離之後，更感到主上恩厚。即使能夠回家，我也不便馬上就開口請求。

雖：即使。四句申述不得返家的原因。

以上十二句為一段，寫生還受職，思念家室。首二句領起思家之情。“未忍”句點明思家而不得歸家的原因，引出下面一段。

4　**“寄書”四句**：我曾寄信探問家中的情況，卻一直沒有消息。不知我的家還在不在呢？近來聽説那一帶的老百姓都遭到了禍害，連雞狗也不能倖免。

三川：杜甫家居之地。在鄜州南。**比（去聲）聞**：近聞。**罹**（lí 離）：遭受。四句寫寄書問家及對家人命運的憂慮。“殺戮”句，深刻地揭露叛軍的暴行，同時交代憂慮的原因。

5 **“山中”四句**：在我山中破舊的茅屋裏，誰還依着門窗思念我呢？地冷天寒，死者的骸骨倒伏在蒼松樹下，至今還沒有腐朽。

牖（yǒu 有）：窗子。四句想像戰亂中家人的悲慘遭遇。

6 **“幾人”四句**：家裏有幾人能保住性命？一家人又怎能團聚呢？那兒地勢高峻，是猛虎出沒的場所。想到這裏，我不由得愁腸百結，回首凝望。

盡室：全家。**相偶**：相聚。**嶔**（qīn 欽）**岑**：山高貌。岑，一作“崟”。**猛虎場**：猛虎出沒的場所。喻叛軍橫行的地區。四句仍寫對家人命運的憂慮。

以上十二句為一段，寫思家的情懷，突出作者的憂慮。

7 **“自寄”四句**：我自去年寄了一封信回家，到現在已經過了十個月了。我反而怕有消息傳來——我心都碎了啊！

十月：十個月。作者七、八月得家書，閏八月即還家，可知非指孟冬十月。**“反畏”句**：作者盼望家人音訊，但又怕不幸的消息傳來，故云。宋人陳師道《寄外舅郭大夫》有“深知報消息，不敢問何如”句，即由此化出。四句由憂而“畏”，把思家之情推進一層。

8 **“漢運”四句**：國運開始中興，我平生嗜酒，現在正好以酒自慰；但想到在我日夜盼望的家人歡聚的時刻，我可能成為一個貧窮孤獨的老頭時，就不禁害怕起來。

漢運：指唐朝國運。**獨**：一作“塗”。四句由“畏”而

“恐”，把思家之情推至頂峯。

以上八句為一段，寫對家人遭受不幸的恐懼。“十月後”，與“隔絕久”呼應。“反畏”，深刻而真實地表現了作者憂慮恐懼的心理。

北　征

至德二年（757）八月，杜甫由鳳翔回鄜州探家。本篇寫於到家之後。

《北征》與《自京赴奉先縣詠懷五百字》同以探家為題材，但較後者有更多的敘事成份。它氣魄雄渾，思想深刻，格調沉鬱，是古代詩歌中的優秀之作。葉夢得把它比作司馬遷的《史記》，認為它"窮極筆力"，為"古今絕唱"。它歷來被譽為"詩史"

詩中有作者心理活動的細緻刻畫，有旅途艱辛的具體描寫，有家庭生活的生動敘述，有關於社會時局的深刻分析。這首詩雖以探家為題材，但作者的着眼點不在於申述個人的不幸，而在於思考人生，反映社會，憂傷國事。因此，它字字句句都飽和着詩人的家國之思。

這首詩敘事、議論、抒情自然揉合；內容繁複而不會破碎零亂，波瀾起伏而又能渾然成篇，顯示出作者的宏偉氣魄。

征：旅行。鄜州在鳳翔東北，故以"北征"名篇。漢班彪有《北征賦》。本詩仿其題，章法亦效賦體。

皇帝二載秋，閏八月初吉。杜子將北征，蒼茫問家室[1]。維時遭艱虞，朝野少暇日。顧慚恩私被，詔許歸蓬蓽[2]。拜辭詣闕下，怵惕久未出。雖乏諫諍姿，恐君有遺失[3]。君誠中興主，經緯固密勿。東胡反未已，臣甫憤所切[4]。揮涕戀行在，道途猶恍惚！乾坤含瘡痍，憂虞何時畢[5]！靡靡踰阡陌，人煙眇蕭瑟。所遇多被傷，呻吟更流血[6]。回首鳳翔縣，旌旗晚明滅。前登寒山重，屢得飲馬窟[7]。邠郊入地底，涇水中蕩潏。猛虎立我前，蒼崖吼時裂[8]。菊垂今秋花，石帶古車轍。青雲動高興，幽事亦可悅[9]。山果多瑣細，羅生雜橡栗。或紅如丹砂，或黑如點漆[10]。雨露之所濡，甘苦齊結實。緬思桃源內，益嘆身世拙[11]。坡陀望鄜畤，巖谷互出沒。我行已水濱，我僕猶木末[12]。鴟鳥鳴黃桑，野鼠拱亂穴。夜深經戰場，寒月照白骨[13]。潼關百萬師，往者散何卒！遂令半秦民，殘害為異物[14]。況我墮胡塵，及歸盡華髮。經年至茅屋，妻子衣百結[15]。慟哭松聲迴，悲泉共幽咽。平生所驕兒，顏色白勝雪[16]。見耶背面啼，垢膩腳不襪。牀前兩小女，補綴才過膝[17]。海圖拆波濤，舊繡移曲折。天吳及紫鳳，顛倒在裋褐[18]。老夫情懷惡，嘔泄臥數日。那無囊中帛，救汝寒凜慄[19]。粉黛亦解苞，衾裯稍羅列。瘦妻面復光，癡女頭自櫛[20]。學母無不為，曉妝隨手抹。移時施朱鉛，狼藉畫眉闊[21]。生還對童稚，似欲忘飢渴。問事競挽鬚，誰能即瞋喝[22]？翻思在賊愁，甘受雜亂聒。新歸且慰意，生理焉得說[23]？至尊尚蒙塵，幾日休練卒？仰觀天色改，坐覺妖氛豁[24]。陰風西北來，慘澹隨回紇。其王願助順，其俗善馳突[25]。送兵五千人，驅馬一萬匹。此輩少為貴，四萬服勇決[26]。所用皆鷹騰，破敵過箭疾。聖心頗虛佇，時議氣欲奪[27]。伊洛指掌收，西京不足拔。官軍請深入，蓄銳可俱發。此舉開青徐，旋瞻略恒碣[28]。昊天積霜露，正氣有肅殺。禍轉亡胡歲，勢成擒胡月。胡命其能久？皇綱未宜絕[29]。憶昨狼狽初，事與古先別。姦臣竟菹醢，同惡隨蕩析[30]。不聞夏殷衰，中自誅妹妲。周漢獲再興，宣光果明哲[31]。桓桓陳將軍，仗鉞奮忠烈。微爾人盡非，於今國猶活[32]。淒涼大同殿，寂寞白獸闥。都人望翠華，佳氣向金闕[33]。園陵固有神，掃灑數不缺。煌煌太宗業，樹立甚宏達[34]。

【注釋】

1 **“皇帝”四句**：肅宗皇帝至德二年（757）秋閏八月初一，我將匆忙北行，探望家室。

皇帝二載：肅宗至德二年。**初吉**：朔日，即初一。**杜子**：作者自稱。**蒼茫**：匆忙。**問**：探望。前二句交代“北征”的時間，後二句點題，並説明“北征”的目的。班昭《東征賦》云：“惟永初之有七兮，余隨子乎東征。時孟春之吉日兮，撰良辰而將行。”本詩開篇似之。

2 **“維時”四句**：時局艱難困苦，在朝在野都難得過安閑日子；皇上准許我歸家探親，我獨受皇恩，回想起來深感慚愧。

維：發語詞。**艱虞**：艱苦、憂虞。一作“艱危”。**朝野**：朝廷和草野。指做官的和未做官的。**顧**：自念，自己回顧。**恩私被**（pī 披）：自己獨自蒙受皇恩。被，承受。**蓬蓽**：蓬門蓽戶。窮人的住處。自己家屋的謙稱。四句説明“北征”的背景。“少暇日”，與上文“蒼茫”照應。

3 **“拜辭”四句**：當我到宮殿朝見皇上，向他拜別的時候，心裏誠惶誠恐，長時間未敢辭出。雖缺乏諫官的資質風度，但我怕皇上有過失啊！

拜：一作“奉”。**辭**：辭別。**詣闕下**：到宮殿朝見皇帝。詣，前往，到。闕下，指皇宮。**怵**（chù 卒）**惕**：惶恐，警惕。**諫諍**（zhèng 箏陰去聲）**姿**：勸諫時應有的態度。姿，原意為體態、風度，此亦有資質之義。**遺失**：疏忽、過失。杜甫時官左拾遺，負責諫諍皇帝，補救朝政闕失。四句承前四句，言恐皇上有疏忽、過失，欲去不忍。作者曾因上疏救房琯，觸怒肅宗，詔令三司推問，宰相張鎬説情，始得免罪。肅宗自此疏遠了他。後二句所説與此事有關。

4 **“君誠” 四句**：皇上真是中興之主，苦心勤勉地處理國家大事。安史之亂還沒有結束，我感到深切的痛憤。

固：本來。**密勿**：勞心勉力，周密勤勉。**東胡反**：指安史之亂。按，安祿山之子安慶緒，是年正月殺祿山稱帝，盤據洛陽。前二句讚肅宗，後二句言為國事而痛憤。

5 **“揮涕” 四句**：當我與鳳翔揮淚作別的時候，心裏戀戀不捨，途中仍恍惚不安。國家飽受創傷，憂患什麼時候才完結啊！

行在：皇帝臨時駐地。指鳳翔。參見《自京竄至鳳翔喜達行在所》題解（頁 018）。**道途**：一作“道路”。**含瘡痍**：受創傷。含，一作“合”。**憂虞**：憂慮；憂患。四句寫上路時的痛苦與憂慮。“道途”，帶出下面一段。

以上二十句為一段，點題，交代“北征”的時間、背景，寫出辭別皇上、踏上征途時不忍離去的心情。

6 **“靡靡” 四句**：我在路上緩緩前行，只見人煙稀少，滿目蕭條。碰到的人有許多是在戰爭中受傷的，他們沿途呻吟又流血。

靡靡：遲行貌。暗用《詩・王風・黍離》“行邁靡靡，中心搖搖。知我者謂我心憂”之意。**阡陌**：田間道路；南北曰“阡”，東西曰“陌”。**蕭瑟**：一作“蕭索”。**被（pī 披）傷**：受創傷。**更**：還，又。四句寫沿途荒涼淒慘之狀。“靡靡”和下文“回首”，均與上文“戀”字呼應，寫戀戀不捨之狀。

7 **“回首” 四句**：回望鳳翔縣，旌旗在斜暉中忽明忽滅地閃動。往前攀越層疊的寒山，常常發現軍馬留下的痕迹。

明滅：乍明乍滅。**重**：重疊。**得**：發現。**飲馬窟**：行軍飲馬的水窪。古樂府有“飲馬長城窟”句。此指山間軍馬留下的痕迹。前二句寫回望所見，依戀之情溢於言表。後二句寫前行所歷、所見。

8 **“邠郊”四句**：從高山下行進入邠郊，就像走進地底似的；涇水從邠郊穿流而過。猛虎出現在前邊，怒吼聲彷彿要把蒼崖震裂。

邠郊：邠州的郊野。邠州在今陝西省邠縣。**入地底**：涇水流經邠州北部，形成盆地，由高岡下行，就像走入地底。**涇水**：發源於涇州，東南流入邠州界。**中蕩潏**（yù 核）：在其中流動。蕩潏，水波流動貌。**猛虎**：或謂指蒼崖的怪石如虎蹲伏，亦通。四句用誇張手法，寫從高處下行低處時的艱險。

9 **“菊垂”四句**：今秋的新菊綴滿枝頭，山石上還帶着古時的車轍。遊目四望，青天白雲引動了我的興致，山中野趣亦足以令人愉悦。

帶：一作“戴”，一作“載”。**動高興**：引起很高的興致。**幽事**：指山中幽靜的景物。四句寫山中花石雲彩。風物之美，使作者抑鬱稍舒。“幽事亦可悦”，是前三句的小結，亦是下面八句的發端。

10 **“山果”四句**：山果大都長得很細小，到處長滿了橡栗。有的果子紅如朱砂，有的果子黑似點漆。

橡栗：即橡子。櫪樹的果實，形似栗，可吃。杜甫曾拾橡栗充飢。四句寫山中野果。作者從形狀、顏色寫野果，寫得引人入勝。

11 **“雨露”四句**：只要是雨露滋潤的樹木，或甘或苦都結出了果實。遙想陶淵明所描寫的桃花源裏的情景，就愈加感嘆自己身世的不幸。

甘苦：一作"甘酸"。**緬思**：遙想。一作"縹思"。**桃源**：即晉陶淵明《桃花源記》中所描繪的桃花源。**拙**：笨拙。此謂不長於處世。四句即景抒懷，以山果結實設喻，由眼前之物想到自身的遭際，感嘆落泊失意，事業無成。

12 **"坡陀" 四句**：站在岡陵起伏的地方遠望鄜州，見巖谷時隱時現。我已行至水濱，僕人卻還在高處，望去好像在樹梢上一樣。

坡陀：岡陵起伏之地。**鄜畤**（zhì 字）：鄜州的別稱。因春秋時秦國在此設畤祭白帝而得名。畤，古代祭祀天神的祭壇。**巖谷**：一作"谷巖"。**互出沒**：時現時隱。**木末**：樹梢。四句謂從岡巒起伏的高山行至水濱，寫出旅途跋涉。

13 **"鴟鳥" 四句**：鴟鳥在黃葉凋零的桑樹上啼鳴，野鼠在亂穴中聳動。深夜行經戰場的時候，冷冷的月光映照着白骨。

鴟（chī 癡）：鴟鷹。**鳥**：一作"梟"。**黃桑**：黃葉凋零的桑樹。《詩 · 衞風 · 氓》有"桑之落兮，其黃而隕"句。**拱**：聳動。**夜深**：一作"夜中"。四句寫野地戰場的荒涼淒慘景象。作者選取富於代表性的景物，從聲、色、動、靜四個角度描寫，成功地渲染氣氛，抒寫情懷。後二句引出下面四句。

14 **"潼關" 四句**：潼關百萬官軍，當日潰散得多麼倉猝啊！這使關中半數的老百姓慘遭殺害！

潼關百萬師：天寶十五載（756）六月，潼關哥舒翰守軍二十萬，為崔乾祐所誘，與叛軍戰於靈寶，潰敗墜河，幾乎全軍覆沒。百萬，誇張説法。**散**：一作"敗"。**卒**：同

"猝"，倉猝。**秦民**：關中之民。**為異物**：人死後變成鬼物。四句由戰場白骨想起當日潼關慘敗。其語極其沉痛，一方面表示對戰死者的哀悼，一方面也包含對戰役指揮者的譴責。

以上三十六句為一段，寫從鳳翔往鄜州沿途所歷、所見、所感。所感由所歷、所見引起，情與景自然融合。作者因所歷、所見不同，時而愁苦，時而高興，時而沉痛。

15 **"況我"四句**：何況我曾身陷賊中，到歸家時頭髮已完全花白。隔別一年才回到自己的茅屋中，老妻兒女都鶉衣百結。**墮胡塵**：指前一年八月自鄜州往靈武途中被俘事。墮，一作"隨"。**經年**：隔年。杜甫自去年（756）七月離家至今，時隔一年。**茅屋**：指家。**衣百結**：謂衣服破爛不堪。四句寫到家時所見。"及歸"二字，承上啓下，是連結上下兩段的紐帶。

16 **"慟哭"四句**：慟哭聲和松濤聲一起迴蕩，悲切的泉聲與低泣聲互相和答。我向來所寵愛的孩子，臉色比雪還要蒼白。**迴**：一作"迥"。**幽咽**：一作"嗚咽"。**驕**：寵愛。一作"嬌"。**白勝雪**：指臉色蒼白無血色。四句寫家人痛苦、飢餓情景。寫哭泣聲，以松聲、泉聲映襯，顯得淒切動人；寫飢色，舉"平生所驕兒"以見一斑。

17 **"見耶"四句**：看見爸爸就背着面哭啼，他骯髒不堪，腳上不穿襪子。牀前兩個小女兒，打着補綻的褲子才勉強遮蔽着膝頭。

耶：同"爺"，爹。**襪**：用如動詞，穿襪。**綴**：一作"綻"。**才過膝**：言褲短不稱身。僅過膝頭。才，一作"纔"。

四句寫兒女衣不蔽體。

18 **“海圖”四句：**舊的刺繡的衣物拿來補衣服，把海濤狀的花紋都剪碎了。天吳和紫鳳的圖案，顛倒過來補在粗布短衣上。

海圖、天吳、紫鳳：均為舊繡上的圖案。海圖，海的圖案。天吳、紫鳳，兩種和水有關的神異的禽獸。《山海經·海外東經》：“朝陽之谷有神曰天吳，是為水伯，……虎聲人面，八首八足八尾。”又《山海經·大荒北經》：“大荒之中有山，名曰北極天櫃，海水北注焉。有神九首，人面鳥身，名曰九鳳。”**拆：**一作“坼”。**裋（shù 樹）褐：**粗布短衣。一作“短褐”。四句寫“兩小女”衣服上的補綻。

19 **“老夫”四句：**我心情惡劣，又吐又瀉，躺了好幾天。無奈我囊中沒有錢帛，以解救你們的飢寒。

嘔泄：一作“嘔咽”。**那無：**奈何沒有。無，一作“能”。**寒凜慄：**在寒氣中顫慄。前二句言自己心情惡劣，身體不適，後二句嘆無力挽救家人於窘境。四句承上，主要寫到家後的心境。

20 **“粉黛”四句：**家人解開了粉黛包，擺好了被褥和牀帳。瘦妻面上又有了光彩，傻女兒自去梳頭打扮。

粉黛：淡青略帶黑色的粉，古代婦女用以畫眉。**苞：**同“包”。指粉黛包。並非作者帶回的包裹。一作“包”。**衾裯：**被子和帳子。**櫛：**梳頭，篦髮。四句寫歸家後妻女高興之狀。

21 **“學母”四句：**她處處學着母親，晨起梳妝時隨手塗抹。一會兒又擦上胭脂鉛粉，亂七八糟地把眉畫得闊闊的。

移時：一會兒功夫。**朱鉛：**胭脂和鉛粉。**狼藉：**散亂之狀。四句承上文“癡”字，具體地寫女兒的嬌癡天真。左思《嬌女詩》："明朝弄梳臺，黛眉類掃迹，濃朱衍丹唇，黃吻瀾漫赤。"杜詩亦效此體。

22 **"生還"四句**：能活下來面對這些天真可愛的孩子，好像把飢渴都忘記了。他們爭着拉我的長鬚，向我問這問那，我怎能就這樣喝止他們？

瞋：怒；生氣。四句仍寫孩子的嬌癡天真，同時也寫他們給自己帶來的樂趣。"似欲"二字，說明"飢渴"忘卻不了，即使在快樂的時候，作者仍然為愁苦所折磨。

23 **"翻思"四句**：回想在賊中的愁苦日子，我心甘情願在家裏忍受吵吵嚷嚷。剛歸來暫且得到些安慰，哪能談得上生計呢？

翻思：回想。**聒**：噪吵。**說**：一作"脱"。四句寫歸家得到安慰。

以上三十六句為一段，備述歸家的悲喜之狀。

24 **"至尊"四句**：皇上還避難在外，哪一天才不再訓練軍隊？仰看天色變了，坐覺妖氣漸散，天空開朗起來。

至尊：皇帝。指肅宗。**蒙塵**：君主避難在外。《左傳・僖公二十四年》："天子蒙塵於外。"**休練卒**：停止練兵。指結束戰爭。**觀**：一作"看"。**坐**：一作"旁"。**妖氛**：一作"袄氣"。前二句寫憂慮國事，後二句謂國事已有了轉機。"至尊"二句承上而來，開啓本段，表現作者深刻的憂君憂國之思。

25 **"陰風"四句**：但是陰風又從西北吹來，隨着回紇入侵，眼前又變得愁雲慘澹。他們的國王願意助唐平亂，他們的風俗善於奔馳衝突。

陰風：喻回紇軍的情勢。**回紇**：部族名，匈奴族的一支。

唐末遷入今新疆維吾爾自治區境內。一作“回鶻”。**“其王”句**：《舊唐書·回紇傳》：至德二年（757）九月，“回紇遣其太子葉護，領其將帝德等兵馬四千餘眾，助國討逆，肅宗宴賜甚厚。又命元帥廣平王見葉護，約為兄弟，接之頗有恩義。葉護大喜，謂王為兄。”助順，指援助唐朝平定安史之亂。**善**：一作“喜”。**馳突**：奔馳衝突。四句寫對回紇的憂慮。“善馳突”，帶出下面六句。

26 **“送兵”四句**：他們送來了精兵五千，趕來了戰馬萬匹。這種人以數量少為好，他們勇敢果斷，使四方嘆服。

少為貴：以少為貴。**勇決**：勇敢果斷。前二句申足“願助順”，後二句申足“善馳突”，均承前寫回紇。

27 **“所用”四句**：所用的士卒都像鷹隼似的矯騰，破敵比飛箭還要快速。皇上頗為虛心地期待着他們，但當時朝臣的相反議論卻使人沮喪。

鷹騰：鷹一般騰健。**破**：一作“如”。**虛佇**：虛心期待。**“時議”句**：猶言羣議沮喪。當時有些朝臣本不贊成多借外力平亂，但皇帝對回紇寄予重望，便不再堅持異議。前二句承前仍寫回紇的風俗特點，後二句謂皇帝對他們寄予重望。從“陰風”、慘澹”，見出作者對回紇持批判態度，因而“聖心頗虛佇”一句實隱含作者的不滿。

28 **“伊洛”六句**：東京本來很容易收復，西京也不難攻取。請派官軍深入兩地，養精蓄鋭，伺機齊發。此舉能打開青州、徐州的局面，轉眼可望攻取叛軍盤據的恒山和碣石山一帶。

伊洛：二水名。在今河南省境內。此指東京洛陽一帶。**指掌收**：意謂容易收復。**不足拔**：不值得一拔。猶言極易攻取。**可**：一作“何”，一作“伺”。**青徐**：青州和徐州。今山東省及江蘇省北部。此泛言西京以東的中原地區。**旋瞻**：轉眼望。**略**：攻下。**恒碣**（jié 竭）：恒山和碣石山。一在今山西省境內，一在今河北省昌黎縣北。此泛指安史叛軍所據之地。六句謂只要官軍調動得法，兩京不難收復，隱含對皇帝借助外力平亂的不滿。

29 **“昊天”六句**：天空霜露積聚，天地充滿肅殺之氣。現在時來禍消，正是亡胡的年月，擒胡的大勢已經形成，叛軍的日子還能長久嗎？朝廷的綱紀是不該斷絕的啊！

昊（hào 浩）**天**：天的泛稱。**積霜雪**：喻有肅殺之氣。**皇綱**：朝廷的綱紀。指唐帝國的政權法度。六句議論時局，仍針對皇帝依賴外族平亂的做法，指出形勢有利於官軍，胡命不長，光復有日，要有必勝的信心。“皇綱”句，引出下面一段。

以上二十八句為一段，議論大局：對朝廷借胡助順表示憂慮和不滿，提出平亂之策，表示對平定叛亂的信心。

30 **“憶昨”四句**：回想當日玄宗倉皇入蜀，情況與古代祖先有所區別。奸臣楊國忠竟被剁成肉醬，跟他們同夥作惡的也一起滅亡了。

昨：一作“昔”。**狼狽初**：指玄宗倉皇入蜀事。**葅醢**（zū hǎi 追海）：剁成肉醬。據《通鑒・唐紀三十四》，馬嵬驛事變，軍士追殺楊國忠，“屠割支體，以槍揭其首於驛門外”。**同惡**：同夥作惡的人。指楊氏家族及其黨羽。《通鑒》又載，楊國忠之妹韓國夫人、虢國夫人亦同時被誅，妻裴柔及子楊暄、楊晞等皆被追殺。**蕩析**：飄蕩離析。此指滅亡。四句謂玄宗能誅滅奸黨，與古代亡國之君有別。

31 **“不聞”四句**：沒聽説在夏、殷衰世的時候，夏桀、殷紂王會主動把妹喜、妲己殺掉；周、漢獲得中興，周宣王、漢光武帝果然明哲啊！

夏殷衰：夏、殷衰世。**中自**：謂自動，主動。**誅妹妲**：殺了妹喜和妲己。此代指楊貴妃馬嵬驛身亡事。舊史家謂夏、殷和西周分別亡於女寵妹喜、妲己和褒姒之手。把王朝滅亡的責任推到後宮女子身上，實在是可笑的偏見。妹妲，一作“褒妲”。**周漢**：周朝和漢朝。此代指唐。**宣光**：周宣王和漢光武帝，所謂“中興之主”。此代指唐肅宗。前二句承前“事與”句，言夏、殷分別亡於女寵之手，唐玄宗在安史之亂時能主動誅殺女寵楊貴妃，他畢竟與夏桀、殷紂王不同。後二句言唐肅宗像周宣王、漢光武帝一樣，使唐朝獲得了中興。

32 **“桓桓”四句**：威武的陳將軍，你執鉞代皇上殺了罪人，表現得多麼忠烈！要是沒有你，大家都將淪為異族了——現在國家還生存着呢！

桓桓：威武貌。**陳將軍**：指左龍武大將軍陳玄禮。他在馬嵬驛主持誅殺楊氏奸黨。**仗鉞**：謂執鉞代皇帝誅殺奸黨。鉞，大斧。**微爾**：（如果）沒有你。**人盡非**：大家都不是現在這個樣子。四句讚陳元禮忠烈。

33 **“淒涼”四句**：大同殿一片淒涼，白獸闥蕭條冷落。京城裏的人翹首盼着皇帝的儀仗，宮殿正出現良好的氣象。

大同殿：玄宗朝見羣臣之所。在長安南內興慶宮勤政樓北。**白獸闥**：唐宮門名。即白獸門。未央宮有白虎殿，因避唐高祖的祖父李虎之諱，改為白獸殿。**翠華**：指皇帝的儀仗。皇帝儀仗的旗以翠羽為飾，故名。**佳氣**：好氣象。

指中興的希望。**金闕**：指唐宮。前二句描寫在叛軍佔領下，長安宮殿淒涼寂寞的景象；後二句指出人心所向，中興很有希望。

34 **“園陵”四句**：唐朝歷代皇帝的園陵本來就有神靈，長安收復之日當灑掃一番以全禮數。唐太宗樹立的煌煌基業，是多麼雄壯宏偉啊！

園陵：指唐歷代皇帝的陵墓。**數**：禮數。**煌煌**：光明。四句寫作者對重建唐太宗業績的期望和信心。

以上二十句為一段，寫唐朝中興的希望。

羌村三首

至德二年（757）五月，房琯被罷相，杜甫上書為他辯解，觸怒肅宗。是年閏八月，肅宗令杜甫回鄜州探家，實際上是把他罷免。這組詩寫於初到家中的時候。

羌村：杜甫當時家居之地，在今陝西省富縣南。

一

這一首寫初到家時，妻兒、鄰居悲喜交集的情景。整首詩在"悲喜"二字上做文章，運用白描手法，通過人物動作、神態的細節描寫，把悲喜之情表現得生動感人。

崢嶸赤雲西，日腳下平地。柴門鳥雀噪，歸客千里至[1]。妻孥怪我在，驚定還拭淚。世亂遭飄蕩，生還偶然遂[2]。鄰人滿牆頭，感嘆亦歔欷[3]。夜闌更秉燭，相對如夢寐[4]！

【注釋】

1　**"崢嶸"四句**：西天赤色的雲層疊如山，日腳已經落到地平線上了。鳥雀在柴門前喧叫，歸家的人從千里之外回來。

崢嶸：山高貌。此形容赤雲層疊之狀。**日腳**：太陽從雲縫射下地面的光線。**柴門**：用樹條編紮的簡陋的門。**鳥雀**：一作"鳥鵲"。**歸客**：作者自稱。一作"客子"。四句為一段，寫到家之喜。

2 **"妻孥" 四句**：妻兒驚疑我還活着，平靜下來後還不住的抹眼淚。我生逢亂世，身遭飄零，生還真是偶然的事。

妻孥(nú 奴)：妻兒。**遂**：成功。四句寫妻兒悲喜交集之狀。

3 **"鄰人" 二句**：鄰人倚滿牆頭，又是感嘆，又是悲泣。

歔欷：悲泣聲。兩句寫鄰人悲喜同情之狀。

4 **"夜闌" 二句**：夜深了，一家人還秉燭相對，真像在夢中一樣。

夜闌：夜深。**秉燭**：意謂掌燈，點起燈火。"疑夢寐"，與上文"怪"、"驚"呼應。是真是夢，信疑參半。二句寫夜深相對之狀，仍寫悲喜交集之情。仇兆鰲《杜詩詳註》："亂後忽歸，猝然怪驚，有疑鬼疑人之意。'偶然遂'，死方幸免；'如夢寐'，生恐未真。"

以上八句為一段，寫初到家時妻兒鄰人悲喜交集的情景。

二

這一首寫居家生活。作者儘管能和家人團聚，但已失卻真正的生活樂趣。詩中充滿着亂離中苟且偷生的淒涼寂寞之感，意味深長。

晚歲迫偷生，還家少歡趣。嬌兒不離膝，畏我復卻去[1]。憶昔好追涼，故繞池邊樹。蕭蕭北風勁，撫事煎百慮[2]。賴知禾黍收，已覺糟牀注。如今足斟酌，且用慰遲暮[3]。

【注釋】

1 **“晚歲”四句**：晚年被迫苟且偷生，回家也沒有多少樂趣。嬌兒不肯離膝，怕我再次離去。

晚歲：晚年。時杜甫四十六歲，因心境惡劣，未老先衰，自以為已到晚年。**嬌兒**：指愛子宗武，小名驥子。**“畏我”句**：怕我再離去。一說寫小孩對父親既親熱又害怕的情景，似與“不離膝”未合。四句寫居家心境及嬌兒對自己的愛戀。

2 **“憶昔”四句**：回想往日我喜歡乘涼，常常繞行在池邊樹下。現在蕭蕭的北風，刮得多麼猛烈！想起一切事情，我不由得百感叢生，無限痛苦。

好追涼：一作“多追涼”。**故**：常常。**撫事**：想起自己的經歷，想起一切事情。**煎百慮**：心裏為各種憂慮所煎熬。四句寫家居思緒。

以上八句為一段，寫家居生活和所感。賦閑居家，非作者所願，一“迫”字，透露出他無可奈何的心境。“少歡趣”、“煎百慮”，寫出了他的憂鬱與苦悶。

3 **“賴知”四句**：幸賴已收割了禾黍，彷彿感到糟牀也流出酒來了。如今有足夠的酒喝——姑且用它來撫慰我的晚年吧！

賴知：幸好知道。**禾黍**：粟和糜子。均為中國北方糧食作物，籽粒可釀酒。一作"黍秫"。**糟牀**：榨酒用的榨牀。**注**：流注。**斟酌**：指喝酒。**且**：姑且。**遲暮**：遲暮之年，晚年。與"歲晚"義同。四句為一段，言以酒消憂，姑且度日。"賴"字，承前"煎百慮"；"且"字，與"偷生"呼應，很好地表現了詩人無可奈何、聊以自慰的心情。

三

這一首承第一首"鄰人"，寫與他們交往。詩中寫了杜甫與鄰人淳厚真率的感情，同時也借鄰人之口反映了戰亂中民生的疾苦，表現了作者憂國憂民之情。

羣雞正亂叫，客至雞鬬爭。驅雞上樹木，始聞扣柴荊[1]。父老四五人，問我久遠行。手中各有攜，傾榼濁復清[2]。莫辭酒味薄，黍地無人耕。兵革既未息，兒童盡東征[3]。請為父老歌，艱難愧深情。歌罷仰天嘆，四座涕縱橫[4]。

【注釋】

1 **"羣雞"四句**：羣雞正在亂叫，客人到來時，它們還打鬥爭吃。把雞趕到樹上，才聽見扣門的聲音。

正：一作"忽"。**柴荊**：猶言"柴門"。四句寫鄰人過訪。

2 **“父老”四句**：父老四五人，因我長時間遠行在外，特來慰問我。他們手中各攜着酒器，倒出了濁酒和清酒。

問：存問，慰問。**傾榼**：斟酒。榼（kē 合），酒器。**濁復清**：濁酒和清酒。四句寫鄰人攜酒存問。

3 **“莫辭”四句**：他們説：“不要因酒味薄而推辭——黍田沒人耕種啊！戰事還未停息，兒郎們都到東邊當兵去了。”

莫辭：不要推辭。一作“苦辭”（再三地説）。**兵革**：代指戰事。**兒童**：長輩對年輕人的稱呼。猶言“孩子”。四句述父老語。

4 **“請為”四句**：讓我為父老們唱歌致意吧：在艱難的日子裏，你們以深情相待，我實在受之有愧啊！唱罷我仰天長嘆，大家都淚水縱橫。

艱難：即指上文所述之事。**深情**：一作“餘情”。**四座**：所有在座的人。**涕**：一作“淚”。四句寫對父老的謝意及對戰亂的感慨。

彭衙行

天寶十五載（756）六月，叛軍攻下潼關以後，杜甫携眷自白水縣避難北走，途經彭衙，沿路艱苦備嘗，狼狽之極；到達同家窪，受到友人孫宰的盛情接待。至德二年（757）閏八月，作者由鳳翔赴鄜州，途中憶起去年情景，便寫了這首詩寄給孫宰，向他表達熱切的謝忱。本詩形象地描繪出一幅戰亂流亡圖，有極強的感染力。

彭衙：本漢彭衙縣故地。在今陝西省白水縣東北六十里的彭衙堡。

憶昔避賊初，北走經險艱。夜深彭衙道，月照白水山[1]。盡室久徒步，逢人多厚顏。參差谷鳥吟，不見遊子還[2]。癡女飢咬我，啼畏虎狼聞。懷中掩其口，反側聲愈嗔。小兒強解事，故索苦李餐[3]。一旬半雷雨，泥濘相攀牽。既無禦雨備，徑滑衣又寒[4]。有時經契闊，竟日數里間。野果充餱糧，卑枝成屋椽[5]。早行石上水，暮宿天邊煙。小留同家窪，欲出蘆子關[6]。故人有孫宰，高義薄曾雲。延客已曛黑，張燈啓重門[7]。煖湯濯我足，剪紙招我魂[8]。從此出妻孥，相視涕闌干。眾雛爛漫睡，喚起霑盤飧[9]。誓將與夫子，永結為弟昆[10]。遂空所坐堂，安居奉我歡。誰肯艱難際，豁達露心肝[11]？別來歲月周，胡羯仍構患。何當有翅翎，飛去墮爾前[12]！

【注釋】

1 **"憶昔"四句**：回想往日初避賊逃難的時候，家人歷盡艱險北行。彭衙道上，夜色深沉，月光照在白水山上。

道：一作"門"。**白水山**：在今陝西省白水縣境。四句點題，領起全篇。

2 **"盡室"四句**：一家人經過長時間步行，十分狼狽困頓，碰到人更是羞慚滿面。只聽見山谷中鳥兒參差錯落地鳴叫，看不到過路旅客的往還。

盡室：舉家。**厚顏**：謂羞慚。《書．五子之歌》："厚顏有忸怩。"孔安國傳："厚顏，色愧。"**參差**（cī 疵）：指鳥兒鳴聲錯雜。**谷鳥吟**：一作"谷鳥鳴"，意同。**遊子還**：旅人往還。前二句寫途中困頓狼狽，後二句寫路途荒涼冷落。

3 **"癡女"六句**：嬌癡的女兒餓得要咬我，聽到虎狼的叫嘯又害怕得哭起來了。我把她摟在懷中，掩住她的嘴，她反側掙扎，哭得愈加厲害。小兒自作聰明，硬要索食苦澀的李子。

虎狼：一作"猛虎"。**嗔**：對人不滿，生人家的氣。**強解事**：不懂事而自以為懂事。兒子大些，知道沒有飯吃，自以為懂事，體諒父母，故要討路旁的苦李來吃。語意飽含悲辛。六句寫孩子飢餓恐懼之狀。

4 **"一旬"四句：**十日裏有五日打雷下雨，道路泥濘，大家互相牽扶着趕路。既沒有雨具，又路滑衣單，寒凍難受。

攀牽：一作"牽攀"。**禦雨備：**雨具。備，設備。**衣又寒：**謂又衣單受寒。四句寫沿途雷雨侵襲的苦況。

5 **"有時"四句：**有時路途特別艱阻難行，從早到晚還走不到幾里路。我們只好把野果充作乾糧，晚上睡在樹下，低枝便當成屋椽了。

經：一作"最"。**契闊：**原義勞苦，此指路途特別難行。**餱糧：**乾糧。**卑枝成屋椽：**意謂把樹當成屋子，在樹下棲宿。四句寫途中食、宿、行三方面的困苦。

6 **"早行"四句：**早晨，踏着砂石涉水而行，晚上露宿在茫茫無際的荒野上。我們在同家窪逗留了一些時候，打算北出蘆子關繼續前進。

石上水：流經岩石砂礫間的溪澗。**天邊煙：**曠野之景。代指茫然無際的曠野。**小留：**少留。稍留。**同家窪：**地名。孫宰居地，當在彭衙、鄜州間。同，一作"固"，一作"周"。**蘆子關：**在今陝西省安塞縣西北，離彭衙很遠，是北通靈武的要道。前二句仍寫旅途跋涉，後二句寫暫住之地和欲往之處。

以上二十六句為一段，回想當日彭衙道上的狼狽艱辛。"小留"句，引出下面一段。

7 **"故人"四句：**我這位老朋友孫宰，真是高義凌雲。把我們請進屋裏時天已昏黑，他把燈點亮，把一層層的門打開。

故人：老朋友。**孫宰：**孫姓。曾當過縣令之類的官，因尊稱為"宰"。或謂"宰"為人名。**薄曾雲：**上接雲天。極言其義之高。薄，逼近。曾，同“層”。**延**：請。**曛**：同“昏”。**重門**：一層層的門。

8 **“煖湯”二句**：他叫家人燒熱水讓我們洗腳，剪紙為我們招魂。
湯：熱水。**剪紙招魂**：古人有剪白紙為旐，貼於門外，替行人招魂壓驚的習俗。

9 **“從此”四句**：這時我們才彼此使妻兒相見，兩家人相看不禁淚水縱橫。不久，孩子們都睡熟了，我喚起他們吃飯菜。
出妻孥：使妻兒出來相見。妻孥，妻子和孩子。古人妻子居於內室，一般不出來會客；只對極好的朋友，才“出妻孥”相見。**闌干**：縱橫貌。**眾雛**：指孩子們。**爛漫**：熟睡貌。**霑**：分得。吃。**盤飧**（sūn 孫）：盛在碗盤中的晚飯。

10 **“誓將”二句**：朋友說：“誓要與先生永遠結為弟兄。”
夫子：孫宰對杜甫的尊稱。**弟昆**：弟兄。兩句述孫宰語。誓結為弟兄之交，可見二人肝膽相照。

11 **“遂空”四句**：於是他空出所坐的廳堂，使我們歡樂地安住下來。誰能像孫宰那樣，在艱難之際胸懷豁達，把真心掏給朋友？
豁達：心懷坦白，待人真率。
以上十六句為一段，回憶當日朋友盛情接待。

12 **“別來”四句**：別來有一年了，安史之禍仍未消除。怎能長上翅膀，飛落在朋友的跟前啊！
歲月周：從去年六月至今，別後一年有餘。**“胡羯（jié 竭）”句**：至德二年（751）正月，安慶緒殺安祿山自立，繼續反唐為患。**何當**：怎能。**翅翎**：翅膀。**爾**：原義為“你”。四句為一段，寫對朋友的想念，並因不能相見而表示遺憾。

義鶻行

作者自言，曾經潏水岸邊，樵夫給他講述了一個鶻殺白蛇以替蒼鷹報仇雪恨的故事。他有感於鶻之義，便寫下了這首詩。本詩寓意於鳥，由鳥及人，讚頌了義士勇於助人的高尚品質。

陰崖二蒼鷹，養子黑柏巔。白蛇登其巢，吞噬恣朝餐[1]。雄飛遠求食，雌者鳴辛酸。力強不可制，黃口無半存[2]。其父從西歸，翻身入長煙。斯須領健鶻，痛憤寄所宣[3]。斗上捩孤影，嗷哮來九天。修鱗脫遠枝，巨顙折老拳[4]。高空得蹭蹬，短草辭蜿蜒。折尾能一掉，飽腸皆已穿。生雖滅眾雛，死亦垂千年[5]。物情有報復，快意貴目前。茲實鷙鳥最，急難心炯然[6]。功成失所往，用舍何其賢[7]！近經潏水湄，此事樵夫傳。飄蕭覺素髮，凜欲衝儒冠[8]。人生許與分，亦在顧盼間。聊為義鶻行，用激壯士肝[9]。

【注釋】

1　**“陰崖”四句**：陰崖上有兩隻蒼鷹，在黑柏樹頂上養育着幼子。白蛇爬上鷹巢，把幼鷹當作早餐恣意吞噬。

陰崖：陽光照不到的山崖。**二蒼鷹**：一作“有蒼鷹”，一作“有二鷹”。**巔**：頂。**恣**：恣意，盡情。四句是故事的開端，寫白蛇吞噬幼鷹。

2　**“雄飛”四句**：雄鷹飛到遠處尋食去了，雌鷹辛酸地哀叫。白蛇兇惡力強不可阻擋，幼鷹存活下來的沒有一半。

黃口：指雛鳥。此指小鷹。**無**：一作“寧”。四句是故事的發展。

3　**“其父”四句**：牠們的父親從西邊歸來，翻身飛入雲霧裏，一會兒領來了健鶻，向牠訴說自己的痛憤。

其父：指雄鷹。**歸**：一作“來”。**長煙**：指大片的雲霧。**斯須**：一會兒。**鶻**（hú 骨）：猛禽之一種。**痛憤**：一作“憤懣”。**所宣**：指雄鷹向鶻宣說的悲憤。四句仍是故事的發展。以上十二句為一段。

4　**“斗上”四句**：那鶻陡然直上雲霄，又陡然翻轉身體，厲聲長鳴，從高空俯衝直下。白蛇從高高的樹上掉下，巨額被鶻強有力的翅膀擊裂了。

斗上：陡然而上。斗，同“陡”。**捩**（liè 麗）：翻轉。**孤影**：指鶻。**噭**（jiào 叫）**哮**：大聲呼叫。**九天**：九重天。指高空。**修鱗**：指蛇身。蛇有鱗而長，故云。修，長。**巨顙**（sǎng 爽）：指巨大的蛇頭。**拆**：裂。**老拳**：指鷹強有力的翅膀。四句是故事的高潮，寫鶻擊白蛇。

5　**“高空”六句**：牠從高空翻跌下來，再也不能在短草間行動了。折斷的尾巴還能甩動一下，飽腸已盡被啄穿。牠生前雖吞食了小鷹，死後卻留下了惡名，世世代代為人們所鄙棄！

蹭（cèng 擤）**蹬**（dèng 鄧）：挫跌。**辭蜿蜒**：不能再蜿蜒爬行。蜿蜒，蛇彎曲行進貌。**掉**：甩動。**垂千年**：垂鑒於後世。意謂這故事可為鑒戒，流傳千載。六句是故事的結局。

6 **"物情" 四句**：按常情說，幹壞事自然要遭到報復，難得的是這麼快就遂了心願。這鶻是猛禽中的佼佼者，牠急人之難，心地是多麼光明磊落啊！

物情：事物的情理。**目前**：馬上。**快意**：謂遂了心願，心滿意足。**茲**：此。指示代詞。指鶻。**鷙**（zhì 至）**鳥最**：猛禽之最。鷙，猛禽。**急難**（去聲）：急人之難，他人有難就急於相救。《詩·小雅·常棣》："兄弟急難。"**炯然**：光明貌。

7 **"功成" 二句**：功成之後牠就消失得無影無蹤，一來一去都顯得不同尋常。

用舍：進退，來去。舍，同"捨"。《論語·述而》："用之則行，舍之則藏。" 此指鶻功成身退，不居功圖報。

以上十六句為一段。

8 **"近經" 四句**：我近日經過潏水岸邊，這件事是樵夫告訴我的。我聽了不由得肅然起敬，只覺得稀疏的白髮直衝帽子。

潏（yù 缺）**水**：在杜陵附近。**湄**：水邊。**飄蕭**：稀疏貌。**素髮**：白髮。**凜**：凜然。此謂凜然起敬。

9 **"人生" 四句**：人生互相許諾的情份，有的也在顧盼之間就表現出來了。我姑且寫下這篇《義鶻行》，用來激勵壯士們的心。

許與：許諾。**分**（去聲）：情份。**顧盼間**：極言時間之短。**肝**：猶言"心肝"。代指思想感情。

以上八句為一段。

這首詩運用擬人手法，記叙故事過程，最後是作者的議論和感慨，寫得生動深刻，發人深省。杜詩中詠物之作頗多，如《畫鶻行》、《古柏行》等均有寄寓，與西崑諸公格調自別。

贈衛八處士

乾元元年（758），杜甫因上疏救房琯，被貶為華州司功參軍。這年冬，詩人赴洛陽，次年春由洛陽回華州住所，途中往探一別廿載的老朋友衛八。

這首詩，生動地記敘了兩人久別重聚的情景，表現了朋友間真率誠摯的感情，是杜集中為人喜愛的名篇。

衛八處士：名籍不詳。或謂指衛賓。八，是兄弟排行次第。處士，隱居不仕的讀書人。

人生不相見，動如參與商。今夕復何夕，共此燈燭光[1]。少壯能幾時，鬢髮各已蒼。訪舊半為鬼，驚呼熱中腸。焉知二十載，重上君子堂[2]。昔別君未婚，男女忽成行。怡然敬父執，問我來何方[3]。問答未及已，驅兒羅酒漿。夜雨剪春韭，新炊間黃粱[4]。主稱會面難，一舉累十觴。十觴亦不醉，感子故意長[5]。明日隔山嶽，世事兩茫茫[6]。

【注釋】

1 **“人生”四句**：人生難得相聚，動不動就像參星和商星一樣，各在天一方。今晚又是什麼時候？我們共對這燈燭光。
動：動輒，動不動。**參與商**：參星和商星。兩星東西相對，相距約一百八十度，此升彼沉，不在地平線上同時出現。**今夕何夕**：亦為表欣喜的慣用語。《詩・唐風・綢繆》：“今夕何夕，見此良人。”今，一作“此”。**共此燈燭光**：一作“共宿此燈光”。

2 **“少壯”六句**：少壯的日子能有多少？我們都已白髮蒼蒼。尋訪故舊，他們半已成鬼，我禁不住要驚呼感嘆。怎知分別二十年，又一次來到你的廳堂。
蒼：灰白色。**舊**：一作“問”。**“驚呼”句**：寫見面時的驚喜。驚呼，一作“嗚呼”。**君子堂**：王粲《公宴詩》：“高會君子堂。”

3 **“昔別”四句**：昔日分別之時，你還沒有成婚，一下子就兒女成行。他們對父親的朋友和悅恭敬，還問我來自何方。
男女：一作“兒女”。**怡然**：和悅、愉快貌。**父執**：父親的好朋友。

4 **“問答”四句**：一問一答還沒有完，你就差兒女擺出酒來。你冒着夜雨剪取春韭，剛燒好的米飯摻着小米。
未及已：一作“乃未已”。**驅兒**：差遣兒女。**羅**：陳設。**間**（jiàn 諫）**黃粱**：摻着小米。間，一作“聞”。

5 **“主稱”四句**：你說見面實在艱難，一口氣敬我酒十觴。喝了十觴我也不醉，感謝你念舊的情意深長。
累：接連。一作“蒙”。**觴**（shāng 傷）：古代酒器，用以喝酒。**十**：一作“百”。**醉**：一作“辭”。**故意**：故人念舊的情意。

6 **“明日”二句**：明天水遠山長，我們又分隔異地，世事茫茫，不知何日再相見。

隔山嶽：為山嶽阻隔。山嶽，當指西嶽華山。

本篇首寫相逢，次寫相敘，結嘆相別，層次清楚，結構完整。有了結尾兩句，在相逢相敘之中，又罩上了慘澹的愁雲，整首詩便更具有感人的力量。

新安吏

題下原注："收京後作。雖收兩京，賊猶充斥。"

至德二年（757）冬，李俶（肅宗長子）、郭子儀、李光弼、王思禮收復兩京，形勢大有轉機。乾元元年（758）冬，郭子儀等九個節度使率兵二十萬圍安慶緒於鄴城。次年春，史思明派援軍至，唐軍終因指揮混亂潰敗。郭子儀等退守河陽，局勢復趨緊張。為應戰事之急，官府四出抽丁，百姓苦不堪言。這時杜甫正好從洛陽回華州住所，沿途見差吏如狼似虎，民不聊生，到處都是紛亂悽慘的景象，便有感而寫下了《新安吏》、《潼關吏》、《石壕吏》、《新婚別》、《垂老別》、《無家別》六篇。六篇為一個組詩，世稱"三吏"、"三別"。

本篇寫征夫訣別的悲痛。

新安：今河南省新安縣。

客行新安道，喧呼聞點兵。借問新安吏，縣小更無丁[1]？府帖昨夜下，次選中男行。中男絕短小，何以守王城[2]？肥男有母送，瘦男獨伶俜。白水暮東流，青山猶哭聲[3]。莫自使眼枯，收汝淚縱橫。眼枯即見骨，天地終無情[4]！我軍取相州，日夕望其平。豈意賊難料，歸軍星散營[5]。就糧近故壘，練卒依舊京。掘壕不到水，牧馬役亦輕[6]。況乃王師順，撫養甚分明。送行勿泣血，僕射如父兄[7]。

【注釋】

1 **“客行”四句**：我途經新安道上，聽見徵兵的嘈雜聲。“借問新安的差吏，這小小的縣中，恐怕再沒有適齡的壯丁吧？”

客行：旅途經過。**點兵**：徵集兵丁。“借問”句，是作者向吏瞭解。

2 **“府帖”四句**：“府裏昨晚發下了徵兵文書，次一等的中男也要挑選出征。”“中男十分矮小，怎能讓他們去守衛王城？”

帖：軍帖，徵兵文書。一作“符”。**昨夜**：一作“昨日”。**中男**：據《舊唐書．食貨志上》：唐高祖武德七年（624）定男女始生為黃，四歲為小，十六為中，二十一為丁，六十為老。到天寶三載（744）又改制：以十八以上為中男，二十三以上為丁。**絕短小**：極矮小。**王城**：指洛陽。

以上八句為一段，點徵兵之事。

3 **“肥男”四句**：肥壯的男丁還有母親相送，瘦弱的男丁只有孤苦伶仃一個人。白水在暮色中向東流去，哭聲還迴蕩在荒山野嶺上。

伶俜（pīng 乒）：孤獨貌。**猶**：一作“聞”。

4 **“莫自”四句**：請收住你們縱橫的淚水，別哭乾你們的眼睛，眼睛乾枯就露出骨頭，人世終究是那樣無情！

即：一作“卻”。四句勸離別的人不要痛哭。

以上八句為一段，寫行者東去，送者悲泣，作者感慨，為全詩渲染悽慘的氣氛。

5 **“我軍”四句**：我軍正把鄴城攻取，希望早晚就可以把守敵鏟平。怎想到賊軍難以預料，我軍戰敗歸來，軍營散亂不堪。

取：一作“至”，一作“收”。**相州**：即鄴城。**星散營**：軍營零落散亂。

6 **“就糧”四句**：你們在舊營附近補給軍糧，練兵就靠着東京。戰壕用不着挖得很深，牧馬的差役也很輕。

就糧：就食。**故壘**：舊營。**“練卒”句**：相州敗後，郭子儀率軍退守洛陽。舊京，指東京洛陽。**牧馬**：一作“看馬”。

7 **“況乃”四句**：更何況王師順應天理，對士兵的撫愛十分周到。送行別哭得那麼悽慘，僕射對待士兵就像父兄對待子弟一樣。

王師順：意謂官軍順乎天理，出師有名。**甚分明**：意説不會隨隨便便。**泣血**：眼睛哭出血來，喻極其悲痛。一作“垂泣”。**僕射**（yè 夜）：指郭子儀。他在至德二年（757）五月為左僕射。

以上十二句為一段，寫作者對送者的寬解。

潼關吏

石壕西行，便是潼關，它是扼守長安的戰略要地。鄴城敗後，洛陽緊急，長安也有再度陷賊的危險。為備萬一，唐軍又在潼關大築工事。

一天，作者路經此地，只見築城關道，上下忙碌，便與督役攀談起來。他希望守將能汲取潼關慘敗、喪師廿萬的沉痛教訓，依險堅守，切勿輕舉妄動。

士卒何草草，築城潼關道。大城鐵不如，小城萬丈餘[1]。借問潼關吏，修關還備胡？要我下馬行，為我指山隅[2]。連雲列戰格，飛鳥不能踰。胡來但自守，豈復憂西都[3]？丈人視要處，窄狹容單車。艱難奮長戟，萬古用一夫[4]。哀哉桃林戰，百萬化為魚！請囑防關將，慎勿學哥舒[5]！

【注釋】

1　**"士卒"四句**：士卒多麼勞苦啊！他們築城在潼關道。大城修得比鐵還要堅固，小城築起萬丈城牆。

草草：勞苦貌。《詩．小雅．巷伯》：“勞人草草。” **“大城”句**：即“鐵城湯池”之意。四句為一段，寫築城。“鐵不如”，言其堅固；“萬丈餘”，言其高聳；極寫潼關之險。

2 **“借問”四句**：我詢問潼關的差吏：“你們修築工事，是不是還要防備胡兵？”潼關的差吏邀我下馬同行，為我指點着山邊説起來。

修關：一作“築城”。**要**（平聲）：同“邀”**山隅**：山巖凸出處。

3 **“連雲”四句**：戰柵排列如雲，連鳥兒也不能飛越。胡兵到來的時候，只要把關自守就行了，哪還用得着擔心長安？

“連雲”句：謂戰柵排列如雲。連雲，形容多密如雲。戰格，用以防禦的戰柵。**但自**：猶言“只要”、“只須”。**西都**：指西京長安。

4 **“丈人”四句**：你老人家看那險要之處，狹窄得僅容一輛車子。自古以來就是這樣，到緊急關頭，一個人拿起武器扼守，一萬個敵人也不能攻破。

丈人：對長者的尊稱。一作“大人”。**要處**：險要的地方。**窄狹**：一作“穿狹”。**單車**：一輛車子。**“艱難”二句**：用晉張載《劍閣銘》“一夫荷戟，萬夫趑趄”語意。艱難，嚴重的時刻，緊急的關頭。**萬古**：自古以來。一作“千古”。以上十二句為一段，寫與潼關吏的對話，強調潼關形勢險要，防守堅固。

5 **“哀哉”四句**：桃林之戰實在可悲，百萬戰士已化為水中之魚！請提醒守關將領，切勿學那個哥舒翰！

桃林戰：靈寶縣以西至潼關一帶稱桃林塞。天寶十五載（756）六月，潼關守將哥舒翰出關迎敵於此。參見《北征》

注 14（頁 185）。**“百萬”句**：哥舒翰大敗，士卒墜黃河，死者無數。“化為魚”，謂溺死。《後漢書・光武帝紀》：“決水灌之，百萬之眾，可使為魚。”**慎勿**：一作“慎莫”。四句為一段，寫作者聽到關吏的話後引起的感慨。杜甫希望潼關守將能汲取哥舒翰戰敗的慘痛教訓，據關固守，慎勿輕舉妄動。

石壕吏

在暮色蒼茫之時，作者途經石壕，向農家借宿。他目睹一幕官差夜中拉伕的慘劇，聽到老婦悲憤的哭訴：

暮投石壕村，有吏夜捉人。老翁踰牆走，老婦出看門[1]。吏呼一何怒，婦啼一何苦[2]！聽婦前致詞："三男鄴城戍。一男附書至，二男新戰死。存者且偷生，死者長已矣[3]！室中更無人，惟有乳下孫。有孫母未去，出入無完裙[4]。老嫗力雖衰，請從吏夜歸，急應河陽役，猶得備晨炊[5]。"夜久語聲絕，如聞泣幽咽。天明登前途，獨與老翁別[6]。

【注釋】

1 **"暮投"四句**：在暮色蒼茫之時，我投宿石壕村，看見有官差夜裏拉伕。老頭越牆逃走，老婦出去看望着門口。

投：投宿。**石壕村**：在陝州陝縣（今河南省陝縣東七十里）。**出看門**：一作"出門看"；一作"出門首"。四句為一段，寫官差拉伕，老翁逃走。

2　**“吏呼”二句**：官差呼喝得多麼兇惡，老婦啼哭得多麼悽苦！

一何：多麼。

3　**“聽婦”六句**：聽見老婦走上前去把話講：三個兒子都在圍攻鄴城的隊伍裏服役。一個兒子捎信回家，說另外兩個兒子剛剛戰死。活着的姑且勉強活下去，死了的就永遠完了！

附書至：捎信回家。至，一作“到”。**存者**：一作“在者”。**且偷生**：一作“是偷生”。**長已矣**：永遠完了。

以上十二句為一段，寫老婦哭訴三個兒子的遭遇。

4　**“室中”四句**：家中再沒有別的人了，只有吃奶的孫子。因為有個孫子，所以媳婦沒有離家——她出入沒有一條完好的裙子。

“有孫”二句：一作“孫母未便去，見吏無完裙。”有孫，一作“孫有”。**出入**：一作“出更”。

5　**“老嫗”四句**：我雖然沒有多少氣力，還是請讓我跟你連夜回軍營，好到河陽去服役。我還可以為戰士準備早飯呢！

老嫗（yù 瘀）：老婦人。老婦自稱。**河陽**：即孟津，是當時激戰之地，在河南省孟縣。**備**：供。**晨炊**：早飯。

以上十六句為一段，寫老婦的哭訴。

6　**“夜久”四句**：夜深了，說話聲沒有了，好像還聽到低微的悲泣。天亮我踏上征途的時候，只跟老頭一個人告別。

泣幽咽：吞聲而哭。**前途**：前路，征途。四句為一段，寫與老翁告別，交代事件的結局，並與首段呼應。“獨”字，說明老婦被捉，飽含作者對老婦一家的同情和對官差的憤激。

新婚別

這是一個新婚女子對征夫的臨別之言。結婚第二天，她丈夫就被徵赴河陽戍守。她先是埋怨、後悔，轉而勉勵丈夫"勿為新婚念，努力事戎行"，最後向丈夫表示自己的忠貞，並希望夫妻永不相忘。

兔絲附蓬麻，引蔓故不長。嫁女與征夫，不如棄路傍[1]。結髮為妻子，席不煖君牀。暮婚晨告別，無乃太匆忙[2]！君行雖不遠，守邊赴河陽。妾身未分明，何以拜姑嫜[3]！父母養我時，日夜令我藏。生女有所歸，雞狗亦得將[4]。君今生死地，沉痛迫中腸。誓欲隨君去，形勢反蒼黃[5]。勿為新婚念，努力事戎行。婦人在軍中，兵氣恐不揚[6]。自嗟貧家女，久致羅襦裳。羅襦不復施，對君洗紅妝[7]。仰視百鳥飛，大小必雙翔。人事多錯迕，與君永相望[8]。

【注釋】

1 **“兔絲”四句**：菟絲子附在蓬麻上，所以藤蔓不能長長地延伸。把閨女嫁給征夫，不如把她遺棄在路旁。

兔絲：即菟絲子。蔓生植物，附在別的植物上生長。古人用以比喻出嫁女子。《古詩十九首》：“與君為新婚，菟絲附女蘿。”附蓬麻，喻沒嫁個好丈夫，得不到好依靠。蓬麻，植物名。長得不高。**引蔓**：藤蔓延伸。**故不長**：一作“固不長”。

2 **“結髮”四句**：我結髮做你的妻子，還未把你的牀蓆睡暖。昨夜成婚，今晨告別，恐怕太匆忙了吧？

結髮：上古女子年十五許嫁時結髮加笄（行笄禮）。**為妻子**：一作“為君妻”。**無乃**：難道不是。

3 **“君行”四句**：你出行雖不算遠，但要到河陽去守邊。我身份還不明確，憑什麼把公婆拜見？

雖不遠：一作“既不遠”。**赴河陽**：一作“戍河陽”。**未分明**：古禮，女嫁三天之後，告廟上墳，謂之成婚；婚禮既明，然後得稱姑嫜。**姑嫜**（zhāng 章）：丈夫的父母，即公婆。以上八句為一段，言暮婚晨別，身份未明之恨。

4 **“父母”四句**：父母養育我的時候，日日夜夜把我藏在家裏。生女終歸要出嫁，是雞是狗也得跟着他。

“日夜”句：古時女子要守“婦道”，躲在閨房中不能外出活動。日夜，一作“月夜”。藏，不外出。**歸**：出嫁。**狗**：一作“犬”。**亦得將**：也得跟隨。即俗語所謂“嫁雞隨雞，嫁狗隨狗”之意。一作“亦相將”。

5 **“君今”四句**：你現在要往死地去，巨大的痛苦煎熬着我。

如果一定要跟隨着你一塊前去，事情反而會弄得很難辦。

“君今”句：一作“君今往死地”。一作“君生往死地”。

隨君去：一作“隨君往”。**蒼黃**：同“倉皇”。

以上八句為一段，言思前想後，愁緒萬端。

6　**“勿為”四句**：不要因為新婚就撇不下，在部隊裏要努力啊！要知道婦人在軍中，恐怕會影響士氣吧！

勿為：一作“勿改”。**事戎行**：參加軍隊，做好工作。

7　**“自嗟”四句**：自嘆我這個貧家女，好久以前你家送來了聘禮，才得到件綢衣裳。從今以後，我就不再穿它了；我還要當着你的面，把脂粉洗光。

致：使到來。**羅襦裳**：絲製的輕軟短衣。**施**：加於……之上，穿在身上。

以上八句為一段，既是對丈夫的勉勵，也是女子的自勉。

8　**“仰視”四句**：擡頭看百鳥飛翔，大的小的都成對成雙。世間人事多不如意，你我要永遠互相想念啊！

人事：一作“人生”。**錯迕**（wǔ 誤）：不如意，不順心。**相望**（平聲）：互相想念。四句為一段，向丈夫表示忠貞，並希望夫妻永遠把對方放在心上。

垂老別

這是一個垂老征夫的自述。他子孫都已陣亡，現在又輪到他上前線了。老妻臨路哭送，同行為之辛酸。他時而自慰；當想到“此去必不歸”，馬上就要“棄絕蓬室居”時，他痛苦得肝肺崩裂。

四郊未寧靜，垂老不得安。子孫陣亡盡，焉用身獨完[1]！投杖出門去，同行為辛酸。幸有牙齒存，所悲骨髓乾。男兒既介冑，長揖別上官[2]。老妻臥路啼，歲暮衣裳單。孰知是死別，且復傷其寒。此去必不歸，還聞勸加餐[3]。土門壁甚堅，杏園度亦難。勢異鄴城下，縱死時猶寬[4]。人生有離合，豈擇衰盛端？憶昔少壯日，遲迴竟長嘆[5]。萬國盡征戍，烽火被岡巒。積屍草木腥，流血川原丹[6]。何鄉為樂土，安敢尚盤桓？棄絕蓬室居，塌然摧肺肝[7]。

【注釋】

1 **“四郊”四句**：京城周圍亂事未息，我在垂老之年也不得安寧。子孫都陣亡了，我為什麼還活下去呢？

郊：王城之外周圍四十里為近郊，百里為遠郊。**垂老**：一作“垂死”。**焉用**：哪用，為什麼要。**完**：完好。指生存下來。四句為一段，寫垂老別家的原因。

2 **“投杖”六句**：我丟棄手杖，出門離去，同行的人都為我辛酸。幸而牙齒還沒有脫盡，所悲的是骨髓早就枯乾。男兒既已穿上戰袍，那就讓我向各位大人行禮告別吧！

投杖：拋棄手杖。**存**：一作“好”。**骨髓乾**：形容精力枯竭。**介冑**：介，甲，古代軍人穿的護身衣。冑，頭盔，古代軍人作戰時戴的帽子。**長揖**：拱手自上至最下行禮。古時介冑之士長揖不拜。**上官**：屬吏對長官的稱呼。此為老人對地方官吏的敬稱。六句為一段，寫出門悲慨而行。

3 **“老妻”六句**：老妻躺在路旁啼哭——年底了，她還穿着單薄的衣裳。誰知道這是生離死別，我還為她衣單受寒而悲憫。我這次離去一定不能回來了，還聽見她勸我努力加餐。

孰：誰。疑問代詞。**傷**：憐憫。寫老翁憐愛老婦。**加餐**：多吃些飯。《古詩十九首》：“棄捐勿復道。努力加餐飯。”六句為一段，寫夫妻訣別之情。

4 **“土門”四句**：土門關城牆很堅固，敵人要從杏園渡河也很困難。這回形勢與鄴城敗退時不相同，縱使難免一死，也還可以再活一些時候。

土門：土門關。當在河陽附近。**杏園**：杏園渡。是黃河靠近杏園的渡口。**勢異**：謂這次是防守，與鄴城之戰的攻城情勢不同。

5　**“人生”四句**：人生有悲歡離合，哪管在老年還是在壯年。回想少壯時與家人離別的情景，那時倒不覺得十分難過，現在竟然徘徊長嘆起來了。

衰盛：指老年和壯年。**遲迴**：徘徊不前。

以上八句為一段，是老人的自我寬慰。

6　**“萬國”四句**：到處都在征戰，烽火燃遍各個山頭。原野上屍骸層疊，血流滿地，草木腥臭，平原都給血染紅了。

萬國：各處。國，區域，地區。**征戍**：一作“東征”。**烽火**：參見《得舍弟消息二首》其一注 3（頁 013）。**被**（pī 披）：覆蓋，遮蔽。

7　**“何鄉”四句**：哪裏是人間樂土？我怎敢還留戀不行？但當想到從此與家庭決絕，我就痛苦得肝肺崩裂！

樂土：《詩・魏風・碩鼠》：“適彼樂土。”樂土，指太平安樂之地。**盤桓**：留戀不進。**塌然**：頹然。形容肺肝摧絕之狀。

以上八句為一段，寫戰爭帶來的災難。

無家別

一個敗陣歸來的征夫，見里巷一空，園廬蕩盡，不勝酸楚。他想獨個兒重理舊業，沒料到縣吏又徵調他到州上服役。這一次他孑然一身，無家可別，只得懷着滿腔的悲憤踏上新的征程。

寂寞天寶後，園廬但蒿藜。我里百餘家，世亂各東西[1]。存者無消息，死者為塵泥。賤子因陣敗，歸來尋舊蹊[2]。久行見空巷，日瘦氣慘悽。但對狐與狸，豎毛怒我啼[3]。四鄰何所有？一二老寡妻[4]。宿鳥戀本枝，安辭且窮棲。方春獨荷鋤，日暮還灌畦[5]。縣吏知我至，召令習鼓鞞[6]。雖從本州役，內顧無所攜。近行止一身，遠去終轉迷[7]。家鄉既盪盡，遠近理亦齊[8]。永痛長病母，五年委溝谿。生我不得力，終身兩酸嘶[9]。人生無家別，何以為蒸黎[10]！

【注釋】

1　**"寂寞"四句**：天寶安史亂後，田舍寂寞，只生野草。我鄉里百餘家，在戰亂中都已各散東西。

天寶後：天寶十四載（755），安史亂起。**園廬**：田園、屋舍。**但**：只。**蒿藜**：艾蒿和藜藿。野草名。**百**：一作"萬"。

2　**"存者"四句**：活着的再也沒有消息，死去的就化作塵泥。我因打了敗仗，尋着舊路歸來。

為：一作"委"。**賤子**：征夫謙稱。**陣敗**：指鄴城之敗。**舊蹊**：舊路。此指故居舊里的路。一作"故蹊"。

以上八句為一段，言戰敗歸來，園廬蕩盡。

3　**"久行"四句**：走了許久，才見到一條空巷，昏暗的日光下一片悽慘。我只與狐狸相對——它們豎起毛來向我怒啼。

空巷：一作"空室"。**日瘦**：日色昏暗無光。**怒我啼**：對我發怒吼叫。

4　**"四鄰"二句**：左鄰右里還有什麼人？只有一兩個年老的寡婦。

5　**"宿鳥"四句**：夜間棲宿的鳥兒，還依戀着原來的樹枝，我又怎忍心辭別而去？我姑且在這裏湊合着過活吧。我要趁着春天獨個兒荷鋤整地，入暮還得挑水灌畦。

安辭：怎能辭去。安，怎；哪。疑問代詞。**且窮棲**：姑且勉強地生活下去。

6　**"縣吏"二句**：縣吏知我回來，召令我參加軍事訓練。

縣吏：一作"縣令"。**鼓鞞**：戰鼓。大者為鼓，小者為鞞。習鼓鞞，猶言習戰。

以上十二句為一段，極寫故里荒涼之狀及才歸又役之苦。

7 **“雖從”四句**：雖是在本州服役，但家裏已沒有什麼人可告別了。近行孑然一身，遠去又前途未卜。

顧：回視。**攜**：離，分別。**迷**：迷惑，不清楚。

8 **“家鄉”二句**：家鄉已一無所有，去近去遠本質還是一樣。

理亦齊：本質也是一樣。

9 **“永痛”四句**：母親長期臥病，死後五年不得安葬，這令我永遠感到悲哀。她生了個沒本事的兒子，母子兩人貧困傷心，抱恨終生。

委溝谿：屍骨委棄於山溝，意謂死而不得安葬。溝谿，溪谷。指野死之處。**酸嘶**：心酸痛哭。

10 **“人生”二句**：人生無家可別，叫我怎麼去做人！

蒸黎：眾人。蒸，眾；黎，平民。

以上十二句為一段，寫無家可別的悲痛。

佳人

本篇在乾元二年（759）秋作於秦州。詩中寫了一個棄婦的不幸與痛苦。她感到人世是那樣惡濁，寧願隱居山中，過着寂寞清貧的日子，也要保持自己的堅貞與高潔。這首詩寄寓了作者的不遇之感。

絕代有佳人，幽居在空谷。自云良家子，零落依草木[1]。關中昔喪亂，兄弟遭殺戮。官高何足論，不得收骨肉[2]。世情惡衰歇，萬事隨轉燭[3]。夫婿輕薄兒，新人美如玉。合昏尚知時，鴛鴦不獨宿。但見新人笑，那聞舊人哭[4]？在山泉水清，出山泉水濁[5]。侍婢賣珠迴，牽蘿補茅屋。摘花不插髮，采柏動盈掬。天寒翠袖薄，日暮倚修竹[6]。

【注釋】

1 **"絕代"四句**：有一個絕世美人，寂寞地隱居在空谷之中。她説自己本是良家女子，如今飄零破落，只得寄身於荒山草野。

絕代：絕世，舉世無雙。指其美貌。李延年《北方有佳人歌》："北方有佳人，絕世而獨立。" 語意本此。**空谷**：一作"山谷"。**草木**：猶言草野，荒谷。與上文"空谷"意同。

2 **"關中" 四句**：昔日官軍在關中遭到失敗，我的兄弟也慘遭殺戮。他身為高官又有什麼用，到頭來連屍骨也收拾不到。

關中：當時潼關以西地方的統稱。**喪亂**：一作"喪敗"。論(平聲)：議；說。

以上八句為一段，寫"佳人"遭亂，零落失依。

3 **"世情" 二句**：一旦衰歇便招人厭惡，那就是人情世俗，萬事真如燭焰隨風擺動，反覆無常！

4 **"夫婿" 六句**：丈夫是個輕薄的傢夥，新娶的人又美麗得像白玉。合歡花還懂得依時開合，鴛鴦從不獨個兒棲宿；他只看見新人歡笑，怎聽見舊人啼哭？

美如玉：一作"已如玉"。**合昏**：又名合歡。即夜合。其花晨舒昏合，故名。**鴛鴦**：水鳥名。據云雌雄成對，形影不離。

以上八句為一段，寫"佳人"遭丈夫遺棄。

5 **"在山" 二句**：泉水在山中才能保持清澈，出山便會變得混濁。

兩句謂"佳人"守貞則清，改節即濁，故甘願長居山中，保持操守。

6 **"侍婢" 六句**：侍婢賣珠歸來，牽過藤蘿修補茅屋。摘花不插在髮上，採柏動輒滿把。天冷了，她衣衫單薄；入夜了，她還倚着修竹……

蘿：藤蘿。**"摘花" 句**：意謂無心修飾。**髮**：一作"鬐"，一作"鬢"。**"采柏" 句**：柏，松柏，象徵堅貞的操守。盈掬，滿把。一作"盈握"。這句寫"佳人"努力自勵。

以上八句為一段，寫“佳人”寂寞堅貞，安貧守節。仇兆鰲云：“采柏，比貞心不改；補茅屋，室之陋也；不插髮，容之憔悴也；翠袖倚竹，寂寞無聊也。”

有人認為：“天寶亂後，當是實有是人。”“佳人”是典型化的人物，不必“實有”。這首詩通過“佳人”這個藝術形象，表現出戰亂中婦女的痛苦，同時也寄託作者的身世之感。

夢李白二首

這兩首詩與《天末懷李白》同時作。李白已在乾元二年（759）春夏間遇赦放還，但杜甫還未聽到這消息，故憂思成夢，醒後有詩。

一

死別已吞聲，生別常惻惻。江南瘴癘地，逐客無消息[1]。故人入我夢，明我長相憶。君今在羅網，何以有羽翼？恐非平生魂，路遠不可測[2]。魂來楓林青，魂返關塞黑。落月滿屋梁，猶疑照顏色。水深波浪闊，無使蛟龍得[3]。

【注釋】

1 **"死別"四句**：死別，就自然無話可說了；生離，卻常常使人悲惻。江南是瘴癘流行之地，你全無消息，不知是生是死。

惻惻：悲苦愁慘。**江南**：潯陽、夜郎均在長江以南。**瘴癘**：南方潮濕、炎熱地區的流行病。**逐客**：被放逐的人。

指李白。一作“遠客”。四句為一段，寫致夢原由，總起全篇。首二句謂李白生死未卜，故生離比死別還要悲苦。

2 **“故人”六句**：老朋友進入我的夢境，是因為知道我常常在思念你。你現在身陷羅網，怎麼能夠自由來去？恐怕這不是你平時的魂魄，因為路途遙遠，是生是死又弄不清楚。

明：明白；知道。**長相憶**：一作“常相憶”。**何以**：一作“何似”。**平生魂**：平時之魂。指生魂。**路遠**：一作“路迷”。六句為一段，寫與李白夢中相見。

3 **“魂來”六句**：你的魂魄從青青的楓樹林那邊飄來，又回到沉沉的關塞上。殘月照遍屋樑，我醒來時見到那慘白的月色，還懷疑是夢中所看到的你的顏容呢！長江洞庭，水深浪闊，你可千萬別讓蛟龍攫取啊！

楓林青：青青的楓樹林。江南景物。《楚辭．招魂》：“湛湛江水兮，上有楓林，目極千里兮傷春心，魂兮歸來哀江南。”一作“楓葉青”。**魂返**：一作“夢返”。**關塞黑**：沉沉的關塞。**滿屋梁**：落月近地平線，故從窗子平射屋樑上。**照顏色**：一作“見顏色。”顏色，指夢中李白的顏容。六句為一段，寫夢後相憶之情。“魂來”二句，設想夢魂往返時沿途的情景。結尾二句，一方面叮囑朋友路上小心，一方面又暗示他在險惡的政治環境中要善於自處，勿為奸邪所害。

二

浮雲終日行，遊子久不至。三夜頻夢君，情

親見君意[1]。告歸常局促，苦道來不易。江湖多風波，舟楫恐失墜。出門搔白首，若負平生志[2]。冠蓋滿京華，斯人獨顦顇[3]！孰云網恢恢？將老身反累。千秋萬歲名，寂寞身後事[4]！

【注釋】

1 **"浮雲"四句**：浮雲終日來去，你卻久不歸來。接連三夜頻頻夢見你，你在夢中是那樣親熱，足見你平日的情誼。
"浮雲"二句：《古詩十九首》："浮雲蔽白日，遊子不復返。"兩語化用此意。四句為一段，言三夜頻夢，點明題意，總領全篇。

2 **"告歸"六句**：告辭時你顯得那樣匆促，再三地說來這裏不容易。長江和洞庭湖風急浪高，舟船不穩，恐有失墜。出門時你搔着白頭，好像辜負了平生的志向。
告歸：告別回去。**局促**：匆促不能久待。**苦道**：再三地說。**多風波**：一作"秋多風"。**若**：一作"苦"。

3 **"冠蓋"二句**：京城裏滿是達官貴人，惟獨你這個人失意！
冠蓋：冠冕、車蓋。代指達官貴人。**斯人**：此人；這人。指李白。**顦顇**：失意貌。二語驚心動魄，為歷代所傳誦。
以上八句為一段，承上寫夢境。"江湖"二句，述李白的話。"出門"二句。寫李白的神態。

4 **"孰云"四句**：誰說天網恢恢？你行將老邁，反而為自身所累。你必定有萬代不朽的名聲，不過那是你寂寞之身死後的事了。

網恢恢：《老子》："天網恢恢，疏而不漏。" 比喻天道無所不在而又公平。恢恢，廣闊無垠的樣子。**將老**：時李白五十九歲。**身**：一作"才"。**寂寞**：指李白晚年的遭遇。四句為一段，寫作者對朋友的深切同情。末二語憤懣悲涼，千古才人，可同聲一哭。

有懷台州鄭十八司戶

鄭十八，即鄭虔，作者之友。長安陷賊時，鄭被叛軍所擄。安祿山命他做水部郎中，他稱病沒有就任。兩京收復後，他被貶為台州司戶參軍。至德二年（757），鄭被貶時杜甫曾有詩送行，次年又有《春深逐客》詩，乾元二年（759）又寫了這一首。當時詩人在秦州，當寫於棄官之後。詩中一方面對鄭的不幸遭遇表示深切的同情，一方面也抒發了自己仕途失意的怨憤。台（tāi）州：治所在浙江省臨海市。

天台隔三江，風浪無晨暮。鄭公縱得歸，老病不識路[1]。昔如水上鷗，今為罝中兔。性命由他人，悲辛但狂顧[2]。山鬼獨一腳，蝮蛇長如樹。呼號傍孤城，歲月誰與度[3]！從來禦魑魅，多為才名誤。夫子嵇阮流，更被時俗惡[4]。海隅微小吏，眼暗髮垂素。鳩杖近青袍，非供折腰具[5]。平生一杯酒，見我故人遇。相望無所成，乾坤莽回互[6]。

【注釋】

1　“天台”四句：天台山隔着三江，日夜風高浪險。鄭公縱能回來，也應是老病不識歸路。

天台：山名。在台州北。此泛指台州地區。**三江**：三條江。所指説法不一，或謂指長江、浙江、曹娥江。一作“江海”。四句為一段，哀鄭歸來無日。

2 **“昔如”四句**：昔日像水上自由的鷗鳥，今日是羅網中的小兔。生命握在別人手中，他滿腹悲辛，只有縱意回望。

水：一作“江”，一作“天”。**今為**：一作“今如”。罝（jū追）：捕兔的網。**“悲辛”句**：屈原《抽思》：“狂顧南行，聊以娛心兮。”杜當用此句意。狂顧，謂放浪而回望。四句謂鄭虔失去自由，受制於人。

3 **“山鬼”四句**：在那裏山鬼只有一隻腳，蝮蛇像樹一樣長。羣魔在孤城邊終夜呼呻——有誰跟他一起度過這艱危的歲月？

山鬼：《述異記》：“山鬼，嶺南所在有之，獨足反踵。”**蝮蛇**：毒蛇之一。四句寫鄭虔所居環境。

以上八句為一段，想像鄭當前的處境：既是自然環境的險惡，也是政治環境的險惡。作者關切之情，溢於言表。

4 **“從來”四句**：從來被貶到荒遠之地的人，多半被自己的才名所誤。先生是嵇康、阮籍一流的人物，就更被時俗所憎惡了。

禦魑魅：抵禦妖怪。這裏指被貶到荒僻之地與野獸為伍的人。《左傳・文公十八年》：“投諸四裔，以禦魑魅。”四裔，四方極遠之地。**多為**：一作“多被”。**夫子**：對男子的敬稱。此指鄭虔。**嵇阮**：嵇康、阮籍。三國魏文學家，為“竹林七賢”中名士。他們個性狷介，曠達不羈，不為時所容。嵇康後被司馬昭所殺，阮籍亦憂憤而終。**更被**：一作“更遭”。

5　**“海隅”四句：**這位海邊的小吏，已是兩眼昏花，鬢髮垂絲了。鳩杖配上青袍，這不是做官的服飾啊！

海隅：海邊。指台州。台州臨東海，故稱。**髮垂素：**垂白髮。與“眼昏”同表示年老。**“鳩杖”句：**一作“黃帽映青袍”。鳩杖，《後漢書．儀禮志》載，民年七十者授玉杖。端有鳩飾，以示敬老。青袍，小官所服。**折腰：**彎腰行禮，指屈身為官。陶淵明有不願為五斗米折腰的故事。

以上八句為一段：前四句，言其以才名招禍；後四句，嘆其屈身小吏。

6　**“平生”四句：**從平生的杯酒往還之中，可見我們的情誼。現在南北相望，彼此一無成就，在莽莽的天地之間，我們都在互相思念。

莽：莽莽，原野廣闊，草木叢生貌。**回互：**四方迴環交互。四句為一段，寫對鄭的懷念，點出主題。以景語作結，有“篇終接混茫”之勢。

浦起龍《讀杜心解》：“起四，痛其隔遠不歸。而曰‘老病迷路’，便見作意。如是，則永無歸日矣。次八句，敘事也。……又次八句，憂危之旨也。言既以才名誤於前，懼其復以放曠招時惡也。”

遣興（三首選一）

本題三首作於乾元二年（759）秋。一天，杜甫乘馬經過秦州古戰場，見悲風浮雲，黃葉飄墜，草纏白骨，滿目蒼涼，於是感慨無限，寫成了這組詩。這裏選的是第一首。

下馬古戰場，四顧但茫然。風悲浮雲去，黃葉墜我前。朽骨穴螻蟻，又為蔓草纏[1]。故老行嘆息，今人尚開邊。漢虜互勝負，封疆不常全。安得廉頗將，三軍同晏眠[2]？

【注釋】

1 **"下馬"六句**：我在古戰場下馬，四望茫然無際，一片荒涼。悲風把白雲吹走，黃葉飄墜在我跟前。朽骨成了螻蟻的巢穴，又被白草纏繞。

墜：一作"墮"。**穴**：以……為穴。用如動詞。六句為一段，寫古戰場的景色氣氛，為下段抒情作準備。

2 **"故老"六句**：故老經過這裏都嘆息不已，現在的人崇尚拓土開邊。朝廷與外族互有勝負，疆界不能保持不變。怎能有廉頗那樣的好將領，使三軍都可以安眠？

故老：年長有德之人。**尚**：崇尚。**漢**：借指唐。**互勝負**：

一作“互失約”。**封**：邊界。**安得**：怎得；怎能有。**廉頗**（pō 棵）：戰國時趙國良將。**三軍晏眠**：意謂軍力強盛，使敵人不敢來犯。六句為一段，寫作者的議論和感慨。

兵車行

關於本篇的歷史背景，一說是進攻南詔，一說是用兵吐蕃。至於哪一説較確當，那是無關重要的。再說，文藝作品往往集中地反映某一社會現象，具有普遍性和典型性，限定它為一某歷史事件而作，恐怕未必妥當。

這首詩寫送別征人的悽慘場面和征夫的怨訴，深刻地揭露唐帝國長年用兵的惡果，表現人民對統治者窮兵黷武的痛恨和斥責。

車轔轔，馬蕭蕭，行人弓箭各在腰[1]。耶孃妻子走相送，塵埃不見咸陽橋[2]。牽衣頓足攔道哭，哭聲直上干雲霄[3]。道旁過者問行人，行人但云點行頻。或從十五北防河，便至四十西營田。去時里正與裹頭，歸來頭白還戍邊[4]。邊庭流血成海水，武皇開邊意未已[5]。君不聞，漢家山東二百州，千村萬落生荊杞！縱有健婦把鋤犁，禾生隴畝無東西[6]。況復秦兵耐苦戰，被驅不異犬與雞[7]。長者雖有問，役夫敢申恨？且如今年冬，未休關西卒。縣官急索租，租稅從何出[8]？信知生男惡，反是生女好；生女猶得嫁比鄰，生男埋沒隨百草[9]！君不見青海頭，古來白骨無人收！新鬼煩冤舊鬼哭，天陰雨濕聲啾啾[10]！

【注釋】

1 **“車轔轔”三句**：戰車轔轔地響啊，戰馬蕭蕭地叫，出征的人各自把弓箭掛在腰上。

轔轔、蕭蕭：象聲詞。前者是車行聲，後者是馬鳴聲。**行人**：行役之人，即征夫。三句寫征夫出發的情景。

2 **“耶孃”二句**：爹孃妻兒走着相送，路上塵埃飛揚，把咸陽橋都遮住了。

耶：同“爺”。**咸陽橋**：舊名便橋。在長安城外咸陽縣西南十里，橫跨渭水。兩句寫行者與送者之眾。

3 **“牽衣”二句**：送別的人牽扯着征夫的衣衫，攔路頓腳痛哭，哭聲直衝雲霄。

攔道：一作“橋道”。**干**：衝；犯。

以上七句為一段，寫咸陽橋附近的送別情景。

4 **“道旁”六句**：過路的人問起征夫，征夫只說徵召過於頻繁：有些人從十五歲起到黃河以北防守，直到四十歲還在西方邊境上屯田；離家時里長替他們裹頭巾，歸來時頭都白了，還得戍守邊疆。

道旁過者：道旁經過的人。杜甫自稱。**點行**：按名冊點名徵召入伍出征。**或**：無定代詞。有些人。**北防河**：在黃河以北防守。**營田**：屯田。古代戍邊士兵，平時種田，戰時打仗，謂之“屯田”。**去**：離開。**里正**：里長。“里正”句，表示征人年紀幼小。與上文“十五”呼應。**還**：一作“猶”。六句謂朝廷徵召頻繁。

5 **“邊庭”二句**：邊境流血成海水，漢武帝開拓邊疆的野心仍不止息。

邊庭：一作“邊亭”。**武皇**：漢武帝。此借指唐玄宗。玄宗好大喜功，中年時屢開邊釁。一作“我皇”。**開邊**：用武力開拓邊土。**意未已**：野心不息。

6 **“君不”四句**：你沒有聽說漢朝山東二百州，千村萬落都長滿了野草？縱使有健壯的婦女去耕種，地裏的莊稼也還是長得亂七八糟的。

漢家：借指唐朝。**山東**：指華山以東之地。**二百州**：唐潼關以東凡七道二百七十州。此指關中以外的廣大地區。**荊杞**：荊棘、枸杞。均為野生植物。**無東西**：沒有行列次序，長勢不好。意謂沒有好收成。四句寫無休止的戰爭造成田園荒蕪。

7 **“況復”二句**：何況關中的戰士能耐苦戰，他們更是像雞狗一樣被驅趕去打仗了。

秦兵：關中的兵。即眼前被徵調的陝西一帶的士兵。兩句謂善戰的秦兵受苦尤烈。

以上十四句為一段，寫戰爭給社會造成巨大的破壞，給百姓帶來巨大的痛苦。

8 **“長者”六句**：你雖有話要問我，我又怎敢申訴自己的怨恨？就如今年冬天，關西兵未停止過徵召。縣官緊急索取租稅，租稅從何而來？

長者：征夫對作者的尊稱。**役夫**：征夫自稱。**且如**：就像。**關西卒**：函谷關以西的士卒。指被徵召的秦兵。一作“隴西卒”。**“縣官”句**：一作“縣官云急索”。六句寫眼前之事，是前面寫的往事的照應與補充。

9 **“信知”四句**：要是果真知道生男是一種禍害，還是生女好；生女還可以嫁給近鄰，生男就只有永遠埋在荒涼的草地裏！

信知：真的知道。**比（去聲）鄰**：近鄰。四句寫因戰爭而造成的反常現象。古代重男輕女，男惡女好是反常現象。**民謠云**：“生男慎勿舉，生女哺用餔。不見長城下，屍骸相撐柱。”

10 **“君不”四句**：你沒見那青海邊上，自古以來戰死者的白骨都無人收拾！聽，新近屈死的鬼在訴説着冤苦，早年的鬼在哭泣，在天陰雨濕的時候，它們啾啾地啼叫。

青海：本屬吐谷渾，唐時被吐蕃侵佔。唐與吐蕃的戰爭常在這裏進行。**聲啾啾**：一作“悲啾啾”。

以上十四句為一段，寫征夫的怨訴。

高都護驄馬行

天寶六載（747），安西副都護高仙芝平小勃律。這一年大食諸部皆降附。天寶八載（749），仙芝入京朝覲。時杜甫正在長安，就高仙芝攜來的西域馬而作是詩。全詩從驄馬着筆，從側面頌揚了它的主人高仙芝勇武善戰的精神，同時也表現出杜甫馳騁疆場、為國立功的強烈願望。

安西都護胡青驄，聲價欻然來向東。此馬臨陣久無敵，與人一心成大功[1]。功成惠養隨所致，飄飄遠自流沙至。雄姿未受伏櫪恩，猛氣猶思戰場利[2]。腕促蹄高如踣鐵，交河幾蹴曾冰裂。五花散作雲滿身，萬里方看汗流血[3]。長安壯兒不敢騎，走過掣電傾城知。青絲絡頭為君老，何由卻出橫門道[4]？

【注釋】

1　“安西”四句：安西都護的西域青驄馬，帶着很高的聲價忽然東來長安。這馬久經戰陣，勇猛無敵，努力要為主人成就偉大的功勳。

青驄：毛色青白相間的馬。**欻**（xū 忽）**然**：忽然。**與人一心**：與人同心。即領會主人的心意。**成大功**：指破少勃律之事。四句為一段，寫驄馬久經戰陣，所向無敵，為人立功。

2　**"功成"四句**：功成後來到主人安置畜養你的地方——你從遠方的沙漠飄然而來，雄姿勃發，不願承受豢養之恩；氣勢凌厲，還思念着重返戰場去贏取新的勝利。

惠養：《論語・公冶長》："其養民也惠。" 此謂良好的養護。**流沙**：泛指西北沙漠地區。**伏櫪**（lì 礫）：謂被人畜養。櫪，馬槽。四句為一段，寫驄馬在厩，不忘戰伐。

3　**"腕促"四句**：你腕節粗短，四蹄高厚，踏地如鐵，多少次把交河的層冰踩裂！你五花毛色如雲般散佈全身，奔馳萬里才見流出汗血。

腕促蹄高：《相馬經》："馬腕欲促，促則健；蹄欲高，高耐險峻。" 腕，一作"踠"。**如踣鐵**：形容馬蹄堅硬。踣（bó 白），踏。**曾**：同"層"。**五花**：馬的毛色。**汗流血**：漢西域大宛產天馬，一名汗血馬。據云汗從前肩髆小孔流出，顏色如血。四句為一段，寫驄馬超羣的形相和精力。

4　**"長安"四句**：長安的健兒也不敢隨便乘騎，你奔馳如掣電，全城皆知。主人用青絲絡頭把你裝扮起來，為着叫你告老退休，為何你卻走出橫門，踏上西歸的道路？

掣（chè 制）：閃電。形容奔馳迅捷。**君**：指驄馬。**何由**：由何，為何，為什麼。**橫門**：長安城北出西頭第一道門叫"橫門"。自橫門渡渭水向西，便是通往西域的路。四句為一段，以感慨作結，與"雄姿"二句呼應，用"老驥伏櫪，志在千里"意。

這首詩把驄馬寫得雄駿絕倫，筆力卓絕，韻格高超。作者通過寫馬，表現了自己的胸襟抱負，是詠物抒懷的典範。浦起龍《讀杜心解》云：“此係有功西域之馬，新隨都護入京者。詩即從此作意……起四，還清來歷，以‘欻然向東’為一詩之根。而說馬帶人，兼表都護矣。‘功成’四句，敘其新到，而擬其格性。‘未伏櫪’、‘猶思戰’，都從新到上摹想出來。‘腕促’四句，寫其骨相，仍就來路生情。‘交河蹴冰’，想在彼地如此也。‘萬里方汗’，歷此長途而不疲也。末四，復就其氣概而推其心志曰：以茲‘掣電’驚人之姿，今則安養退休矣，豈遂忘出建大功哉！又從來路轉一出路，其不作一通套語如此。至其高邁卓絕，不肯低頭傍人，讀者自領。”解釋甚為透徹。

麗人行

本篇寫於天寶十二載（753）春。

楊貴妃的三個姐姐分別被玄宗封為韓國夫人、虢國夫人和秦國夫人。天寶十一載（752），楊國忠通過裙帶關係，爬上了右丞相兼吏部尚書的高位。楊氏兄妹可謂“並承恩澤，勢傾天下”了。史載：“玄宗每幸華清宮，國忠姊妹五家扈從。每家一隊，着一色衣。五家合隊，照映如花，遺鈿墜舃，瑟瑟珠翠，燦爛芳馥於路。”我們再來看看這些貴人們遊宴曲江的情景：

三月三日天氣新，長安水邊多麗人[1]。態濃意遠淑且真，肌理細膩骨肉勻。繡羅衣裳照莫春，蹙金孔雀銀麒麟[2]。頭上何所有？翠微㔩葉垂鬢唇。背後何所見？珠壓腰衱穩稱身[3]。就中雲幕椒房親，賜名大國虢與秦[4]。紫駝之峯出翠釜，水精之盤行素鱗。犀筯厭飫久未下，鸞刀縷切空紛綸[5]。黃門飛鞚不動塵，御廚絡繹送八珍。簫管哀吟感鬼神，賓從雜遝實要津[6]。後來鞍馬何逡巡！當軒下馬入錦茵。楊花雪落覆白蘋，青鳥飛去銜紅巾[7]。炙手可熱勢絕倫，慎莫近前丞相嗔[8]。

【注釋】

1　**“三月”二句**：三月三日天氣晴好，長安的曲江岸邊多美人。
三月三日：上巳日。古人於是日春遊祭祀於水濱，兼有祈福消災和遊賞兩個目的。**長安水邊**：指長安東南的曲江。前人云：“唐開元中都人遊賞於曲江，莫盛於中和上巳節。”

2　**“態濃”四句**：她們姿態濃艷，神情飄逸，舉止嫻靜而端莊。她們肌理細膩，骨肉停勻。用金線銀線繡上孔雀麒麟的羅衣裳，給暮春增添了光彩。
態濃：姿態濃艷。**淑且真**：賢淑而端莊。**骨肉勻**：身材勻稱。**羅**：輕軟而有疏孔的織物。繡羅衣裳，一作“畫羅衣裳”。**照莫春**：與暮春的風光相映照。形容繡羅衣服的華麗生輝。照，一作“朝”。莫，同“暮”。**蹙（cù 促）金**：金線刺繡。

3　**“頭上”四句**：她們頭上有什麼裝飾？翡翠製的盍葉垂掛在鬢邊。在她們背後看到些什麼？綴着珍珠的腰帶妥貼又稱身。
翠微盍（è 鴿）葉：謂翡翠微布於盍葉之上。翠微，一作“翠為”。盍葉，古代婦女鬢飾上的花葉。一作“匌葉”。**鬢唇**：鬢邊。**珠壓腰衱（jié 潔）**：珍珠鑲綴在腰帶上。衱，一作“襻”，一作“枝”。**穩**：妥貼。
以上十句為一段，寫遊春仕女體態之美和服飾之盛。

4　**“就中”二句**：在重重如雲的帳幕裏，是後妃的親屬——她們的封號是虢國夫人與秦國夫人。
就中：當中。**雲幕**：一重重的帳幕。**椒房親**：指後宮的親屬。椒房，漢代皇后的宮室以椒泥塗壁，因稱後宮為椒房。**賜名**：《舊唐書·楊貴妃傳》載，天寶七載（748），封楊貴妃的大姊為韓國夫人，三姊為虢國夫人，八姊為秦國夫人。

5 **"紫駝"四句**：翠色的釜子烹製出駝峯羹，水晶盤傳遞着白色的魚膾。珍貴的餚饌都吃膩了，因而久未下筷——廚房裏真是白忙了一陣子啊！

紫駝之峯：指駝峯羹。為珍貴的食品。峯，一作"珍"。**翠釜**：以翡翠為飾的鍋。**水精盤**：即水晶盤。**素鱗**：白鱗。借代白色的魚。行素鱗，指"行炙"，即傳菜。**犀筯**：以犀牛角製的筷子。**厭飫**（yù 飫）：吃飽。厭，同"饜"。**鸞刀**：刀環有鈴的刀子。鸞，鈴。聲如鸞鳴，故稱。**空紛綸**：白白地忙亂。一作"坐紛綸"。

6 **"黃門"四句**：太監駕着飛快的馬，小心翼翼地不讓塵土飛揚，御廚絡繹不絕地送來了許多珍異的菜式。簫管齊鳴，鬼神感動，賓客隨從多得塞滿了交通要道。

黃門：太監。因居禁中黃門之內，故稱。**飛鞚**：謂飛快地馭馬前進。鞚，馬絡頭。用以馭馬。**絡繹**：一作"絲絡"。**八珍**：許多珍異的菜式。一般把龍肝、鳳髓、豹胎、鯉尾、鴞炙、猩唇、熊掌、酥酪蟬稱為八珍。詩中用作泛指。**簫管**：一作"簫鼓"。**哀吟**：清越高亢的樂聲。**賓從**：賓客、隨從。從，去聲。名詞。**雜遝**（tà 踏）：眾多貌。一作"合遝"。**實要津**：實，用如動詞。充滿，塞滿。要津，交通要道。亦指朝廷中重要職位。詩合用二意，語更精警。以上十句為一段，寫楊氏姊妹烜赫的地位和豪華的飲宴。

7 **"後來"四句**：看，那後到的人按轡徐行，多神氣啊！他在帳前下馬，走進貴婦們鋪着錦褥的帳幕。楊花雪一般地飄落，多得把白蘋都覆蓋了，青鳥銜着掛在樹上的彩帶受驚飛去。

後來：後到的人。作這句的主語。**逡巡**：徐行徘徊之狀。一說，迅疾之狀。見張相《詩詞曲語辭滙釋》。**當軒**：一作"當道"。**入**：一作"立"。**錦茵**：錦褥，錦製的地毯。

8 **"炙手"二句**：真是炙手可熱，權勢絕倫——丞相發怒了，小心別走近他啊！

絕倫：無人可比擬。**丞相**：指楊國忠。**瞋**：生氣。

以上六句為一段，寫楊國忠的驕橫和荒淫無恥。

浦起龍云："起四句提綱，'態濃意遠'、'肌膩肉勻'，先標本色也。'繡羅'一段，陳衣妝之麗。'紫駝'一段，陳廚膳之侈。而秦虢諸姨，卻在兩段中間點出，筆法活變。其束處'賓從'句，又是蒙上拖下之文。末段以國忠壓後作收，而'丞相'字直到煞句點出，冷雋。"

樂遊園歌

天寶十載（751），失意的杜甫獻賦為皇上所賞識，詔試集賢院，後為宰相所忌，以失敗告終。這首詩就寫在這個時候。題下注云："晦日賀蘭楊長史筵醉歌。"作者赴楊長史之筵，此為席後作。

樂遊園：在長安東南郊，亦稱樂遊原，始建於西漢宣帝神爵三年（前59），唐武則天時，太平公主在那裏增建了亭閣，便成為遊賞之地。此地四望寬敞，每逢上巳日及重陽節，士女雲集，車馬填塞，馨香滿路，或登高臨眺，或雅集遊賞，甚是熱鬧。

樂遊古園崒森爽，煙綿碧草萋萋長。公子華筵勢最高，秦川對酒平如掌[1]。長生木瓢示真率，更調鞍馬狂歡賞。青春波浪芙蓉園，白日雷霆夾城仗[2]。閶闔晴開詄蕩蕩，曲江翠幙排銀牓。拂水低回舞袖翻，緣雲清切歌聲上[3]。卻憶年年人醉時，只今未醉已先悲。數莖白髮那拋得，百罰深杯辭不辭[4]？聖朝亦知賤士醜，一物但荷皇天慈。此身飲罷無歸處，獨立蒼茫自詠詩[5]。

【注釋】

1　**“樂遊”四句**：樂遊古園地勢高峻，林木疏朗，四面雲煙繚繞，綠草長得很茂盛。公子的筵席設在最高處，對酒遙望秦川，地平如掌，盡在眼底。

崒（cuì 卒）：高峻。一作“萃”。**森爽**：林木疏朗爽豁。**萋**（qī 妻）**萋**：形容草長得茂盛。**公子**：指楊長史。**華筵**：豐盛美好的筵席。**秦川**：長安正南有秦嶺，嶺根水流為秦川，一名樊川。此泛指關中平原。四句為一段，交代飲宴，並概寫園上所見的自然景物。

2　**“長生”四句**：大家用長生木瓢舀酒痛飲，縱情歡樂，還準備好鞍馬痛痛快快地遊賞。芙蓉園春波浩蕩，夾城儀仗威嚴，如白日雷霆，聲響震天。

長生木瓢：用長生木製的酒瓢。**示**：一作“樂”。**狂**：一作“雄”。**芙蓉園**：一曰芙蓉苑，在曲江西南，園內有芙蓉池，為唐之南苑。**夾城**：開元二十年（732），從大明宮到芙蓉園築夾城，作為皇室遊幸曲江池、芙蓉園的通道。

3　**“閶闔”四句**：打開宮門，裏面又深又廣。曲江池華麗的帳幕，掛着銀飾的匾額。舞袖翻飛，拂水留連；歌聲清亮，直上雲霄。

閶闔：天門。此指宮城正門。**曲江**：曲江池。在樂遊園南。**詄**（dié 秩）**蕩蕩**：深廣貌。古樂府：“天門開，詄蕩蕩。”**翠幙**：華美的帳幕。幙，同“幕”。**銀牓**：銀飾的匾額。

以上八句為一段，寫園中盛況。

4　**“卻憶”四句**：回想起年年遊賞酒醉的情景——如今未醉已

先悲啊！白髮漸生，我怎捨得把酒拋卻？千杯百杯地罰我飲酒，我推辭不推辭？

罰：一作“刻”。**辭不辭**：一作“亦不辭”。四句語意忽變，感慨蒼涼，寫自己勉為歡樂，借酒遣愁。

5 **“聖朝”四句**：朝廷也知道我不才，能得一醉，我該感激皇天的恩典啊！飲罷我沒有個歸宿之處，獨自站在蒼茫的原野上吟詠詩篇。

聖朝：是臣子對朝廷頌揚的話。**亦知賤士醜**：指獻賦為皇上所知。亦，一作“已”。賤士，詩人自稱。**一物**：指酒。**但**：一作“自”。**荷**：感荷，感恩。**慈**：一作“私”。

以上八句為一段，借酒抒懷，表現對獻賦失敗的憤激。“獨立蒼茫”，寫出寂寞孤高。一結餘意無窮。

渼陂行

本詩寫於天寶十三載（754）春。

這是一首紀遊詩，以描繪景物著稱。詩人通過描寫富有特徵性的景物，成功地渲染氣氛，抒寫情懷，做到情和景的高度統一。全詩以遊蹤為線索，敷衍成篇，層次分明，結構綿密。詩中有較濃厚的浪漫主義色彩，這在杜集中是不多見的。

渼陂（bēi 碑）：在長安東南，源出終南山，因水味美得名。陂上為紫閣峯，峯下陂水澄湛，環抱山麓，方廣數里。

岑參兄弟皆好奇，携我遠來遊渼陂。天地黤慘忽異色，波濤萬頃堆琉璃[1]。琉璃汗漫泛舟入，事殊興極憂思集。鼉作鯨吞不復知，惡風白浪何嗟及[2]！主人錦帆相為開，舟子喜甚無氛埃。鳧鷖散亂棹謳發，絲管啁啾空翠來[3]。沉竿續縵深莫測，菱葉荷花淨如拭。宛在中流渤澥清，下歸無極終南黑[4]。半陂以南純浸山，動影裊窕沖融間。船舷暝戛雲際寺，水面月出藍田關[5]。此時驪龍亦吐珠，馮夷擊鼓羣龍趨。湘妃漢女出歌舞，金支翠旗光有無[6]。咫尺但愁雷雨至，蒼茫不曉神靈意。少壯幾時奈老何，向來哀樂何其多[7]！

【注釋】

1　**“岑參”四句**：岑參兄弟都是好奇的人，帶我從遠處來渼陂遊賞。天地霎時間昏黑變色，波濤萬頃像無數堆疊起來的琉璃。

岑參（715－770）：江陵人。盛唐著名詩人。天寶三載（744）進士，後在安西節度使高仙芝幕中掌書記。時在長安，常與杜甫同遊。**黤**（yǎn 掩）**慘**：昏黑。四句為一段，寫未開舟時遙望渼陂所見。

2　**“琉璃”四句**：泛舟而入，見陂水澄澈，像無邊無際的琉璃。因為此行特異，所以興致極高；但忽然又憂懼起來，被豬婆龍鯨吞也不可知；只見惡風掀起了雪白的浪頭，我真是嘆悔莫及。

汗漫：無邊無際。**事殊興極**：經歷少有，興致極高。**鼉**（tuó 駝）：豬婆龍，形似鱷。**作**：起來。**不復知**：不可逆料。**何嗟及**：哪裏還嘆悔得及。《詩・王風・中谷有蓷》：“啜其泣矣，何嗟及矣。”四句為一段，寫入渼陂時的險象及所感。

3　**“主人”四句**：主人為我扯起船帆，空氣潔淨如洗，船夫高興極了。野鴨、水鷗受驚飛散，船夫唱起了棹歌，細碎的樂聲像從碧色的高空傳來。

舟子：船夫。**無氛埃**：指雨過天青，空氣潔淨。**鳧鷖**（fú yī 符衣）：野鴨、水鷗。**棹謳**：棹歌，船夫搖船時唱的歌。**啁啾**：象聲詞。樂聲。因四圍空闊，故樂聲顯得散碎。**空翠**：天空翠色。四句為一段，寫張帆前進時的所見、所聞。

4 **"沉竿"四句**：沉竿續繩也無法測量水到底有多深，菱葉荷花潔淨得像揩抹過一樣。船在澄澈的中流前進，深不見底的水面上映着終南山黝黑的倒影。

縵：絲絃。此指繩子。**渤澥**（xiè 蟹）：指大海。此代指渼陂。**終南黑**：終南山的倒影黑色。四句為一段，寫從水邊泛舟進入中流時的所見。

5 **"半陂"四句**：南邊半陂的水面全浸着山，山影在蕩漾的微波中晃動。當船在昏暗中靠近雲際寺時，篙櫓把船舷碰得戛戛地響；月亮從藍田關徐徐升起，在水面上投下了美妙的影子。

裊窕（niǎo tiǎo 鳥眺）：指山影搖動。**沖融**：水波蕩漾。**瞑**：昏暗。**戛**：象聲詞。篙櫓和船舷碰撞的聲音。**雲際寺**：指雲際山大定寺。**藍田關**：在藍田縣東六十里。即嶢關。四句為一段，寫從中流泛舟移近南岸時的所見。

6 **"此時"四句**：這時月亮和岸上的燈火映入水中，像驪龍吐珠；眾船簫鼓齊鳴，揚帆進發，似馮夷擊鼓，羣龍爭趨。美女唱歌起舞，真像湘妃和漢女出遊渼陂，她們的金枝、翠旗等華飾在月下光輝閃爍。

驪龍：傳説中黑色的龍。**馮**（píng 憑）**夷**：亦稱"冰夷"，傳説中的水仙。**湘妃**：娥皇、女英，傳説中虞舜的兩個妃子。**漢女**：傳説中漢水的仙女。**金支、翠旗**：均指湘妃、漢女的儀飾。金支，金枝。飾於樂器上的流蘇、羽葆等金的支柱。翠旗，翠羽裝飾的旗。四句為一段，寫月影燈光中泛舟所見。

7 **“咫尺”四句**：咫尺間只擔心雷雨又來了——天水蒼茫，真猜不透神靈的意圖啊！人生少壯能有幾時？光陰易逝，人漸衰老，誰也奈何不得。在過去的日子裏，有多少哀樂變化啊！

四句為一段，寫詩人的感慨，總結全篇。

浦起龍云：“紀一遊耳，忽從始而風波，既而天霽，頃刻變遷上，生出一片奇情。便覺憂喜頓移，哀樂內觸，無限曲折。”

醉時歌

詩人原注：“贈廣文館博士鄭虔。” 鄭虔，杜甫在長安的好朋友，能詩畫，天寶九載（750）任國子監廣文館博士。本篇作於天寶十三載（754）春。時詩人已困居長安九年，仕途上一無進展，滿腹牢騷，精神苦悶。詩歌寫兩人失意時藉酒排悶的情景，一氣呵成，如長江大河，奔瀉而下，沉着痛快，格調頗近李白雄放之作。王嗣奭云：“此詩多自道苦情，故以醉歌命題。” 又云：“此篇總屬不平之鳴，無可奈何之詞，非真謂垂名無用，非真謂儒術可廢，亦非真欲孔、跖齊觀，又非真欲同尋醉鄉也。公詠懷詩云：‘沉醉聊自遣，放歌破愁絕’ 即可移作此詩之解。”

諸公袞袞登臺省，廣文先生官獨冷。甲第紛紛厭粱肉，廣文先生飯不足[1]。先生有道出羲皇，先生有才過屈宋。德尊一代常坎軻，名垂萬古知何用[2]！杜陵野客人更嗤，被褐短窄鬢如絲。日糴太倉五升米，時赴鄭老同襟期[3]。得錢即相覓，沽酒不復疑。忘形到爾汝，痛飲真吾師[4]。清夜沉沉動春酌，燈前細雨簷花落。但覺高歌有鬼神，焉知餓死填溝壑[5]？相如逸才親滌器，子雲識字終投閣[6]。先生早賦歸去來，石田茅屋荒蒼苔。儒術於我何有哉！孔丘盜跖俱塵埃。不須聞此意慘愴，生前相遇且銜杯[7]。

【注釋】

1　**"諸公"四句**：諸公一個接一個地身居要職，惟獨廣文先生當着個冷官。他們紛紛佔着頭等住宅，吃飽了精美的飯菜；廣文先生你卻食不果腹。

袞袞：接連眾多貌。原意如此。其後"袞袞諸公"含有對大人物們的貶義。**臺省**：泛指清要之職。臺，指御史臺。一作"華"。省，指中書省、尚書省、門下省三省，均為朝廷的重要政治機關。**廣文先生**：指鄭虔。時任廣文館博士，人稱"鄭廣文"。**冷**：清閑、冷淡。冷官，指不重要的、俸祿低微的官職。**甲第**：漢代賜權貴住宅，有甲、乙次第。甲第為封侯者的住宅。此泛指顯貴之家。**厭**：同"饜"。飽足。**粱肉**：指精美的膳食。四句以對比手法，寫鄭虔失意貧困。

2　**"先生"四句**：先生有道高出伏羲之上，先生有才勝過屈、宋。你品德高尚，為一代所尊，卻很不得意，名垂萬古又有什麼用？

出：超出，高出。**羲皇**：伏羲氏。古代傳說中的君主。據說他造文字，教民漁牧。**屈宋**：屈原和宋玉。**德尊一代**：道德為當世所尊。**坎軻**：同"坎坷"。四句言鄭虔懷才不遇。以上八句為一段，寫鄭虔的不幸遭遇。

3　**“杜陵”四句**：我這個杜陵野老，更是為人們所嗤笑。披着又短又窄的粗布衣，兩鬢白如銀絲。每天糴五升太倉米，度着窮苦的日子。時常赴鄭老的筵席，知己相聚，互吐心曲。

杜陵野老：杜甫自稱。參見《自京赴奉先縣詠懷五百字》注 1（頁 167）。**更**：一作“見”。**被褐**（pī hè 披喝）：意謂沒有一官半職。被，同“披”。褐，粗布衣。貧民所服。**糴**（dí 笛）：買入米糧。**太倉米**：天寶十二載（753）八月，長安霖雨，米價暴升，朝廷出太倉米十萬石出售。故買太倉米意味着是接受賑濟的窮人。**同襟期**：彼此投契相得。襟期，懷抱。襟，一作“衾”。四句寫自己窮愁潦倒。

4　**“得錢”四句**：我們有錢就互相尋訪，買酒痛飲，全不管別的什麼。我們得意忘形，你我相稱——只要開懷暢飲，就可尊以為師。

不復疑：不再考慮什麼。**忘形到爾汝**：謂得意忘形到不拘禮節的地步。爾汝，不客氣的第二人稱。**真吾師**：意謂確實值得我們效法。或謂吾師指鄭虔，誤。真，一作“直”。四句述彼此痛飲忘形，寫出兩人親密無間的關係。

以上八句為一段。

5　**“清夜”四句**：在沉沉的春夜，我們燈前對酒，屋外細雨綿綿，簷邊的花兒紛紛飄墜。我們放聲高歌，只覺得鬼神為此出現，哪知道會餓死在溝壑之中？

酌：斟酒。**簷花**：屋簷邊的花。一説簷水在燈光映照下落如銀花，非。簷，一作“燈”。**有鬼神**：謂鬼神受感動而出現。**填溝壑**：意謂死無葬身之地。溝壑，溪谷。引申指野死之處。《荀子・榮辱》：“是其所以不免於凍餓，操瓢囊為溝壑中瘠者也。”

6 **“相如”二句：**才華超卓的司馬相如，也要親自洗滌酒器；多識奇字的揚雄，最終也不免跳樓，險些喪生。

相如滌器：司馬相如，漢代賦家，曾與妻子卓文君在臨邛開設酒店。文君賣酒，相如親自洗滌酒器。**逸才：**超出一般的才能。**子雲投閣：**揚雄，字子雲，漢代辭賦家，博學，多識奇字。他因弟子劉棻被王莽治罪而受株連。一天，他在天祿閣校書，知使者來捕，便從閣上跳下，險些送命。

以上六句為一段，寫兩人春夜對酒盡興。

7 **“先生”六句：**先生還是及早棄官歸去吧，你家鄉的薄田茅舍已荒蕪冷落，長滿蒼苔了！儒術對於我們又有什麼用呢——孔丘、盜跖都早已化為塵土！聽見這些話你不必悽慘悲愴，我們趁生前相聚，姑且銜杯痛飲吧！

賦歸去來：晉代詩人陶淵明為彭澤令，不願為五斗米折腰，解官歸家作《歸去來辭》，有句云：“歸去來兮，田園將蕪胡不歸！”即下文“石田”句所自。**石田：**薄田。貧瘠的田地。《易林》：“石田無稼，苦費功力。”**盜跖：**傳説中春秋時代著名的大盜。**銜杯：**喝酒。六句為一段，強作達觀之辭。滿腹牢騷，憤懣不平，卻又無計可施，惟有借酒遣懷了。

奉先劉少府新畫山水障歌

這是一首詠山水畫的詩。詩人並不只是告訴我們這幅畫畫了些什麼，也不是隨便讚賞一番就了事；而是從畫的氣韻骨法入手，以畫法為詩法，通過描寫、比喻、誇張和聯想，把我們引進了畫的境界。

劉少府，劉單。《文苑精華》收錄是詩，下注云：“奉先尉劉單宅作。” 少府，縣尉的尊稱。天寶十三載（754）秋，關中久雨饑荒。杜甫養不起家，便把妻子送到奉先（今陝西省蒲城縣）暫住。本詩當作於此時。山水障：畫着山水風景的屏障。設於廳堂臥室，為間隔之用。

堂上不合生楓樹，怪底江山起煙霧。聞君掃卻赤縣圖，乘興遣畫滄洲趣[1]。畫師亦無數，好手不可遇。對此融心神，知君重毫素[2]。豈但祁岳與鄭虔，筆迹遠過楊契丹[3]。得非玄圃裂？無乃瀟湘翻？悄然坐我天姥下，耳邊已似聞清猿[4]。反思前夜風雨急，乃是蒲城鬼神入。元氣淋漓障猶濕，真宰上訴天應泣[5]。野亭春還雜花遠，漁翁暝踏孤舟立。滄浪水深青溟闊，欹岸側島秋毫末。不見湘妃鼓瑟時，至今斑竹臨江活[6]。劉侯天機精，愛畫入骨髓。自有兩兒郎，揮灑亦莫比[7]。大兒聰明到，能添老樹巔崖裏。小兒心孔開，貌得山僧及童子[8]。若耶溪，雲門寺，吾獨胡為在泥滓？青鞋布襪從此始[9]。

【注釋】

1 **“堂上”四句**：堂上本不該生長楓樹的啊，看，煙霧從這山水中冉冉升起，真使我驚奇！聽説你先畫了幅地理圖，乘興再畫了這幅表現隱者情趣的山水畫。

堂上：一作“堂中”。**不合**：不該。**“怪底”句**：怪底，驚怪，疑怪。江山，指畫中山水。一作“山川”。起煙霧，接“楓樹”意，謂樹能生煙也。此句橫空而起，楊萬里稱之為“驚人句”。**掃卻**：畫就，畫好了。掃，用筆揮灑。指繪畫。**赤縣圖**：此為地圖的泛稱，不是全國地圖。赤縣，中國古稱。**滄洲趣**：隱者的情趣。滄洲，水濱之地，隱者所居。四句為一段，讚美畫境逼真，點題，總起全篇。

2 **“畫師”四句**：畫師亦可謂夠多了，好手卻很難遇到。我全神貫注地看着這幅畫，把心神都融進畫中境界了——我知道你是注重繪畫藝術的。

毫素：毛筆、白絹。此指繪畫藝術。

3 **“豈但”二句**：你的繪畫技巧豈只高於祁岳與鄭虔，還遠遠超過楊契丹呢！

祁岳：詩人同時代的名畫家。朱景玄《唐朝名畫錄》載其名。**鄭虔**：《新唐書．文藝傳》：“鄭虔善圖山水，好書，嘗自寫其詩並畫以獻帝，大署其尾曰‘鄭虔三絕’。”**楊契丹**：隋代名畫家。《後畫錄》：“隋參軍楊契丹六法頗該，殊豐骨氣。”

以上六句為一段，讚劉少府畫技高超。

4 **“得非”四句**：這畫中的山，莫非是縣圃坼裂而成？這畫中的水，恐怕是瀟湘翻倒而流至吧？我彷彿悄然坐在天姥山下，耳邊像聽見猿猴淒清的啼叫。

得非：不就是；豈不是。**玄圃**：神話中崑崙山之巔，神仙居地。《淮南子·墬形訓》：“昆侖之丘或上倍之，是謂涼風之山，登之而不死；或上倍之，是謂玄圃，登之乃靈。”**無乃**：恐怕；只怕。**瀟湘**：二水名。在今湖南省境。**天姥**（mǔ 母）：山名。在今浙江省天台縣西，近臨剡溪，是浙東名山。杜甫曾遊此，因由畫中山水想到舊遊。**清猿**：指猿猴淒清的啼叫。四句設想奇特，極寫畫的逼真，如從真山真水中分割出來。

5 **“反思”四句**：忽想起前夜風急雨驟，原來是鬼神進入了奉先城。這畫元氣淋漓，屏障還濕。在這巧奪天工的藝術作品面前，真主也因妒忌而上訴，上天也該淚如雨下啊！

反思：翻思；回想。**乃**：一作“恐”。**蒲城**：奉先的舊名。唐睿宗葬於蒲城橋陵，因改名奉先。一作“滿城”。**元氣淋漓**：猶言真氣磅礴，生氣蓬勃。元氣，天地陰陽二氣渾沌未分的狀態。此泛指天地之氣。**真宰**：真主。

以上八句為一段，極言畫中山水的神奇。

6 **“野亭”六句**：春回大地，野亭邊雜花開遍；落日黃昏，漁翁獨立在孤舟之上。水色青蒼，如大海般無邊無際；斜岸與側島細緻入微，秋毫可辨。難道看不見湘妃鼓瑟的情景？她們的血淚染成的斑竹，至今還臨江長着呢！

春還：春天來到。**滄浪**（láng 郎）：青蒼的水色。《孟子·離婁》："滄浪之水清兮，可以濯我纓；滄浪之水濁兮，可以濯我足。"後因以"滄浪"指隱者所居之處。**青溟**：指海。**欹岸**：傾斜的岸。**側島**：在水旁之島。側，指不在水中央。**不見**：古詩常用語。猶言"豈不見"。**湘妃**：參見《渼陂行》注 6（頁 254）。**鼓瑟**：彈奏瑟。《楚辭·遠遊》"使湘靈鼓瑟兮"。湘靈，即湘妃。**斑竹**：神話傳説，舜死於蒼梧，二妃啼，竹盡斑。故名湘妃竹。六句為一段，細寫畫中山水景物。

7 **"劉侯"四句**：劉侯是個絕頂聰明的人，愛畫愛得入骨髓。他有兩個兒子，畫技也很超卓。

劉侯：指劉單。侯，對男子的尊稱。猶言"公"、"君"等。**天機**：天才、靈性。**揮灑**：揮筆灑墨，言縱筆作畫。**莫比**：無人可比。

8 **"大兒"四句**：大兒子靈機一動，能在山巔崖壁上添畫幾株老樹。小兒子心竅一開，能維妙維肖地畫出山僧和童子。

聰明到：聰明極了。到，至，極。**心孔**：心竅，心眼。**貌**：即"描"。描畫，摹寫。

以上八句為一段，由劉少府推及他的兩個兒子。

9 **"若耶"四句**：若耶溪、雲門寺是好地方啊！我為什麼要獨個兒在塵世之中？讓我從此穿着青鞋布襪，追求山水名勝吧！

若耶溪：在今浙江省紹興縣南二十里若耶山下。**雲門寺**：在若耶溪畔，風景清幽。**泥滓**（zǐ 子）：泥濁。指汙濁的人世。**胡為**：一作"何為"。**青鞋布襪**：為山林隱者所穿。四句為一段，由畫而產生托身世外的思想。

悲陳陶

至德元年（756）十月，宰相房琯自請帶兵收復長安。他把新召來的義軍分為三路：楊希文率南軍，自宜壽入；李光進率北軍，自武功入；他與劉悊率中軍，為前鋒。中軍、北軍與安守義相遇，大敗。隨後，他又帶領南軍與叛軍接戰，又敗。《通鑒·唐紀三十五》：“琯效古法，用車戰，以牛車二千乘，馬、步夾之。賊順風鼓噪，牛皆震駭，賊縱火焚之，人畜大亂。官軍死傷者四萬餘人，存者數千人而已。”當時杜甫正陷長安中，聞官軍慘敗，又目睹敵人勝後驕橫得意之狀，痛不自勝，便寫下了這首詩。

陳陶：即陳陶斜，一作“陳濤斜”，又名陶澤。在今陝西省咸陽縣東。

孟冬十郡良家子，血作陳陶澤中水。野曠天清無戰聲，四萬義軍同日死[1]。羣胡歸來雪洗箭，仍唱夷歌飲都市[2]。都人迴面向北啼，日夜更望官軍至[3]。

【注釋】

1　“孟冬”四句：初冬十月，十郡的良家子弟，他們的血與陳陶澤中的水相混。曠野茫茫，天色慘澹，戰場一片死寂，四萬義軍都在這一天戰死了。

孟冬：冬季的頭一個月。即十月。**十郡**：指西北十郡。在今陝西省一帶。四句寫義軍覆沒。

2 **"羣胡"二句**：胡兵歸來，用雪洗去兵器上的血迹，他們還唱着夷歌，在長安市面上狂飲。

羣胡：安祿山為胡人，部將士卒也多是胡人，故稱。**雪**：一作"血"。**箭**：此代指各種兵器。**仍唱**：一作"撚箭"。兩句寫戰後叛軍的驕橫得意。

3 **"都人"二句**：京城裏的人都轉過面來，向着北邊啼哭，日夜盼望官軍回來。

迴面：轉過面來。**向北啼**：時肅宗進駐長安西北之彭原。《通鑒·唐紀三十四》："（民間）相傳太子北收兵來取長安，日夜望之……賊望見北方塵起，輒驚欲走。"**"日夜"句**：一作"前後官軍苦如此"。兩句寫長安人民盼望官軍回來的心情。

哀江頭

本篇與《春望》同時作。

長安朱雀街東流水縈迴之處，就是曲江，江頭指的就是這個地方。曲江在秦為宜春苑，在漢為樂遊園，唐開元年間經過疏鑿營建，成為玄宗、貴妃常常遊幸之所。

肅宗至德二年（757）三月，杜甫避開長安叛軍的耳目，潛行至曲江。他想起昔日玄宗、貴妃“霓旌下南苑”的氣派和貴妃專寵驕奢的情景，想起安史作亂、長安陷落、玄宗出走和馬嵬驛的悲劇，他還想到國家的危難、人民的疾苦和個人的不幸。他愁思翻湧，悲不可遏。詩歌以敘事為主體，先寫目前所見，再倒敘一筆，又折回目前，波瀾起伏。中間一段描寫細膩，與上、下文硬筆成鮮明對比，極為老健。

少陵野老吞聲哭，春日潛行曲江曲。江頭宮殿鎖千門，細柳新蒲為誰綠[1]？憶昔霓旌下南苑，苑中萬物生顏色。昭陽殿裏第一人，同輦隨君侍君側[2]。輦前才人帶弓箭，白馬嚼齧黃金勒。翻身向天仰射雲，一笑正墜雙飛翼[3]。明眸皓齒今何在？血污遊魂歸不得！清渭東流劍閣深，去住彼此無消息[4]。人生有情淚沾臆，江草江花豈終極[5]？黃昏胡騎塵滿城，欲往城南望城北[6]。

【注釋】

1　**“少陵”四句**：春天，我這個少陵原上的老農夫，潛行到曲江幽僻的角落，痛苦地、低聲地啜泣着。江邊宮殿千門緊鎖——細柳新蒲到底為誰長得那樣碧綠？

少陵野老：詩人自稱。參見《自京赴奉先縣詠懷五百字》注 1（頁 167）。少陵，漢宣帝許后的葬地。在今陝西省長安縣，杜陵東南十餘里。杜甫自稱杜陵野老，也稱少陵野老。**潛行**：偷偷地行，秘密地走到外邊。四句為一段，言春色依舊，人事全非。

2　**“憶昔”四句**：回想往日皇上臨幸芙蓉苑的時候，苑中萬物為之增添顏色。後宮“第一夫人”隨皇上同車到達，侍候在他身邊。

霓旌：天子儀仗中的彩旗。《高唐賦》：“霓為旌，翠為蓋。”此代指皇帝。**南苑**：即芙蓉苑。在曲江南邊，故名。**“昭陽”句**：原指漢成帝后趙飛燕，此借指楊貴妃。李白有“宮中誰第一？飛燕在昭陽”句，指的也是楊貴妃。**輦**（niǎn 連陽上聲）：皇帝乘坐的車子。

3　**“輦前”四句**：宮中女官帶着弓箭，神氣地走在御車前面，高大的白馬嚼嚙着黃金銜勒。只見那女官轉身向着雲天仰射，飛鳥中箭墜落，惹得貴妃開顏一笑。

才人：宮中女官。《百官志》：“內宮才人七人，正四品。”

皇帝出獵，扈從的女官騎馬挾弓箭。一作“詞人”。**嚼**：一作“嘸”。**齧**（niè 嚙）：咬。**黃金勒**：以黃金為飾的馬絡頭。**天**：一作“空”。

以上八句為一段，追憶楊貴妃遊芙蓉苑的盛況。

4 **“明眸”四句**：絕代佳人如今到哪裏去了？她已身遭慘死，遊魂不得歸來！清清的渭水東流，劍閣路途遙遠，玄宗與貴妃生死相隔，兩無消息。

明眸皓齒：形容美人。此指楊貴妃。**血污遊魂**：指楊貴妃慘死馬嵬驛事。《國史補》：“玄宗幸蜀，至馬嵬驛，縊貴妃於佛堂梨樹之前。”《舊唐書．楊貴妃傳》：“及潼關失守，從幸至馬嵬，禁軍大將陳玄禮密啓太子，誅國忠父子。既而四軍不散。玄宗遣力士宣問，對曰：‘賊本尚在。’蓋指貴妃也。力士復奏，帝……與妃訣，遂縊死於佛室。時年三十八，瘞於驛西道側。”**清渭**：渭水。流經嵬馬驛，因指貴妃縊死處。按《詩．邶風．柏舟》有“涇以渭濁”一語，後人誤解其意，以為渭水清而涇水濁。近人經實地調查，證實渭水濁而涇水清。杜甫亦沿此誤。

5 **“人生”二句**：人生有情，睹景傷懷不由得淚濕衣襟；而江水自流，江花自艷，春色年年依舊，永無窮盡。

臆：胸。**豈終極**：哪裏有窮盡之時。

6 **“黃昏”二句**：黃昏時胡騎揚起了滿城的塵土，我本想到城南，卻向城北走去。

望城北：猶言向城北。一作“忘城北”，一作“忘南北”。

以上八句為一段，以感慨點明中心，收束全詩。

全詩從曲江景物入手，通過楊貴妃盛衰遭際的變化，寄託詩人的家國之思。國破家亡的悲痛，流注全篇，撼人肺腑。浦起龍認為這首詩“接三百（《詩經》三百篇），冠千古”。亦有人把它與《長恨歌》相比，認為篇幅遠較《長恨歌》短，卻收到與《長恨歌》同樣的藝術效果。

戲題王宰畫山水圖歌

詩人原注：“王宰畫丹青絕倫。”王宰：四川人，杜甫同時代的畫家，喜畫蜀中山水。張彥遠《歷代名畫記》説他“多畫蜀山，玲瓏嵌空，巉嵯巧峭”；朱景玄《唐朝名畫錄》認為他的山水畫“可躋於妙上品”。本詩用誇張的筆法，讚美王宰精湛的畫藝。末二語尤為人所稱道。

十日畫一水，五日畫一石。能事不受相促迫，王宰始肯留真迹[1]。壯哉崑崙方壺圖，挂君高堂之素壁[2]。巴陵洞庭日本東，赤岸水與銀河通，中有雲氣隨飛龍[3]。舟人漁子入浦溆，山木盡亞洪濤風[4]。尤工遠勢古莫比，咫尺應須論萬里[5]。焉得并州快剪刀，剪取吳松半江水[6]。

【注釋】

1 **“十日”四句**：十日畫一道流水，五日畫一塊山石。要不受人催促，王宰才肯下筆作畫，發揮他的所長。

能事：所擅長之事。**迫**：一作“逼”。四句寫王宰作畫嚴肅認真，要醞釀成熟，才從容着筆。

2　**“壯哉”二句**：他的山水畫掛在高堂潔白的牆壁上，氣勢多麼雄壯啊！

崑崙：我國西北地區的大山，亦是古代神話傳説中的仙山。**方壺**：神話傳説中東海三仙山之一。壺，一作“丈”。**君**：指王宰。兩句寫王宰所畫的山水奇偉壯麗。

以上六句為一段。

3　**“巴陵”三句**：畫上的江水西起巴陵洞庭，東至日本東面的大海。江海岸邊水勢浩渺，彷彿與銀河相通。中間雲氣翻騰，好像隨神龍飛動。

巴陵：山名。在今湖南省岳陽縣境，下臨洞庭湖。**日本東**：日本東面的海。**赤岸**：郭璞《江賦》：“鼓洪濤於赤岸。”李善注：“赤岸在廣陵興縣。”即今揚州。這裏泛指江海的岸。赤，一作“南”。**“中有”句**：語本《莊子・逍遙遊》：“藐姑射之山，有神人居焉……乘雲氣，御飛龍，而遊乎四海之外。”又，《易・乾》：“雲從龍，風從虎。”

4　**“舟人”二句**：船夫漁人把船划到岸邊，風濤激蕩，山中的樹木盡為偃伏。

浦漵（xù 敘）：水邊。**亞**：傾斜，低伏。一作“帶”。**洪濤風**：吹起巨大波濤的風。

以上五句為一段。

5　**“尤工”二句**：王宰尤工於描畫山水遠景，古人都比不上他。他在咫尺的篇幅中，繪出江山萬里的氣象。

咫尺：指極短的距離。咫，周尺八寸。**論**：讀平聲。看作。一作“千”，一作“行”。

6　**“焉得”二句**：怎樣才能得到幷州的快剪刀，把這吳淞的半江水剪得歸去啊！

焉得：怎能得到。**幷州**：古十二州之一。州治在今山西省太原市，以產剪刀著稱。**"剪取"句**：謂自己喜愛王宰的畫，恨不得帶回家去細細賞玩。晉朝索靖見顧愷之的畫，讚賞說："恨不帶幷州快剪刀來，剪松江半幅練紋歸去。"此用其意。或謂此讚嘆畫境逼真，如將真山水剪到畫中，誤。取，語氣助詞。表動作的進行。吳松，一作"吳淞"。即吳淞江，一名吳陵江，又名松江。在今江蘇省東南和上海市境。

以上四句為一段。

茅屋為秋風所破歌

本篇作於上元二年（761）秋。一場大風襲擊了浣花溪畔的草堂，把屋頂的茅草捲去了。接着是秋霖夜雨，天寒屋漏，無處安身，詩人一家的處境十分狼狽。他推己及人，聯想起天下無數像自己一樣困苦的“寒士”，寫成此詩，表達了對民眾疾苦的關切之情。

八月秋高風怒號，卷我屋上三重茅。茅飛渡江灑江郊，高者掛罥長林梢，下者飄轉沉塘坳[1]。南村羣童欺我老無力，忍能對面為盜賊。公然抱茅入竹去，唇焦口燥呼不得。歸來倚杖自嘆息[2]。俄頃風定雲墨色，秋天漠漠向昏黑。布衾多年冷似鐵，嬌兒惡臥踏裏裂[3]。牀頭屋漏無乾處，雨腳如麻未斷絕。自經喪亂少睡眠，長夜沾濕何由徹[4]！安得廣廈千萬間，大庇天下寒士俱歡顏，風雨不動安如山[5]。嗚呼！何時眼前突兀見此屋？吾廬獨破受凍死亦足[6]！

【注釋】

1 **“八月”五句**：八月高秋，狂風怒號，捲走了我屋上的幾重茅草。茅草隨風亂飛，飛過江那邊去，散落在江邊的郊野上：高的掛在樹林的樹梢上；低的在地面飄旋，沉到窪地的水中去。

秋高：即高秋。秋天。**號**（háo 豪）：怒叫。形容風聲的狂暴。**三重**：猶言幾重。三，言其多，非實指。**掛罥**（juàn 眷）：掛結。**灑**：散落。一作“滿”。**塘坳**：積水窪地。一作“堂坳”。五句為一段，寫風捲茅飛。

2 **“南村”五句**：南村的孩子們欺負我年老無力，竟忍心這樣當面作盜賊。他們公然抱起茅草跑到竹林裏去，我呼喊得唇焦口燥也沒有效果，只好回家倚着手杖獨自嘆息。

忍能：忍心這樣。能，唐人口語，猶言“如此”。**對面**：當面。**為**：作，做。**竹**：指竹林。**呼不得**：喝止不住。五句為一段，寫頑童惡作劇，抱茅入竹林中。

3 **“俄頃”四句**：霎時風定雲黑，深秋的天空，灰濛濛地將近昏黑了。布被用了多年，又髒又硬，冷似鐵板，嬌兒睡態不好，把被裏子都蹬破了。

俄頃：霎時。**秋天**：秋日的天空。**漠漠**：陰沉、灰濛濛的樣子。**向**：將近。**布衾**：大被。**惡臥**：睡態不好。

4 **“牀頭”四句**：茅屋漏雨，牀頭盡濕；雨腳如麻，不停地下着。自從經歷戰亂以來，就很少睡得着覺。長夜沾濕，如何挨到天亮！

牀頭：一作“牀牀”。**雨腳**：雨下到地面稱“雨腳”。**喪亂**：指安史之亂。**少睡眠**：意謂憂慮國事，夜不能寐。杜詩中屢屢提到失眠之事，如《宿江邊閣》詩："不眠憂戰伐，無力正乾坤。"或乾脆以"不寐"為詩題。**何由徹**：如何挨到天亮。

以上八句為一段，寫屋漏苦況。

5 **"安得"三句**：怎能有千萬間寬敞的房屋，庇護着天下所有貧寒的人，讓他們都喜笑顏開，風雨不動，安穩如山？

安得：怎得，怎能有。**庇**：遮蓋，保護。

6 **"嗚呼"二句**：唉，這樣的房屋什麼時候才高高地聳立在我面前？那時，即使我茅屋獨破，受凍而死，也是心甘情願的。

突兀：高聳貌。**見**：同"現"。

以上五句為一段，寫"大庇天下寒士"的理想。

全篇先寫風捲茅飛，次寫羣童抱茅，繼寫屋漏苦況，結尾由己及人，脈絡清楚，結構完整謹密。詩中"大庇天下寒士"的理想，對後世詩人產生過深遠的影響，這首詩也因此為人們所喜愛。

冬狩行

本篇作於廣德元年（763），時杜甫在梓州。是年七月吐蕃入侵，十月攻至長安，代宗出奔陝州，國家又一次陷入危難之中。冬天，梓州刺史兼東川留後章彝舉行了一次規模盛大的狩獵。這首詩借描寫打獵場面，規勸章彝為國出力，以護王室。詩中寫冬獵的盛大場面，有聲有色。語似褒而實貶，似頌而實諷。篇終見意，沉痛至骨。

冬狩（shòu 獸）：古時君主春獵曰"蒐"，夏獵曰"苗"，秋獵曰"獮"，冬獵曰"狩"。

君不見東川節度兵馬雄，校獵亦似觀成功。夜發猛士三千人，清晨合圍步驟同[1]。禽獸已斃十七八，殺聲落日迴蒼穹。幕前生致九青兕，馲駝礨峞垂玄熊[2]。東西南北百里間，髣髴蹴踏寒山空[3]。有鳥名鸜鵒，力不能高飛逐走蓬，肉味不足登鼎俎，胡為見羈虞羅中[4]？春蒐冬狩侯得用，使君五馬一馬驄。況今攝行大將權，號令頗有前賢風[5]。飄然時危一老翁，十年厭見旌旗紅。喜君士卒甚整肅，為我迴轡擒西戎[6]。草中狐兔盡何益？天子不在咸陽宮[7]。朝廷雖無幽王禍，得不哀痛塵再蒙！嗚呼，得不哀痛塵再蒙[8]！

【注釋】

1 **“君不”四句**：你不見東川節度使兵馬雄壯，校獵也像凱旋奏功啊！猛士三千星夜出發，清晨合圍，步調相同。

君不見：古詩常用語，以引起下文。君，非實有所指。**東川節度**：指章彝。**校獵**：用木柵擋獸打獵。校，木柵欄。**觀成功**：凱旋奏捷。**步驟同**：步調相同，行動一致。四句為一段，概寫冬狩軍容，陣勢嚴整盛大。

2 **“禽獸”四句**：禽獸已殺得差不多了，殺聲震天，西天的落日也為之回轉。幕前擺滿了活捉來的犀牛，高高的駱駝背上垂掛着黑熊。

“殺聲”句：語本《淮南子·覽冥訓》，魯陽與敵人作戰，戰酣日落。魯陽揮戈，使太陽又回轉到高空。本詩以此形容章彝狩獵的聲勢。穹，蒼天。**生致**：活捉來。**九**：泛言其多。**青兕**（sì 自）：古代犀牛的一種，獨角，皮青。**馲**（tuō 托）**駝**：即駱駝。**䃬嵬**（lěi wéi 呂危）：高大貌。**垂**：懸掛。**玄熊**：黑熊。

3 **“東西”二句**：狩獵的猛士縱橫馳驟，彷彿要把東南西北方圓百里的山野獵取一空。

蹴（cù 促）**踏**：踐踏。**寒山空**：形容禽獸皆盡，寒山一空。

4 **“有鳥”四句**：有種鳥名叫鸛鴿，體小力弱，甚至不能高飛追逐飄蓬。肉味不美，不足以供祭祀，為什麼也被捕獲在羅網之中？

鸜鵒（qú yù 渠玉）：也作"鴝鵒"，俗名八哥，鳥的一種。**走蓬**：飛蓬。**鼎俎**（zǔ 左）：古代烹煮和盛祭品的器物。**見羈**：被羈留。**虞羅**：羅網。虞，古代掌管山澤的官。羅，捕鳥的網。

以上十句為一段，具體描述冬狩的盛況。

5 **"春蒐"四句**：春蒐冬狩諸侯得同樣舉行，你身為刺史，又兼任侍御史之職，況且現在你還代行大將的職權，發號施令頗有古代大將的風度呢！

"春蒐"句：據《周禮》，春蒐、冬狩本是天子的事。後來諸侯也得同樣舉行。侯，諸侯。章彝為州刺史，地位與諸侯相當，故稱。一作"候"。**五馬一馬驄**：謂章彝身兼侍御史之職。五馬，東漢太守用五馬駕車。一馬驄，後漢桓典為侍御史，常騎驄馬（葱白色的馬），人稱"驄馬御史"。**攝行大將權**：章彝又是代行大將職權的留後（義同"留守"，是節度使的代理官）。攝行，代行。**前賢**：指古代的大將。**風**：風度，威風。四句為一段，言章彝位高權大。表面是讚美，實際是諷刺他行為僭越，不守古禮。

6 **"飄然"四句**：我這個在艱危時局中到處飄零、孑然一身的老頭，十年以來早已厭倦戰事，甚至怕看到紅紅的旌旗了。如今見你軍容整肅，我很是高興，請為我馳馬奔赴西北戰場，擒敵報國吧！

旌旗紅：唐代節度使用紅色的旌旗。這裏也暗喻戰事。**迴轡**：掉轉馬頭，即回馬。**西戎**：指吐蕃。

7 **"草中"二句**：草莽中的狐兔有什麼好處？天子已不在長安宮中了。

天子：指唐代宗。**咸陽**：在長安西北，借指長安。

8 **“朝廷”三句**：皇上雖未遭到周幽王那樣的災難，但已繼玄宗之後，又一次離宮出奔了，這怎能不令人哀痛！唉，這怎能不令人哀痛啊！

幽王禍：周幽王被犬戎殺死於驪山之下。**得不**：能不，怎能不。**塵再蒙**：再次蒙塵。安史之亂時，玄宗奔蜀；吐蕃入侵，代宗奔陝。故云。蒙塵，參見《北征》注 24（頁 188）。

以上九句為一段，勸章彝回馬擒敵，為國出力。

全詩目的在於諷諫，但以敘事為主，敘事為諷諫作準備，敘事中隱含諷諫，最後才明白地說出詩人的用意。

丹青引贈曹將軍霸

這首詩記述了曹霸的家世和遭際，讚揚了他高超的畫技，同時對他戰亂後的落泊生涯表示深切的同情。詩中寄寓着詩人盛衰興廢的感慨。

曹霸：據《歷代名畫記》卷九，乃曹操曾孫曹髦之後，唐代名畫家。開元中成名，善畫馬和人物。天寶末，常應詔寫御馬、功臣，官至左武衛將軍。丹青：丹砂和青雘，古代用以繪畫的紅綠顏料，後借代繪畫。引：詩體名。亦是曲調的一種。

將軍魏武之子孫，於今為庶為清門。英雄割據雖已矣，文采風流今尚存[1]。學書初學衛夫人，但恨無過王右軍。丹青不知老將至，富貴於我如浮雲[2]。開元之中常引見，承恩數上南薰殿。淩煙功臣少顏色，將軍下筆開生面[3]。良相頭上進賢冠，猛將腰間大羽箭。褒公鄂公毛髮動，英姿颯爽猶酣戰[4]。先帝御馬玉花驄，畫工如山貌不同。是日牽來赤墀下，迥立閶闔生長風[5]。詔謂將軍拂絹素，意匠慘澹經營中。須臾九重真龍出，一洗萬古凡馬空[6]。玉花卻在御榻上，榻上庭前屹相向。至尊含笑催賜金，圉人太僕皆惆悵[7]。弟子韓幹早入室，亦能畫馬窮殊相。幹惟畫肉不畫骨，忍使驊騮氣凋喪[8]。將軍畫善蓋有神，偶逢佳士亦寫真。即今漂泊干戈際，屢貌尋常行路人[9]。途窮反遭俗眼白，世上未有如公貧。但看古來盛名下，終日坎壈纏其身[10]。

【注釋】

1 **"將軍" 四句**：將軍是魏武帝曹操的子孫，現在成為寒素的平民了。當年魏武帝割據的霸業雖已成為歷史的陳迹，但他的文采風流至今還留存在後人身上。

魏武：魏武帝曹操。**庶**：平民，百姓。**清門**：寒門。寒素的門第。**英雄割據**：指曹操割據中原的英雄業迹。**雖**：一作"皆"。**文采**：文藝方面的才華。**風流**：流風餘韻。曹操工詩，曹霸善畫。**今**：一作"猶"。

2 **"學書" 四句**：你先是學習衞夫人的書法，只恨不能超過王右軍。你潛心作畫，不知時光消逝，富貴對於你有如浮雲。

衞夫人：衞鑠，字茂漪，東晉汝陰太守李矩之妻，著名女書法家。王羲之曾從她學書。**無**：一作"未"。**王右軍**：即王羲之。東晉傑出的書法家，曾官右軍將軍。**不知老將至**：《論語．述而》："其為人也，發憤忘食，樂以忘憂，不知老之將至云爾。"**"富貴" 句**：亦出《論語．述而》："不義而富且貴，於我如浮雲。”

以上八句為一段，寫曹霸的家世和擅長之處。

3　**“開元”四句**：開元年間，你常被引見皇上，承蒙皇上恩寵，幾次登上南薰殿。凌煙閣上功臣的畫像已經顏色暗淡了，你下筆揮毫，別開生面。

中：一作“年”。**南薰殿**：唐長安南內興慶宮的內殿。**凌煙功臣**：唐貞觀十七年（643），畫功臣長孫無忌、杜如晦、魏徵等二十四人像於凌煙閣。閣在西內三清殿側。**少顏色**：顏色暗淡。**開生面**：別開生面。謂重新摹畫，畫像一新。

4　**“良相”四句**：良相頭上戴着進賢冠，猛將腰間掛着大羽箭。褒公、鄂公畫得毛髮生動，他們英姿爽颯，就像要跟敵人酣戰。

進賢冠：原為儒者所戴，唐為百官朝見天子的一種禮帽。**大羽箭**：指四羽長竿大箭。**褒公、鄂公**：褒國公段志玄（凌煙功臣中列第十）、鄂國公尉遲敬德（凌煙功臣中列第七），均為著名大將。**颯爽**：一作“颯颯”。**猶**：一作“來”。

以上八句為一段，寫曹霸善畫人物肖像。

5　**“先帝”四句**：先帝的御馬玉花驄，眾多的畫工都畫不像。那天牽到丹墀下，它在宮門昂首卓立，風神駿偉。

先帝：指玄宗。**御**：一作“天”。**玉花驄**：駿馬名。產於西域。**如山**：謂畫工之眾。**貌不同**：畫不像。貌，用如動詞。摹描。**赤墀**：宮廷內紅色的臺階。**迥立**：昂首卓立。迥，一作“敻”。

6　**“詔謂”四句**：皇上命令你在白絹上揮毫描畫，你慘淡經營，刻意構思。一會兒真龍就出現在宮中，它使萬古以來的凡馬都相形失色，如同無物。

詔：皇帝的命令。**拂素絹**：在白絹上揮毫描畫。**意匠**：構思佈局。**慘澹經營**：謂描畫之刻意艱苦。**斯須**：一會兒。**九重**：宮門九重。此代指皇宮。**真龍**：真馬。龍，喻駿馬。《周禮・夏官》："馬八尺以上為龍。"**凡馬**：普通的馬。**空**：猶言不復存在。

以上八句為一段，寫曹霸應詔畫御馬。

7 **"玉花"四句**：放在御榻上的畫中馬栩栩如生——玉花驄倒登上了御榻！御榻上的畫中馬，與丹墀下的真馬屹立相向，真是難分真假。皇上含笑催人快快賞賜，圉人太僕都驚嘆不已。

卻：倒；反。馬本不該上榻，但玉花驄在御榻上，故言"卻"。此句與"堂上不合生楓樹"寫法相似。**屹相向**：屹立相向。**至尊**：指皇帝。**圉人**：宮中養馬官。**太僕**：宮中掌車馬的官。**惆悵**：嘆息。

8 **"弟子"四句**：韓幹是你最早的入室弟子，畫馬也能窮盡各種形相；可是他只畫肉不畫骨，忍心使名馬顯得垂頭喪氣。

入室：《論語・先進》載，孔子謂子路"升堂矣，未入於室也。"後稱最得師傳的學生為"入室弟子"。**窮殊相**：窮盡各種形相。相，一作"狀"。**畫肉不畫骨**：杜甫《房兵曹胡馬》有"鋒稜瘦骨成"句，他認為以瘦骨畫馬為好，畫肥了會喪失馬的神氣。

以上八句為一段，寫曹霸善畫馬。以韓幹作襯托，益顯曹霸的功力高超。

9 **"將軍"四句**：你的畫總是畫得那麼好，那麼傳神，碰到品行端好的人，你也偶然給他畫張肖像。如今你飄泊於戰亂之時，常常為尋常的路人畫像。

畫善：一作"善畫"。畫，一作"盡"。善，一作"妙"。**偶**：一作"必"。**佳士**：品行端好之士。**寫真**：肖像畫。**"屢貌"句**：貌，同"描"。意説曹霸此時不得不以賣畫為活。寫其落泊的情況。

10 **"途窮"四句**：你在窮途末路之中反受俗人輕視，世上沒有誰像你那樣貧困啊！自古有才能負盛名的人，往往窮愁潦倒，失意終生。

眼白：白眼。瞧不起。參見《短歌行贈王郎司直》注 4（頁 294）。**坎壈**（lǎn 凜）：困頓不得意。

以上八句為一段，寫曹霸今日之落泊失意。

古柏行

本篇詠孔明廟前的古柏，寫於大曆元年（766），時杜甫在夔州。詩首段詠夔州諸葛亮廟前古柏，次以成都先主武侯兩廟古柏作陪襯，最後以感嘆作結，表現了詩人壯志未酬、懷才不遇的怨憤。

孔明廟前有老柏，柯如青銅根如石。霜皮溜雨四十圍，黛色參天二千尺[1]。雲來氣接巫峽長，月出寒通雪山白。君臣已與時際會，樹木猶為人愛惜[2]。憶昨路繞錦亭東，先主武侯同閟宮。崔嵬枝幹郊原古，窈窕丹青戶牖空[3]。落落盤踞雖得地，冥冥孤高多烈風。扶持自是神明力，正直元因造化功[4]。大廈如傾要梁棟，萬牛迴首丘山重。不露文章世已驚，未辭剪伐誰能送[5]？苦心豈免容螻蟻，香葉終經宿鸞鳳。志士幽人莫怨嗟，古來材大難為用[6]！

【注釋】

1 **"孔明"四句**：孔明廟前有株老柏，樹枝蒼老，色如青銅，樹根堅硬得像石。它皮色蒼白潤澤，樹幹粗大得幾十人才能合抱；樹葉青黑，直插雲天，足有二千尺高。

廟前：一作"廟階"。**霜皮**：一作"蒼皮"。**溜雨**：謂潤澤。雨，一作"水"。**黛色**：青黑色。

2 **"雲來"四句**：它雲氣繚繞，近接長長的巫峽；月出樹巔，遠通白皚皚的雪山。劉備孔明生逢其時，幹了一番事業；他們雖已杳然長逝，但廟前的古柏因此還為人們愛惜。

月出：一作"日出"。**君臣**：指劉備、孔明。**際會**：遇合。**"樹木"句**：意説劉備、孔明仍為後人景仰懷念。**氣接、寒通**：極言古柏高大，氣勢雄偉。

以上八句為一段，寫夔州孔明廟前古柏，是詠古柏的正文：前四句寫實，後四句詠嘆。

3 **"憶昨"四句**：想起當日路過錦亭東邊，見先主和武侯的祠廟連在一起。廟前古柏枝幹高高矗立，成都郊原顯得古色古香；祠廟深邃，四壁畫滿了漆繪，裏面空無一人。

錦亭：成都錦江亭。一作"錦城"。**同閟（bì 秘）宮**：成都先主廟、武侯祠連在一起，故云。閟宮，指祠廟。**崔嵬**：高大貌。**窈窕**：深遠貌。**丹青**：指廟內的漆繪。**戶牖空**：謂祠廟內空無一人。

4 **"落落"四句**：夔州古柏雖傲然獨立，得佔廟前之地；但地勢高危，不免招來烈風的侵襲。它所以能巍然長存，固然是靠神明扶持——但它生來正直堅強，這是自然化育之功啊！

落落：獨立不羣貌。**冥冥**：指天。**造化功**：上天化育之功。

以上八句為一段，以成都古柏作為陪襯，突出夔州古柏。浦起龍《讀杜心解》："中段，追昔撫今，以彼形此，文勢搖擺。當依朱注四成都、四本地看。朱言：成都廟柏，在郊原平地，故可久存。若此之盤踞高山，而烈風莫撼者，誠得於神明造化之功耳。愚按：須如此說，下文才好接連。"

5 **"大廈"四句**：大廈傾倒要棟樑支撐，它重如丘山，連萬牛也拉不動而回顧不前。它樸實無華，不以美麗的外表炫耀，但已使世人驚嘆；它不辭剪伐，卻又有誰能把它運到廊廟之中？

不露文章：謂古柏樸實無華，不以花葉之美炫耀於世。**未辭剪伐**：不因剪伐而推辭，不怕剪伐。

6 **"苦心"四句**：它支撐大廈的一片苦心，難免要為螻蟻所侵，然而它的芬芳終究為鸞鳳所喜。志士幽人們請不要嘆息悲怨啊！自古以來，大材就難為人們所用。

宿鸞鳳：為鸞鳳所棲宿。**幽人**：隱士。**怨嗟**：指發牢騷。莫怨嗟，正是怨嗟之意。

以上八句為一段，寫詩人的感慨。浦云："末段，因詠古柏，顯出自負氣概，暗與'君臣際會'反對。'不露文章'，寫得身份高。'未辭剪伐'，寫得意思曲。言本不炫俗，而英采自露；並非絕俗，而扶進自難。'容螻蟻'，媒孽何傷；'宿鸞鳳'，德輝交映。俱為'志士幽人'寫照。結語一吐本旨，而'材大'兩字，仍與'古柏'雙關。"分析頗為精當。

觀公孫大娘弟子舞劍器行 并序

在這首詩中，詩人從公孫大娘師徒精湛的舞藝寫起，由公孫大娘念及明皇往事，抒發了家國盛衰和自身落泊的感慨。詩的主題與《江南逢李龜年》相彷彿。

大曆二年十月十九日，夔州別駕元持宅，見臨潁李十二娘舞劍器，壯其蔚跂；問其所師，曰："余公孫大娘弟子也。"開元三載，余尚童稚，記於郾城觀公孫氏舞劍器渾脫，瀏灕頓挫，獨出冠時。自高頭宜春、梨園二伎坊內人，洎外供奉舞女，曉是舞者，聖文神武皇帝初，公孫一人而已。玉貌錦衣，況余白首，今茲弟子，亦匪盛顏。既辯其由來，知波瀾莫二。撫事慷慨，聊為《劍器行》。昔者吳人張旭，善草書書帖，數嘗於鄴縣見公孫大娘舞西河劍器，自此草書長進，豪蕩感激，即公孫可知矣。

《明皇雜錄》載，安祿山獻白玉簫管數百事，陳於梨園。諸公主及虢國以下，競為貴妃弟子。時公孫大娘能為《鄰里曲》及《裴將軍滿堂勢》、《西河劍器》、《渾脫舞》，妍妙皆冠絕於時。這個開元年間的著名舞蹈家，直到晚唐還為詩人們所讚頌。如司空圖《劍器》：“樓下公孫昔擅場，空教女子愛軍裝。”

劍器：古代健舞（分健舞、軟舞兩類）名。舞者戎裝執劍，表現出戰鬥的姿態。別駕：州官的佐吏。元持：人名。生平不詳。持，一作“特”。臨潁：唐縣名。故地在今河南省臨潁縣西北。蔚跂（qí 其）：雄渾豪放貌。開元三載：公元 715 年，時杜甫年僅四歲。三載，一作“五載”。郾（yǎn 演）城：今河南省郾城縣。在臨潁南。渾脫：健舞名。由胡舞演變而來，舞態雄壯。瀏灕：形容舞態活潑、合拍。獨出冠時：出類拔萃，為當時第一。高頭：《教坊記》：“妓女入宜春院，謂之內人，亦曰前頭人。”高頭，即“前頭人”，亦即常在皇帝跟前的人。宜春、梨園二伎坊：開元二年（714），置教坊於蓬萊宮側，玄宗親教法曲，學者稱梨園弟子；又命宮女數百人，居宜春院，亦稱梨園弟子。內人：宮中人，宮女。洎：及。外供奉：在教坊以外的男女伎人。舞女：一無“舞女”二字。聖文神武皇帝：唐玄宗尊號。匪：非。盛顏：喻年青。波瀾莫二：意謂一脈相承。昔：一作“往”。張旭：唐名書家，善草書。鄴縣：故城在今河南省臨漳縣西。鄴，一作“葉”。西河劍器：劍器舞的一種。說法不一。感激：生動奮發。

昔有佳人公孫氏，一舞劍器動四方。觀者如山色阻喪，天地為之久低昂[1]。爧如羿射九日落，矯如羣帝驂龍翔。來如雷霆收震怒，罷如江海凝清光[2]。絳唇珠袖兩寂寞，晚有弟子傳芬芳。臨潁美人在白帝，妙舞此曲神揚揚[3]。與余問答既有以，感時撫事增惋傷[4]。先帝侍女八千人，公孫劍器初第一。五十年間似反掌，風塵澒洞昏王室[5]。梨園弟子散如煙，女樂餘姿映寒日[6]。金粟堆南木已拱，瞿唐石城草蕭瑟。玳筵急管曲復終，樂極哀來月東出[7]。老夫不知其所往，足繭荒山轉愁疾[8]。

【注釋】

1 **"昔有"四句**：從前有個美人姓公孫，一跳起劍器舞來就驚動四方。觀眾如山，驚駭失色，天地也好像為之上下動搖。**色沮喪**：謂驚駭失色。阻，同沮。**低昂**：一起一伏。此謂天地驚動。

2 **"爧如"四句**：劍光閃爍，像后羿射落九個太陽；舞姿矯捷，如羣仙駕龍飛翔。起舞時動作迅猛，似雷霆因震怒而轟擊；結束時劍影陡滅，如江海波光乍息。

爧（huò 霍）：同"矐"。明貌。**羿**（yì 毅）**射九日**：古代神話：堯時十日並出，堯令羿射落九日。**矯**：矯捷。**羣帝**：羣仙，羣神。**驂龍翔**：駕龍飛翔。**來**：開始，起舞。一作"末"。**收震怒**：或謂為"抶震怒"之誤。揚雄《羽獵賦》："神抶雷擊。"顏師古注："言所抶擊如鬼神雷霆也。"抶，擊；撻。

以上八句為一段，寫公孫大娘雄奇妙曼的舞姿。

3　**“絳脣”四句**：她的容顏和舞姿都已寂然長逝，幸好晚年有個弟子能傳她的舞技。臨潁美人在白帝城，樂曲聲中舞姿曼妙，神采飛揚。

絳脣、珠袖：代指美麗的容顏和美妙的舞姿。**寂寞**：意謂消逝。**晚**：一作“脫”，一作“況”。**芬芳**：喻公孫大娘的高超舞技。**臨潁美人**：指李十二娘。**白帝**：白帝城。**神揚揚**：神采飛揚。

4　**“與余”二句**：她與我問答是有原由的。我們感念時局，緬懷往事，平添了哀傷之情。

有以：有原由。**惋傷**：淒涼悲傷。

以上六句為一段，言見李十二娘起舞而傷感。

5　**“先帝”四句**：先帝有侍女八千人，公孫大娘的劍器舞本就名列第一。五十年間輕易地過去了，安史之亂戰塵浩蕩，把朝廷弄得天昏地暗。

先帝：指玄宗。一作“先皇”。**初**：始；本。**五十年間**：自開元五年（717）至此（767），正好五十年。**似反掌**：喻光陰易逝。**澒洞**：浩然無際貌。

6　**“梨園”二句**：梨園弟子早已煙消雲散，李十二娘也姿容衰謝了。

女樂：指李十二娘。**餘姿**：殘留的風姿。即序云“亦匪盛顏”之意。**映寒日**：時在十月十九日，故云。以喻李十二娘的晚景淒涼暗淡，亦暗示公孫大娘的舞技瀕臨絕境。

以上六句為一段，寫家國盛衰之嘆。

7　**“金粟”四句**：金粟山南唐玄宗的墓樹已長得很高大了，瞿塘峽邊的白帝城正草木蕭瑟！華盛的筵席和急促的樂聲結束了，樂極悲來，月亮正從東方漸漸露出。

金粟堆：指金粟山唐玄宗的陵墓。金粟山，在今陝西省蒲城縣東北。**木已拱**：樹木已長得很大。拱，合抱。《左傳·僖公三十二年》："爾墓之木已拱矣。"**瞿唐石城**：指白帝城。以其近瞿塘峽，故云。**草**：一作"暮"。**玳筵**：形容華美的筵席。指元持宅的盛宴。玳，玳瑁。**急管**：繁劇的樂聲。管，管樂。

8 **"老夫"二句**：我四顧茫然，不知所往，足生厚繭，徘徊荒山，愁思無窮。

愁疾：愁病；愁苦。一作"愁寂"。

以上六句為一段，寫席後的感嘆。

短歌行贈王郎司直

大曆三年（768）春，杜甫攜家自夔州出三峽至江陵，後移居公安（在江陵南）。他的年青朋友王郎赴蜀，在席中酒酣起舞哀歌，杜甫即席賦詩相贈。他感嘆自己年已老大，時不再來，只能把希望寄託在朋友身上，對王郎的前途表示關切，希望能幫助他施展奇才。詩歌奇氣橫溢，如脫兔奔丸，流走勁疾。詩分兩段，段各五句，體製獨特，對韓愈、黃庭堅的創作都有影響。

短歌行：樂府舊題，有《長歌行》、《短歌行》之分。郎：古代對年青男子的美稱。司直：官名。

王郎酒酣拔劍斫地歌莫哀！我能拔爾抑塞磊落之奇才[1]。豫章翻風白日動，鯨魚跋浪滄溟開。且脫劍佩休徘徊[2]。西得諸侯棹錦水，欲向何門趿珠履[3]？仲宣樓頭春色深，青眼高歌望吾子。眼中之人吾老矣[4]！

【注釋】

1　“王郎”二句：王郎酒酣時拔出劍來，向地上一砍就唱起歌跳起舞來了——我的年青的朋友，你別那樣哀傷地歌唱啊！我能解除你的鬱悶，使你施展俊偉不凡的才幹。

斫地：向地砍。舞劍的動作。**歌莫哀**：不要哀傷地唱。**抑塞**：鬱悶。**磊落**：俊偉不凡。

2 **"豫章"三句**：豫章樹翻起風來，搖動白日；鯨魚在波浪中暢游，划開大海。你必定能幹出一翻驚人的事業來。你且放下佩劍停止跳舞吧！

豫章：二喬木名。豫亦稱枕木，章即樟木；均為建築良材。章，一作"樟"。**跋浪**：涉浪，在浪濤中游泳。**滄溟**：滄海，大海。**徘徊**：指舞蹈。一說哀歌之態，亦通。

以上五句為一段，寫對王郎的鼓勵。

3 **"西得"二句**：你西遊蜀地，有機會拜見蜀中大員——不知你要到誰的幕府中作客？

諸侯：指蜀中大員。**棹錦水**：在錦江中划船。猶言遊蜀。錦水，錦江，蜀中水名。**趿（tā 靸）珠履**：穿上珠飾的鞋。《史記·春申君列傳》："春申君食客三千，上客皆穿珠履。"趿，拖着鞋。一作"颯"。

4 **"仲宣"三句**：仲宣樓正春色爛漫；我高興地對你高歌，我殷切地期望着你——期望中的人啊，我已經老了！

仲宣樓：參見《將赴荊南寄別李劍州》注 4（頁 106）。**春色深**：一作"春已深"。**青眼**：《晉書·阮籍傳》載，阮籍能為青白眼。他以青眼（黑眼珠全現）表示對人的好感，以白眼（黑眼珠少，眼白多）表示對人的厭惡。**眼中之人**：指王郎。

以上五句為一段，寫對王郎的關切和期望。

附錄：杜甫年譜簡編

玄宗先天元年（712）　一歲

玄宗開元十九年（731）　二十歲

漫遊吳越。

開元二十三年（735）　二十四歲

自吳越歸，赴京兆貢舉不第。

開元二十四年（736）　二十五歲後

漫遊齊趙間。有《望嶽》、《房兵曹胡馬》、《畫鷹》等詩。

開元二十九年（741）至天寶三載（744）　三十歲至三十三歲

在東京洛陽。

天寶四載（745）　三十四歲

再遊齊州。

天寶五載（746）至十三載（754）　三十五歲至四十三歲

在長安。六年，應詔，為李林甫所忌失敗。八年，間至東京洛陽。十年，進三大禮賦，命待制集賢院。十一年，召試文章，參列選序。十三年，進《封西嶽賦》。有《春日憶李白》、《前出塞九首》、《兵車行》、《高都護驄馬行》、《麗人行》、《樂遊園歌》、《同諸公登慈恩寺塔》、《渼陂行》、《醉時歌》等詩。

天寶十四載（755）　四十四歲

在長安。秋，往奉先、白水，置家奉先。後還京，授河西尉，不拜，改授右衞率府胄曹參軍。冬，赴奉先。是冬，安祿山反。有《後出塞五首》、《奉先劉少府新畫山水障歌》、《自京赴奉先縣詠懷五百字》等詩。

肅宗至德元年，即天寶十五載（756）　四十五歲

往來於白水、奉先、鄜州，移家寓鄜。六月，長安為叛軍所陷，玄宗奔蜀。七月，肅宗即位靈武。詩人自鄜州赴靈武，途中為叛軍所擄，押至長安。有《悲陳陶》、《月夜》等詩。

至德二年（757）　四十六歲

春，羈長安賊中。夏，自賊中脱身，奔至鳳翔謁行在所，拜左拾遺，上疏救房琯。八月，自鳳翔還鄜州探家。冬，西京長安收復，帝還京。詩人自鄜至京，仍任左拾遺。有《得舍弟消息二首》、《春望》、《哀江頭》、《喜達行在所三首》、《述懷》、《北征》、《羌村三首》、《彭衙行》、《收京三首》等詩。

乾元元年（758）　四十七歲

春夏間，仍任左拾遺。六月，以房琯罷官故，貶華州司功參軍。冬，九節度之師圍安慶緒於鄴城。冬晚，自華州至洛陽。有《曲江二首》、《義鶻行》、《九日藍田崔氏莊》等詩。

乾元二年（759）　四十八歲

春夏，自洛陽返華州任所。是時，官軍潰於

鄴城。秋，棄官西客秦州。自此長別兩京。十月，赴同谷。冬晚，自同谷入蜀，至成都。有《贈衞八處士》、《新安吏》、《潼關吏》、《石壕吏》、《新婚別》、《垂老別》、《無家別》、《秦州雜詩二十首》、《遣懷》、《擣衣》、《佳人》、《月夜憶舍弟》、《天末懷李白》、《夢李白二首》、《有懷台州鄭十八司戶》、《送遠》等詩。

上元元年（760）　四十九歲

在成都，卜居城西浣花溪，營建草堂。冬晚，間至新津。有《蜀相》、《恨別》、《戲題王宰山水圖歌》、《遣興》、《南鄰》、《和裴迪登蜀州東亭送客逢早梅相憶見寄》等詩。

上元二年（761）　五十歲

卜居草堂，間至新津、青城。時成都無所倚靠，為衣食奔走。有《客至》、《春夜喜雨》、《江亭》、《水檻遣心二首》、《送韓十四江東省覲》、《茅屋為秋風所破歌》等詩。

代宗寶應元年（四月以前尚繫肅宗）（762）五十一歲

正、二月，居草堂。春晚至夏，仍居草堂。嚴武自東京移成都，詩人有所依靠。七月，嚴武還朝，送至綿州。以西川兵馬使徐知道反，入梓州。冬，復歸成都，迎家至梓。嚴武離去，復失所倚。冬晚，往射洪、通泉（皆梓州屬邑）。有《江畔獨步尋花七絕句》、《野人送朱櫻》、《客夜》、《客亭》、《秋盡》、《聞官軍收河南河北》等詩。

廣德元年（763）五十二歲

春、夏、秋，在梓州，間至鹽亭、漢州。秋冬之交，赴閬州。冬，吐蕃陷西京，帝奔陝州。又陷蜀之松、維、保三州。時高適為成都尹。冬晚，自閬還梓。有《送路六侍御入朝》、《送元二適江左》、《冬狩行》等詩。

廣德二年（764）五十三歲

初春，再至閬州。得帝於上年冬還京消息，遂決意東歸。嚴武再鎮蜀，詩人東下未果，歸成都草堂。六月，嚴武表詩人為節度參謀檢校工部員外郎，入幕參軍事。有《將赴荊南寄別李劍州》、《登樓》、《宿府》、《丹青引贈曹將軍霸》等詩。

永泰元年（765）五十四歲

正月，辭幕府職，歸草堂。四月，嚴武卒。五月，離蜀南下，自戎州至渝州。六月，至忠州。秋，至雲安，並居此。時回紇、吐蕃入寇，京師震動，蜀復有崔旰等之亂。有《旅夜書懷》等詩。

大曆元年（766）　五十五歲

春初，在雲安。春以後，自雲安至夔州，寓西閣。有《古柏行》、《江上》、《月》、《秋興八首》、《詠懷古迹五首》、《閣夜》等詩。

大曆二年（767）　五十六歲

春初，在夔州西閣。春，遷赤甲。三月，遷瀼西。秋，遷東屯。未幾，再至瀼西。有《孤雁》、《登高》、《觀公孫大娘弟子舞劍器行》、《江漲》等詩。

大曆三年（768）　五十七歲

正月，在夔州。三月，至江陵。秋，居公安。冬晚，往岳州。自此浮家泛宅，居無定所。有《短歌行贈王郎司直》、《江漢》、《暮歸》、《登岳陽樓》、《祠南夕望》等詩。

大曆五年（770）　五十九歲

春，在潭州。夏，潭有臧玠之亂，遂入衡州。欲往郴州依舅氏崔偉，至耒陽，未果。秋，舟下荊楚，欲北還，未果，卒旅次舟中。有《江南逢李龜年》等詩。